金牌客服董董恩

布衣麻七
BU YI MA QI
著

江苏凤凰文艺出版社
JIANGSU PHOENIX LITERATURE AND ART PUBLISHING, LTD

图书在版编目（CIP）数据

金牌客服董董恩 / 布衣麻七著. -- 南京 : 江苏凤凰文艺出版社, 2017.11
ISBN 978-7-5594-1057-3

Ⅰ. ①金… Ⅱ. ①布… Ⅲ. ①长篇小说－中国－当代 Ⅳ. ① I247.5

中国版本图书馆 CIP 数据核字（2017）第 218077 号

书名	金牌客服董董恩
著者	布衣麻七
责任编辑	姚　丽
特约编辑	朱元元
出版发行	江苏凤凰文艺出版社
出版社地址	南京市中央路 165 号，邮编：210009
出版社网址	http://www.jswenyi.com
印刷	河南瑞之光印刷股份有限公司
开本	880 毫米 ×1230 毫米　1/32
印张	9
字数	200 千字
版次	2017 年 11 月第 1 版　2017 年 11 月第 1 次印刷
标准书号	ISBN　978-7-5594-1057-3
定价	36.00 元

（江苏文艺版图书凡印刷、装订错误可随时向承印厂调换）

我爱你，
不光因为你的样子，
还因为，
和你在一起时，我的样子。
我爱你，
不光因为你为我而做的事，
还因为，
为了你，我能做成的事。

——（爱尔兰）罗伊·克里夫特《爱》

// 这个故事送给我先生
感谢一路有你 //

目录

所谓不吐不相识

“哎？这设计稿我已经签过了，怎么又要签？”一个一身黑西装，但完全不精品的中年大肚男子坐在办公桌后，挑了一堆刺后，扬起手中的设计稿问又要他签字的广告公司客服人员。

董董恩，就是这个顶着大太阳送来设计稿要求客户签字确认的倒霉蛋，此刻满头汗，内心忍不住吐槽，怎么又要送签？那还不是因为你们又改稿了？签个字你都嫌累，那被你拖着改了八百遍稿的设计师岂不是很想集体去死一死？

然而，作为一介职业客服，她是不可能这样怼回去的。

《客服守则》第二十四条第三小条有明确说明，当客户已经明确妥协，只是嘴上还在垂死挣扎，抱怨的时候，别还嘴，别理他，别让你那可笑的自尊抬头说话。

董董恩在心里默了默，客户有没有明确妥协呢？

有，他已经付过钱了。

每次送签他都叽叽歪歪这么多屁话，咋整呢？

开启垃圾清扫过滤模式。

方向既定，董董恩立即把刚才听了一耳朵的刺抛到一边，只针对最后一个问题微笑解释道：“主任，这是您星期三提出的新要求，要求红圈和黄圈部分再修改一点，我们设计师一直忙到昨个儿半夜，今天一早打好稿就给您送过来了，您在这儿签个字，回去我们就可以接着走下一步啦。”

那被唤为“主任”的男子在董董恩面前摆足了“我才是权威”的架子，

终于拿起桌上的签字笔，唰唰签下自己的名字。

董董恩快手接过，一边赞道：“我老板说得没有错，主任您果然是个爽快人，签字爽快，确认方案也爽快，不愧是专家，如果接下来都这么顺，那咱们这个工程今年夏天结束之前就有指望能完成了。”

主任很高兴：“你老板说得没有错。”

董董恩：“那行，主任，那我先回去了。”

主任屁股也没抬，招呼旁边一个女孩子：“小刘，送她出去。”

与此同时，捌二创工的办公室内，董董恩的老板老柯走到客服部，没瞧见董董恩，问她邻桌的同事包子：“董董恩呢？”

包子：“给环泰送设计样稿去了。”

老柯：“又改稿了？”

包子：“不是你同意的？”

老柯：“……”

包子：“一日改八次，人都累死了，要不然咱不做这个单了？”

老柯瞅着包子：“嘿，我说，你哪里来的勇气，竟敢挑唆老板撂挑子？”

董董恩幽怨地站在老柯身后：“老板，我回来了。”

老柯看她面色不好，问：“签字不顺？”

董董恩：“顺。”

老柯：“那你这是？”

董董恩：“如果你不半夜一个电话把我们全体拉起来改东西，相信我心情会更顺一点，以后客户提任何无理的要求，麻烦请对方来跟我沟通，你不要随便答应别人，这样会让我在外面很被动的，知道吗？”

老柯：“那啥……我也是半夜被吵醒的……”

董董恩：“好的，就是想跟你讲，我才是这个单子的接口，你不是，你是团队的后力支持。”你不是客户的打手，请不要把枪口对准自己人，董董恩其实很想这样吼。

老柯脸皮有点烧，自觉失理，讪讪地回了一个字："哦。"

董董恩倒也爽快："没别的事，我干活去了。"

老柯又"哦"了一声，转身要走，走了两步，才想起来，回头对董董恩说："我就是来通知你，明儿洛克斯提案，你参加一个。"

董董恩马上在脑袋里把这个事记入日程表，"好。"

董董恩起床的时候感到右眼跳得很厉害。到底是左眼跳财右眼跳灾呢？还是右眼跳财左眼跳灾？她刷了一下手机，发现网上也没个确切的结论，两种说法都有。董董恩想了想老家那些老人，但凡眼睛跳，多是要在眼皮上贴块红纸片儿的，说是压灾。可惜董董恩眼睛小，要贴块纸片，该看不见路了。不能贴红纸片儿，那就挑身红红火火的衣裳吧，反正等会儿要去客户现场提案，气色太差，镇不住场。

换了一身裙装，难得装一回淑女的董董恩发现，她不能骑车了，这个点儿，只能打车去公司。

然而……

"师傅，快醒醒，车子能动了。"董董恩从梦中惊醒，推了推趴在方向盘上同样睡得口水长流的司机。

出租车司机抓了抓头上结的蜘蛛网，发动车子，开出去五米，又停下不动了。

还不如走路呢。

司机堵在车河里不能动弹，同样一脸不高兴："哪哪儿都在修路，到处修地铁架高架，路都被封死了，就不能给我们跑车的留条活路吗？修个什么狗屁路？越修越堵。"说到恨处狠狠地砸了两下方向盘。

本来早高峰路段就拥堵，偏偏还有一些司机不遵守规则，前头一辆福克斯，也不知道司机长了什么脑子，一下子横窜出来抢道，接连逼停好几辆车。气得出租车司机脖子一抻就开吼："帅哥，你会不会开车？"回头又对董董恩道，"别看这些马路杀手，路上开得飞起，一到停车场，就露出了啥也不会的真面目。到处抢道插队，一点素质也没有，不好意思啊，气得我都骂人了。”

司机大哥最终还是没能成功把董董恩送到目的地，而是停在三四百米远的地方，对董董恩说：“美女，对不住，我实在是开不过去了，您就这儿下车，好过马路”。

董董恩顾不上计较，下了车连发票也没要，撩起裙子就开跑。她每天早上急着赶时间，一小半是为公司那点可怜巴巴的全勤奖，一大半则是为街角对面那家传说中的王大娘的芽菜包。

王大娘包子铺出品的芽菜包，乃是安城第一名小吃，皮薄馅多，又白又软。每个包子中心还有一个凸起的小点点，每次买两个握在手中，又香又软，馋得人口水直流。但是这么牛 B 的包子一天却只卖两场，一场早上七点半至九点，一场下午四点半至六点，开卖之前那队伍就已排出数公里远，非得要手气好才能抢得到。

策划部的二师兄为此专门写过一首情诗，把王大娘的包子喻为王大娘的奶子。情诗完成后，遭到公司所有喜爱王大娘包子的粉丝围殴，董董恩一度也无法直视，然而还是要买，因为实在是太好吃了。

可惜今天的运气实在是不大妙，董董恩下车看了看表，时间有富余，包子铺门口排队的人也不多，糟就糟在，她下车的位置跟包子铺呈对角，要在有限的时间里抢到两个包子，董董恩看了看左右，只能提起裙子横穿马路了。

于是，惨案就这么发生了。

一辆同样不知道从哪儿窜出来的三轮车，把董董恩剐倒了。

三轮车夫是个老大爷，飙车飙惯了，这种事大概是经常发生，应对很有序。张嘴就开号，说是董董恩想碰瓷，一边号一边佝偻着腰，一副如果董董恩要说哪里疼哪里痛，他心脏病就要立马发作的模样。演技之纯熟、表情之生动，比电视上的小鲜肉们会演多了。

大街上霎时围满了人，纷纷谴责董董恩。

董董恩摔得四仰八叉，像颗被旋倒在地的大白菜，脑子里跳出来的第一个想法是，原来右眼是跳灾啊。

好在她只是被车头挂到，摔倒时手肘和膝盖蹭破了点皮，董董恩摸了摸发型，还好，发型没有乱，那头就不用断。痛肯定是痛，但包子铺就在前头，董董恩重新坚定了一下目标，自己选的路，爬也要爬完。

老大爷见董董恩没有跟他纠缠，心脏病一下子就好了，三轮车飚得像保时捷，眨眼之间消失不见。

董董恩蜿蜒匍匐爬到包子铺，正好前面客人买完最后一个包子，转身走人。

打不着车的董董恩没有哭，着急上火的董董恩没有哭，被车剐倒的董董恩也没有哭，这会儿终于忍不住，死死抠住盛包子的蒸笼，泪流满面。

然而这还并不是最痛苦的。当董董恩千辛万苦，拖着两条瘸腿爬上公司所在的小红楼，按下指纹，发现她既没有早到太多，也没有迟到太久，数字显示，她刚好卡在 9:01 分的那个 01 分上。

董董恩：我感受到了这个世界对我的满满恶意。

她不知道的是，这一天才刚刚开始。

如果说这个夏天的安城热得像座火焰山，那么从浑浑噩噩、行尸走肉的失恋状态中清醒过来的董董恩，便犹如火焰山上那只被燎了毛的猴子，瞬间神勇起来，一口气参与了三个竞标小组。毕竟已经三个月没能为公司拉到一单新业务了，再不奋起，公司就要把她踢开了。这使得跟董董恩搭档的同事十分痛苦，前段时间她无心工作，大部分事务都压到别人头上，如今又跟吃了大力神丸一样，逮着同事加班加点、熬更守夜。一份文件，策略师认为可以过了，设计师认为可以过了，偏她认为过不了，改了一版二版再三版，以至跟她对接的策划部和设计部同事一看到她就吓得往厕所里钻。

董董恩像条腊肉一样挂在厕所门上喊："开门啊，开门啊，你有本事躲厕所，你有本事开门啊。"

本来若再萎靡不振不能为公司创造产出，老柯就要让董董恩滚蛋了，这会儿见她神勇起来，满脑子问号，一个劲儿向人打听："董董恩是不是又犯什么病了？"其重点是想知道，她的精神病到底何时去治？几时休？奈何经过众人口口相传，传到董董恩这里则彻头彻尾改头换面，变成了一副情深不寿的样子。

传话的马姐姐是这么对她说的："老柯听说你得了绝症，这几天逢人就打听有没有医院收治你，大概已经偷着哭了好几回了。"

董董恩很是惊悚，谁？谁得了绝症？又是谁？谁偷着哭了好几回？

马姐姐其人乃是设计部（又称糙汉集中营）的首席糙汉，人高马大，又正面留须、背面留发，且须发都挺油光水滑，因而常常令人难以分辨他究竟是面对人说话，还是背对人说话。

只见他下巴垫在全是烟头和快餐盒的桌面上，从垃圾堆里伸出两根白骨爪，拨了拨乱发，露出一张明显熬夜过度、青脸獠牙的面孔，说："哥几个为这提案可是命都豁出来了，你可别关键时刻掉链子，要死也得先把这事整完再死，不然我一指头戳死你。"

真是人情冷暖，世态炎凉。

同在糙汉营讨生活的猴子被惊醒，抬头便道："谁说提案，谁全家死完。"

马姐姐头也没抬，只九阴白骨爪一按，就把猴子脸重新按平到桌面上。为这几个竞标，筹标小组基本是全员拼了，没日没夜、吃喝拉撒睡皆在公司，一个星期后，所有成员脑袋上皆冒起了一朵朵可爱的真菌，也就是俗称的，霉得长蘑菇了。

董董恩惊着惊着也就习惯了，说："再累再苦，就当自己二百五，人生自古谁无死啊？"

几个糙汉同时"嘁"了她一声。

此后谣言愈演愈烈，在众人眼里，董董恩俨然是顶着"身残志坚"四个字在艰难行走。

去会计部领取工资条时，发工资的老会计也禁不住满脸同情，对董董恩说："你已经好几个月没有任何提成了，基本工资我有心想给你多添个一毛两毛，呃，也是不能够的。不过你要是手头紧，想借点款或者预支点工资去看病，这没问题，你把手续办一办，到时候我去跟老柯说。那啥，你身体好些了没有？吃的什么药？需要中医不？我跟你说我们家小区楼下有个老中医，医术真的很不错，拔火罐能拔出阴鬼来，好多人排长队找他，要不要我帮你约一约？”

董董恩：“……谢谢会计，不，不用了。”然后艰难逃出。

终于熬到三个案子一一进入提案阶段。

为一改大半年来的颓废和对新生活的展望，董董恩特意起了个大早，化了妆、盘了发，挑了一身红红火火的衣裳，只恨没有时间来个全身SPA。

当她身着红衣拖着满身伤残杀到办公室时，全体人员又是一惊。

老柯：“恩恩哪，今天我们只是去提案，不是去提亲。”

董董恩：“……”

那句话怎么说来着？出来混，迟早是要还的。董董恩压根儿没有想到会再次碰到那人，毫无征兆，没有预料。

这次知名跨国公司洛克斯集团因为形象升级、产品升级，亚太区几大区域都在公开寻求广告合作商，帮助公司改造形象。经过几轮软硬件的筛选，南区终于有五家公司入围，董董恩所在的捌二创工也有幸入得其中。只是没完，现在五家公司还要再来一个五选三，老柯作为代表去抽提案顺序，抽到第三位，这会儿正在休息室，等前面两家公司结束提案。

设计总监胖子平素习惯了夹脚拖鞋和大裤衩，临时披上一套西装，咋看咋像大灰狼伪装成的小绵羊。除了董董恩看着辣眼睛，他自个儿也不大习惯，这会儿正无声地跟领带作战，一会儿拽太松，不行，不规整，一会儿又系太紧，差点造成出师未捷身先死。

董董恩看不下去了，试图阻止他：“肖爸，领带都被你拧成麻花了。”

胖子正冒火，口气很不好：“滚蛋。”

老柯对董董恩说：“这你就不懂了，你肖爸这是试图用美色打动评委呢。”

董董恩：“用美色打动评委这难道不是我的任务吗？”

老柯：“……”你脸皮还可以再厚一点。

他们三个人，胖子是最有才华的那个，肩负着首席创意师的重任。当然，由于他身型矮胖，脸型猥琐，不小心把设计部带跑偏，带成了糙汉营实属不幸外，其他专业能力都是杠杠的，尤其脑洞，大得像宇宙黑洞，很多大牌公司都慕名来求合作。

捌二创工这块牌子，能够在是个人印张名片就敢开工的大浪淘沙时代立足，除了老柯敢于开疆拓土外，胖子也是个不可或缺的灵魂人物。

老柯和胖子合作多年，两人从一间地下小作坊，打拼到如今拥有独楼独栋，虽然只是由一间破旧老厂办公室改造而成的公司，其间的辛酸，难以一言与人道尽。

老柯这个人，长得像个无赖，气质又比较江湖，加之年轻时心志不稳，受《古惑仔》诱惑去纹了半臂青龙与白虎，因此很多人第一眼都会判断错误，以为他专职收账、砸场、耍流氓。幸而他自己也懂外貌不足，内涵来补，日读诗书夜谈聊斋，终于成为一个有文化的流氓。他天生自带黑道霸气，竟然也没有误入歧路，没有去开赌场、搞钱庄，反倒是抓住国家为推动经济发展、产业创新、构建服务等机会，以泼皮无赖的面相搞起生意来，倒是没有人敢欠他的账，但凡有老柯出席的场合，进门全场三分静，因为大家都以为打手进来了，大佬还会远吗？于是全翘首以待，看他究竟归属哪一路，老柯趁此机会，谈起业务来割别人肉狠，割自己肉更狠，一路攻城略地，所向披靡，狠者无敌。

老柯被董董恩呲得头疼，心想我也曾辛辛苦苦收集过龙珠，怎么没有召唤出神龙，反倒召出这么一帮奇葩来？以美色迷惑评委这种艰巨的任务，我都不敢挑战，你倒是很有勇气。转念又想，这好歹也是个理想，人没有理想，跟咸鱼有什么区别？于是改为鼓励董董恩："你还需要再加点油。"

前面两家公司提完案，时间已临近中午十一点。指示牌点到捌二创工的名号，老柯打了个响指："走。"三人便昂首挺胸进了客户方的会议室。

会议室很大，也很暗，四周垂着百叶窗，室内没有开灯，只在长桌中央放了一个投影，投出一道惨白的光。董董恩伸直脖子，那光正好投在她脸上，她微微眯眼，跟老柯胖子一道，向诸位评委躬了躬身，顺势坐在离门和讲台最近的地方。

甲方评委围坐在会议桌一周，脸色均隐在阴影里，不大看得清楚表情，只听见不停拆翻资料的声音。

这一轮提案时间不长，每家公司一个小时。老柯是捌二创工主讲人，胖子则负责讲解设计细节，两个人配合默契，遇佛杀佛，遇神杀神，十分默契。这一轮提案本没有董董恩什么事，只是老柯想到她身为客服，岂能不认识客户？再加上男女搭配干活不累以及三角稳定定律，遂把她一并拉来凑数。

董董恩环视一圈，评委们皆低着头，看不清脸，更谈不上什么认识，只好端正自己打酱油的身份，坐如钟，笑如风，硬是在一张硬板凳上坐出了天皇巨星的风范。当然，如果忽视她时不时咕叽一串响的肚子不谈。

早饭不吃好，没有力气搞。早饭不吃光，两眼泪汪汪。

老柯趁众人盯着胖子的间隙狠狠剜了董董恩一眼，丢人。董董恩摁着胃，没有吃早饭我也很痛苦啊，为了抢个包子，连命都差点儿豁出去了，个中辛酸你们这些资本家哪里懂。

正当两人眉来眼去之际，忽然有评委向董董恩提问："请问这位小姐，如果我们的项目谈成，身为 AE（客户执行）的你将会怎样开展你的工作？"

董董恩当下一惊。

老柯也是一惊，恨董董恩丢脸的白眼翻到一半，骤然改为春风和煦般的鼓励，主要是怕她搞砸了场子，前功尽弃。

董董恩掐了一下手心，很快平静下来，双手交叠放在小腹处站起来，清了清嗓子，套用她最擅长的首先、其次、然后、最后的列表方式，简单利落地回答了一遍。她说话条理清晰，逻辑严明，遣词简洁，说完后又鞠了一躬，方才入座。

座中评委交头接耳，互相讨论，跟"中国好声音"的评委似的，讨论完毕，便示意他们这一轮提案结束了。董董恩暗中抹了一把汗，背心凉悠悠跟着退出，庆幸还好刚才脑子没有灌浆糊。

提案是结束了，但人暂时还不能走。大家都懂的，现代社会，没有点关系还怎么做事啊？所以老柯说得等一下，这会儿已经大中午了，评委们也要出来吃饭，他想留下来，探一探关系人的口风。

于是，当那个人抱着电脑径直朝他们走过来的时候，董董恩才发现，原来这一天，离结束，还——很——早。老天给她准备的大礼包，实在是，太——惊——喜（悚）了。她犹遭电击，愣在原地，头发以肉眼可见的速度，垂直飞起。

胖子站在一边，不小心瞥到董董恩要变身，吓一大跳，以拳捂嘴小声提醒道：“恩恩，恩恩，”听起来像是咳嗽一样，“头发，你头发飞起来了，见到鬼了？”

可不就是见到鬼了吗？这个人为什么会在这里？！

如果董董恩的嗅觉记忆没有错，这位青年男子大半年前的V领毛衣，还透着一股不可言说的味道。如果她的视觉记忆没有错，该男子茫然、无辜、惊恐、避之不及等表情，完全可以制成一套表情包。这次他一身宝蓝衬衣加挺直的西裤，衬得人很是神清气爽，一点没有大半年前求生不得、求死不能的萎靡样。其实大半年前该男子也是相当神清气爽的，只是不幸遇到了董董恩。

董董恩三人站在洛克斯南区大楼的天桥上，左手是一溜排透明办公室，右手是玻璃幕墙，一点回转和藏身的余地都没有。

起初董董恩想，或许他只是路过呢，于是尽可能把自己贴在玻璃幕墙上，试图变成不干胶，可惜不幸得很，男子一出现，老柯即欢快地摇起了小手绢，生怕别人看不见他。

董董恩内心一声惨叫，疯狂寻找有没有什么可供遮挡的绿植，没有，一棵也没有，全是落地盆花，挡脸可以，藏身不行。墙洞或地缝就更不用找了，这是什么鬼公司？非得要如此大面积的使用玻璃材质，以为有钱了不起啊？

那么尿遁，行不行呢？

不行。

因为老柯已经替大家介绍上了：“朋友们，现在向我们走来的这位选手，便是洛克斯集团的南区市场负责人，楼渊同学。”

正过天桥的楼渊同学骄傲地举起一只胳膊，微笑向观众示意。

董董恩整个人都不大好了。

楼渊，洛克斯集团南区市场负责人，据负责过洛克斯业务的人讲，南区很多铁血龟毛的规矩，大半出自此人之手。本来各家业务各家顾，各家自扫各家雪，但是楼渊不一样，听说他龟毛到连供应商内部管理都要插手。

董董恩初听时不信：“别开玩笑了，知道请他们出来讲一次管理课得多少钱吗？有钱还不一定请得到。再说了，能找到优秀的供应商当然不错，但有些公司产品不错，管理的确很成问题啊，有大神帮忙，共同进步，追求财富，难道不好吗？”

对方啐董董恩一脸，Too young too simple。

现在，传说中的管理大神就在眼前，董董恩却一点也不敢与有荣焉，不能原地爆炸，立即消失，真是深以为恨哪。

老柯迎上前：“嘿，兄弟，好久不见，你去了哪里？”

楼渊：“刚从总部回来。”

老柯又示意胖子和董董恩：“来，孩儿们，跟楼哥打个招呼。”

胖子一直马屁精地陪站在一边，这会儿立即点头哈腰跟上：“楼哥，你好你好。”

董董恩鄙夷地瞥了胖子一眼，拜托，你好歹也是本土知名广告公司的挂名头牌，你的气节呢？傲骨呢？不过很快就轮到董董恩了，她头垂得比胖子还要低，只恨不能低到尘埃里：“楼哥，您好您好。”

天灵灵，地灵灵，饶了小人行不行？只求不要现在爆发啊。

楼渊觉得眼前这位红衣女鬼，不对，红衣姑娘似乎哪里不大对，看样子很怵他，能不对脸就不对脸，非要对脸竟然选择垂下。楼渊摸了摸脸，想起昨天在公司茶水间外偷听到的，有人说他严肃的时候，好像顶着一张大便脸。

不想给人留下大便脸印象的楼渊难得释放了一丝亲切和蔼的善意，甚至还开了一个玩笑：“我很可怕？”

董董恩紧张得话都说不出口了，帮忙回答的是她的肚子，一串咕噜咕噜响。

老柯头一回与董董恩心灵相通，都恨不得她立地消失。

楼渊：“要不到二楼用点工作餐？”

老柯拒绝：“你就这么点休息时间，我们还是不打扰了，我们这就回去。”再说竞标期间，让人看到意向甲方和意向乙方碰头也不大好。

董董恩一阵小鸡啄米似的疯狂点头。

楼渊自然明白，故而只在提案方面浅浅地交流了两句，便挥手道别。转身临走之际，眼风又扫了一眼董董恩。

董董恩原本悬空的心一下子绷紧，下巴差点戳到地上。

老柯风含情水含笑道：“那你先忙，回头找你撸、撸串啊。”说完依依不舍地挥了挥手绢。

董董恩垂首躬腰直到楼渊走远，才发现浑身上下无一寸不冒冷汗，两腿无一刻不冷战，上了车还抖得像个筛子。

胖子忍不住问：“这都提完了，咋还在紧张？”

董董恩一边毫无笑意地咧嘴一边霸气还嘴：“谁紧张啊，我一点也不紧张。”

胖子被她死灰般的笑意给吓到：“那就是尿急？”

老柯“咻”一下回头，咬牙切齿道：“董董恩，你给我忍着。”

董董恩愤怒得唾沫渣子都飞到挡风玻璃上去了：“你才尿急。”想了想，又凑上去问，“老板，假如，我是说假如啊，假如有一天，你发现我做了件很傻的事，你会不会原谅我？”

老柯先是来一句“卧槽”，然后问：“你该不会是真的想在我车上尿吧？”

董董恩忍不住抓狂，住口！我为什么会有这么一个不知羞耻的老板！

老柯打了一手漂亮的方向盘，接着问：“不是，我说你到底瞒着我啥事儿？是不是又把我手办给弄坏了？”

为什么要说“又”呢？老板你收的那些破烂玩意儿可以不随便乱贴“手办”俩字吗？手办都已经烂大街了，我就只弄坏过一只你从别人家猪槽里捡回来的烂电筒，还有什么呀？董董恩不忍吐槽。

看，这就是男人小心眼的活例子。董董恩可以预料到，如果坦白交代，将会死得很难看，赶紧把原本要说的话全都咽了回来。如果让老板知道她曾经那么严重地得罪过意向型客户，恐怕还没轮到别人来告状呢，她已经背着包袱去睡大街了。

发现大客户原来是得罪过的旧相识这个事，比失恋还要痛苦，董董恩顶着鸡窝头回到公司，第一时间给死党嗨妹打电话："你还记得吗？在酒吧里那个，被我吐了一身的男人。"

嗨妹咋咋呼呼问："咋啦咋啦？"

董董恩："他竟然是今天我去提案的大甲方，你说还有比这更巧的事吗？现在我该怎么办？这个标看样子是没法竞下去了，我现在就等着死了，也不知道老板会怎么打死我，同事们又该怎么打死我。我现在是一点明天的太阳都看不到。"

嗨妹："你说的不科学啊，这会儿除了南半球，谁也看不到明天的太阳。"

董董恩抓狂："你到底找不找得着重点啊？我都要死了，你还有没有点同情心？不行，我得爬网上去问一问，公司新客户是大半年前被我吐了一身的男人，有没有什么完美一点的死法？"

嗨妹对此也毫无办法："啧啧啧，只能说，你运气实在是太好了，彩票买了吗？他女朋友有没有在场？你俩打起来了吗？"

董董恩："没有。"

嗨妹："那他有没有拽着要你赔衣服？或者精神损失费？或者让你负责后半生？"

董董恩："今天估计是看我和老板一起，所以没有当场撕起来，唉，之前怕他当场发作不留情，现在又觉得，还不如干净利落指个死法呢，也省得吊着我半条命，不知道另一只鞋子什么时候掉下来。"

嗨妹："你收拾东西走人吧，不然让你老板知道你毁了这么大一个单，到时候就不止走人这么简单了，扒皮抽筋少不了。"

董董恩："要不要这么残忍？我好歹也为他立下过汗马功劳，打下过东南半壁江山啊，他会为这一单就炒我吗？我可是他座下响当当的第一哮天犬啊。"

嗨妹："我跟你说，这社会主义的资本家啊，他比资本主义的资本家更缺人道主义精神，吃人不吐骨头说的都是正在积累原始资本的人，尤其你们老板那种把女人当狗使，把男人当牛使的人，知道你曾经得罪过那么大的意向型客户，就更难给你留活路了，我看这个行业你就别想混了，还是赶紧转行卖红薯吧。"

"你想一想，你老板跟那大客户有多亲厚的朋友关系，咱不知道，但你老板现在肯定是十分想要跟他攀上甲方乙方的关系，你老板那个人吧，平常笑呵呵，假装弥勒佛，背地里吃人根本不吐骨头，要知道你和甲方大客户发生过这么血腥暴力的事件，但凡脑子好使的，一定是丢车弃卒抛弃你。但是别怕，有我在，我吃饭，你一定能喝得上稀粥；我吃肉，你一定啃得上咸菜头，我不会丢下你不管的。"

董董恩又是愁苦又是感动地挂断电话，趴在桌上郁闷了两分钟，陡然起身尖叫："啊啊啊，我不管啦！"

客服组的同事们纷纷向她友好地投掷出拖鞋、鼠标、杯垫、卫生巾。

要细追董董恩跟楼渊的前仇旧恨，那故事还得再往前挪大半年，挪到董董恩刚经历了一场史诗般分手的那段时间。

董董恩的前男友人送外号凉皮，大概是其人非常喜爱吃凉皮的意思。凉皮比董董恩高一年级，两人还没毕业就交往了，凉皮虽然时常犯傻，但性格温柔，诚挚坦率，唯一致命缺陷是，太听妈妈的话。凉皮妈不喜欢董董恩，原因非常直白：不是本地人，个子不高，又是单亲家庭。这种来自出身方面的挑剔，真是再牛的人也无可奈何，天生个子矮我能怎么办？天要下雨娘要嫁人也是我的错？至于本地人这一项，凉皮妈的看法得是爷爷辈就在此城置家布业的，才算本地人。这把董董恩都给气笑了，事实客观存在，父母、出生、身高，这些都不能由人控制，除了惨然一笑，董董恩毫无办法。

两人恋情曝光后，凉皮家人非常抵制。凉皮妈一周七天，一天三顿，不分日夜地一哭二闹三上吊，这只是基础戏码，董董恩还拿到过和相亲女共坐一桌的欢喜剧本。

有一次凉皮妈给凉皮打电话，说在商场，摔倒了，要凉皮去接她。凉皮正和董董恩约会，电话一摔，拉着董董恩就跑，生怕老娘摔成个大傻子。

结果赶过去，凉皮妈和白富美一家正优哉游哉喝着下午茶。

凉皮跑得一头汗，心有余悸问："你不讲你摔倒了？"

凉皮妈青天白日睁着眼睛讲瞎话，说："你听错了，我说我逛街逛累了，你来帮我拎拎包。"

随后拉过白富美，一个劲儿跟凉皮介绍，全程就没搭理过董董恩。董董恩完全不懂发生了什么，还甚有礼貌地跟白富美一家问好，又问凉皮要不要也去逛一逛，反正来都来了。

一直过了很久，董董恩才反应过来，哎呀，当初好像不小心破坏了前男友的相亲现场。

最后两人分手。凉皮一脸歉意对董董恩说："对不起，恩恩，我妈一直哭，她不能失去我，她没有你那么坚强，我妈只有我这么一个儿子，恩恩，你很坚强，你还可以遇到更好的，是我对不住你。"

董董恩伸出尔康手，别啊，我一点也不坚强，我装大方装坚强，完全是想你妈在你面前哭烦了，你来我怀里我安慰你啊。

可惜凉皮没回头。

董董恩一朝被甩，蹲在地上哭得像个两百多斤的孩子。她一直以为爱情只关乎两个人，想不通她的战略决策到底哪一块做错了？凉皮妈天天哭顿顿号的时候，董董恩想，总不至于两个女人都哭到一块儿去吧，你妈选择哭，那我就得另寻他路啊。为了不让凉皮夹在中间难做人，她才故作大方，故意表现坚如磐石、情深似海，最终得到的却是凉皮对她隐忍坚强的崇拜，和对她理智冷静的敬佩。至于爱情，他应该是奉献给他亲爱的妈妈了。

这个事情充分说明——千万别装 B，装 B 被雷劈。

董董恩被甩之后，惨况非常，蓬头垢面、自暴自弃，请了一个星期假瘫痪在床。情绪的波动很快带得内分泌跟着失调，不过两天时间，原本一头柔顺的长发变得枯燥无光，一张脸晦涩暗黄，另外还冒出一挤脓水能飙出十米远的大痘痘，满头满脑，像珍珠丸子似的一波未平一波又起。

嗨妹看不下去了，死拉活拽要把她弄出门，说："一个男人跑路了算什么，你还拥有一大片海啊，别躺了，出来嗨。"

董董恩："可是我要一大片海来干什么？我要的是个男人啊。"

嗨妹简直怒其不争。

董董恩跟嗨妹认识已超十年，在那些漫无边际的年月里，两人曾一度各有各的际遇，从手写通信到互留 QQ，中途有几年也曾失去过联系，后来又幸运地重新接上头。

嗨妹此人讲义气，身无分文就敢扶老奶奶过街。也很够朋友，董董恩大学毕业那一年，择业很迷茫，想如果找不到工作，干脆回老家当个乡村教师算了。嗨妹那时候也才刚工作不久，住在群租房里一天三顿啃面包，竟然一口允诺道："如果你真要去支教，那算我一份，就当做慈善了，只要我上着班，每个月给你两百块。"想了想又说，"但你得还。"

就凭这个，董董恩视她为这小半生中为数不多的真心朋友。

可是在楼渊这个事上，真是成也嗨妹，败也嗨妹。

嗨妹有个喜好，闲着没事就聚会，节日不论东西方，碰头不论白天晚上。有人抽烟有瘾，有人喝酒有瘾，很少听说聚会也有瘾的，嗨妹就有，接到电话听说有聚会，跋山涉水也要去碰头，说不聚不讲义气。

也不知道她对"义气"这个词到底有什么误会。

嗨妹试图打破董董恩的"宅神"壁罩，力劝她出门，否则死宅注定孤独一生。嗨妹："你想想，你一谈恋爱就重色轻友，我说过你没有？现在你分手了，我忙前忙后为你张罗各种年轻美好的肉体，我都快被自己感动了，你呢？你不感动？"

董董恩："就算有无数具年轻美好的肉体，现在我也打不起精神来啊大姐，你看看我这张脸，我能把肉体吓成尸体。”

嗨妹：“……那要不，就我们几个，纯聚，陪你聊聊天，顺顺心，把所有不开心的，跟大家说一说，让大家开心开心？”

董董恩：“……”

最终董董恩还是勉为其难地出门了，主要是再不起床，屁股就要长褥疮了。也许是失恋使人弱智，董董恩忘了嗨妹在派对界的传闻和地位，这些平日没事聚在一起喝得五迷三道的朋友，相互间只要一个电话，整个组织一呼百应，跟传销一样高能高效。董董恩杀到酒吧时，应邀而来的朋友已经颇成规模，大家引颈高歌，你唱我和，欢呼声，饮酒声，声声入耳。人多得室内都坐不下了，酒吧老板只好在室外给他们划了半个院子。

董董恩看着嗨妹，不是说好的，只约两个人，纯聊吗？

嗨妹有点尴尬，跟董董恩解释：“你可听见了，我真只喊了两个人。”

是，她是只喊了两个人，那两个人又分头喊了两个人，如此倍数，实难估计，也怪董董恩没能正视嗨妹的人气。

也罢，既来之，则安之。自分手以来，董董恩的确郁闷颇深、情伤深重，一个人扛得着实累，现在借着这夜色欢娱，陡然有个合法买醉的机会，不知不觉，就喝多了。

董董恩点的是混着细沙冰的杧果鸡尾酒，杯子比脸大，果汁和甜酒混在一起，酸酸甜甜好味道。等董董恩反应过来的时候，已不止两杯下肚，整个人像是飘浮在云端，星空和夜灯仿佛跟着一道朦胧。董董恩并不想让人看破她平日里千辛万苦、竭尽全力才隐藏好的脆弱、敏感和恐惧，也不想让人看到她在自我控制方面的撕裂，更不想在这种场合歇斯底里，再加上膀胱传来一股急需发泄的生理性痛苦，尽管浑身软绵绵，两脚也踏不实在，她仍然坚持起身，跟嗨妹说要去洗手间。

董董恩站起来那会儿，还没有任何想要吐的意思。嗨妹问她你行不行啊，董董恩还说行的行的，没问题。说完一个人摇摇晃晃往室内去。

室外有风，空气也流通，感觉还好，可一到室内，董董恩就暗叫一声不妙。扑面而来的是浓郁的烟味儿、酒味儿、脂粉味儿、汗味儿、狐臭味儿，音乐似乎比平常更响，震得人脑袋发晕，两耳欲聋，舞池中央人头攒动、群魔乱舞，妖娆的女人、疯狂的男人、喧嚣的鼓点、失控的笑声，还有五光十色的射灯制造出的光怪魅影，像是藏匿了千万年的妖魔鬼怪，全都集中到了这里来。

董董恩推开酒吧琉璃拉花门，一时间还以为自己误入了哪处不为人知的欲望之界，在原地愣了半晌，也不知道是该前进？还是后退？最后由于尿意汹涌，才想起自己原是要去上厕所的。

舞池中央酒鬼有，谐星多，扭着屁股嗨着歌，想要横穿过去是不大可能了，董董恩用她库存不多的清醒判断了一下，明智地选择了绕边走。酒吧室内并不大，边道预留的也并不宽，这一晚酒吧有个鸡尾酒活动，上座率相当高，连边道也挤满了客人，桌椅挨挨挤挤，令人寸步难行。董董恩求爹爹告奶奶，勉强穿行了一半，胃酸和酒液差不多被挤到喉咙口了。

楼渊就是在这当口出现的。

没什么可说的，一切都是命运的安排。

楼渊起初是不打算来酒吧的。

他的顶头上司雷老力，前不久才调职回总部。雷老力是个法国人，不远千里来到亚太地区，帮助亚太人民发家致富，精神可嘉，但到底敌不过亚太地区的毒空气和地沟油，任职不到五年，肠子里长出一颗肿瘤，虽说后来诊断是良性，还是被吓得不轻，报告一打就跑了。雷老力撤离太急，来不及指定新的人手，固然南区还有一些坐镇大佬，可具体拍板、拿主意的活，差不多都落在楼渊的肩头。

楼渊觉得自己命太苦。刚进总部，总部大楼就遭到自杀性轰炸；刚调到亚太地区，亚太地区就进入经济危机；空降西区时，顶头上司贪腐受贿；现在轮调南区，南区大佬又差点性命不保。虽说不想封建迷信，但楼渊着实不太喜欢这种走哪儿哪儿出事的感觉，这让他觉得，自己好像被瘟神附了体，尽管并没有人这么说他。

于是他宁可宅着。其实宅的机会并不多，雷老力一走，新的搭档还没来，每天里里外外连轴转，自己都觉得自己像个停不下来的陀螺。

为此曹雅很不高兴。

没有人喜欢男朋友的正房老婆不是自己而是其他，包括工作。别说约会了，楼渊忙起来连性生活都顾不上，平常电话永远占线，吃饭永远说忙，曹雅很善解人意，心想山不来就我，我可以就山啊。你不是忙吗？不是没有时间和我约会吗？没关系，我可以来跟你约会。于是做了很多的爱心便当，一到中午，开着小四轮，拎着保温桶，突突突给楼渊送过去，送上楼时保证汤里的葱花都还是垒成塔尖尖的模样。

曹雅家庭条件好，父母都是干实业的，照理说家里有钱，多少会染上些娇气，养出一身公主病来，但曹雅相反，娇气没有，霸气挺多。自打认识楼渊后，一朝莽姐变娇花，脾性都变了。

楼渊一开始并不想辜负曹雅的好意，但是没过两天，他就隐隐感觉有些不妥。曹雅大概是在楼渊面前娇弱装太多，一到楼渊看不见的地方，难免有些回弹，平素本就看不惯楼渊身边那些花花草草、莺莺燕燕，几度忍到吐血，现在好不容易有机会，不自觉就开启了大房模式，一副“我是正宫娘娘来视察”的即视感。有时候楼渊忙，没时间陪曹雅说话，曹雅就踱到大办公区，哪个姑娘脸美，哪个小伙子腰软，她暗暗记下来，时不时朝楼渊吹一下枕头风。

如果楼渊耳朵软一点也就罢了，偏偏楼渊耳朵不软，还很有主意，每当曹雅提起来，他就很冒火，你又没跟人家接触过，你咋知道别人是个婊？想搞基？搞基这个词，简直不能忍，这是在怀疑我的能力吗？多有两次，楼渊就不爱曹雅去了。

曹雅断了一条能和楼渊密切接触的路子，安分没两天，又想出一条新路子，那就是，虽然你忙得连性生活都顾不上，但我还是很爱你啊，为了真诚表达我的爱意，我愿意搬过来为你洗衣做饭擦地板。

这就是变相要求同居，要求结婚的意思啊，被求婚的意思啊，要换一个男人，还不得高兴疯了？

然而曹雅再一次判断失误。

楼渊是真的没有时间去思考，只以为曹雅又要作妖，毫无情趣地拒绝道：“不用了，我有阿姨来打扫，你照顾好自己就行了。”

曹雅也是有脾气的，我都做小伏低到这种地步了，你还要闹哪样？你当你唧唧镶钻啊？气得甩着坤包走了。

两人就此陷入冷战。

待忙过一段时间，手上工作大部分都安排好了，楼渊才发现，好像有段日子没见着曹雅了。电话打过去，曹雅口气不大好，硬邦邦问他要干吗？

楼渊：“在哪儿？晚上过来吗？”

难道我是应召女郎吗？曹雅爱理不理地回他：“跟朋友在酒吧呢，你要来接我啊？”

楼渊捏了捏眉心，在办公室又枯坐了十分钟，最后还是拿起钥匙，往酒吧街去。

两个人吵架，总得有一个人先低头吧。

楼渊这一去，就出了大事儿。

董董恩捂着嘴，令人作呕的味道和不停翻涌的胃酸让她十分痛苦，她一边给自己打气，一边目测距离厕所还有多远，十米，八米，加油，还有七点五米，不好，前方限行。

限行这一桌，正好是楼渊他们，这一堆朋友，也是有点多，三条桌子拼接起来还嫌不够用。曹雅见楼渊来接，咬牙坚持了大半个月的火气也好，冷气也罢，都烟消云散了，给楼渊倒了一杯酒，温温柔柔靠过去。

董董恩此时正在判断她所处的地形，要么退回去，绕行另一边，要么翻栏杆，从舞池中间穿过去，要么简单点，让这桌客人行行好，分开桌子，给她让条道。

局势如此，董董恩不得不忍着胃酸的翻涌，与人商量道：“这位先生，行行好，能不能麻烦您给我让条道？”

可能是音乐混声太大，董董恩声音太小，也有可能是大家都在说话，根本没人听见她，背对董董恩的那一排没一个有反应，倒是坐对面的朋友，突然看到有半颗人头悬挂在楼渊的椅背上，惊了一跳，这个丑货是哪位？

楼渊看到对面朋友表情有异，脸色不对，也扭头想看个究竟。董董恩呢，正想再次开口，求人放行，就这一念一转间，现场瞬间大变天。

一个人一生中，拎着零食和垃圾出门，扔掉零食提着垃圾，有 32% 的概率；踩到香蕉皮跌得把姨妈巾都甩飞出去，有 27% 的概率；野外帮助植物生长，遇到火麻草刺唧唧，有 11% 的概率；一个人只是扭个头，就被呕吐物给蒙脸上，也有人计算过，是 0.3% 的概率。

得出 0.3% 这个结论的朋友，绝对是一个有故事的朋友。

楼渊不幸就遇上了这 0.3%，在他扭头那一瞬间，董董恩的呕吐物恰好跟他来了一个完美的无缝对接，米粉、菜叶、鸡骨头……犹如彗星撞地球，又似银河落九天。

楼渊绝望地闭眼：我想死。

董董恩：我也是这么想的。

众人：“……”

一切发生得那么令人措手不及。楼渊到底反应快，桌子一推赶紧跳开。可是董董恩吐得汹涌澎湃、万马奔腾、一泻千里，根本止不住，于是在楼渊起跳的过程中，他的头发、衣领、衣服后背、裤子后腰，全是董董恩不曾消化的早午晚饭，除了明眼可以分析出来的各种杂物，还有更多是难以分辨的可疑混合液。

难得吃一顿好的，竟然还给吐了，董董恩有点难过。

放眼望去，众人皆是一脸想死的表情。楼渊推桌窜出去，他身边的女人扔包挥掌而来，这些动作，在董董恩看来，都跟电影慢镜头似的，她看得见，却控制不住事态的发展。在陌生人看来，这一幕也实在是有够诡异——一个女人，单枪匹马，只身独来，长发遮面，恃呕吐物行凶，这是一种怎样的不怕死精神，又与楼渊有着什么仇？什么怨？在楼渊翻桌起跳的瞬间，已经有眼明脑快的观众了然地推断出了一部狗血三角情缘史，个中定有因缘在，只恨咱们不知情。

曹雅也是这出脑补神剧的一员，她的理由很简单，酒吧客人千千万，怎么该女子单来吐你不吐其他人？正是这个致命的论点，彻底断送了楼渊和她和好的可能。在楼渊看来，这种愚蠢的问题还需要回答吗？你怎么不去问吐的人？我还想知道呢？

当然，曹雅是个很好面子的人，这会儿就算是真小三杀上门来，她也要守住正宫娘娘的位置。就在楼渊火速起跳间，她的八卦连环掌已经向董董恩挥过来了。

董董恩自知闯祸，一面说对不起一面喷涌出更多呕吐物，其范围之大，足可溅至方圆五尺，连董董恩自己都目不暇接，更别说其他人了。曹雅尴尬了，八卦连环掌携着雄厚的内力，以扫过之处杯盏尽碎的气势大力扇来，扇到离董董恩的大痘脸还有零点零一分的时候，才发现根本无处下手，董董恩脸上全是痘，嘴上全是油。气得曹雅火冒三丈跳起一米多高，扯着嗓子尖叫道：“你是谁？为什么要来这里吐我男朋友？你跟他什么怨什么仇？”

如果可以解释，董董恩定死不辞，可是，能不能给一个去厕所呕吐的机会先？还是说，大家非要死磕在此？

好在周遭还有几个人是清醒的，捂着眼睛鼻子，拉开桌子椅子，让董董恩有多快滚多快，赶紧离开，即使有比天大的仇，比海深的怨，现在也不是清算的时候，还是先去打理干净了再来。楼渊也不例外，米粉节子都快滴到他眉毛上了，这会儿啥也顾不上，头发一甩，毛衣一脱，撒丫子就往男厕里奔。两人在奔跑途中太过于心急，还和董董恩撞了一个青春的腰、友谊的腰，甩了两根米粉节子在董董恩身上，被董董恩怒目视之。

大兄弟，请注意，不要乱扔垃圾。

叫嚣着要开打的曹雅先是跟着楼渊跑，跑到男厕门口感觉不对，于是改为跟着董董恩，董董恩一进厕所就躲进格子间，在里头大吐特吐，抱着马桶吐得地动山摇。董董恩在格子间吐了有多久，曹雅就倚在洗手台处骂了有多久，其遣词造句之罕见、独特，令人心服口服，董董恩都很想问她有没有兴趣来捌二创工做客服，有这等口才，哪里还怕那些死缠烂打、每天要打 500 个骚扰电话的客户？

曹雅：“……阴谋不诡、处心积虑，你说，这是不是你费尽心机谋划的？是不是想引起我男朋友的注意？好的，你成功了，以后见到你，见一次打一次。”

这位太太，你是不是总裁文看太多了？我处心积虑了什么？又阴谋不诡了什么？被男朋友抛弃难道是我的错吗？心情不好多喝了两杯难道不行吗？在酒吧喝到吐这种事很少见吗？当然，吐了你男朋友一身，实在对不住，可是我跟你男朋友，真的只是个意外啊，大家本就是陌路，有仇报仇，有冤报冤，你要再这么大力污蔑，我也是会火的啊。

曹雅实在是闲，一直骂骂咧咧，董董恩原本做错事还挺心虚的，到底经不住激，又沾了两杯酒，终于一头火起，刚把嘴巴里的烂肉渣、碎菜叶抠干净就原地反击：“骂什么骂？开个价，多少钱赔你？要不然我带你男朋友去洗个三温暖？”

曹雅立即奔到格间前，噼里啪啦又捶又打：“你给老娘出来，快点滚出来，看老娘抽不死你！”

如此大力神勇，终于捶出隔壁一对野鸳鸯。鸳在抖，鸯在吼：“大婶儿，不要再捶了，厕所要坍了。”

董董恩暗抽自己一个大嘴巴，叫你嘴贱，这下真出去，还不一定打得过她呢。于是四下寻找武器，看看有没有废纸篓、马桶刷之类，可临时充当一下武器。

正当此时，嗨妹进来了，一来就喊道：“你是不是拉屎没草纸？等你大半天了。”

董董恩条件反射应了一声，曹雅一把把嗨妹擒住，“好啊，小婊砸，你不出来，以为躲里头就没事了吗？不可能！你不出来，我就打你……的朋友。”

嗨妹对此防不胜防，吓得半死，完全不知道发生了什么，只一个劲儿卡住曹雅的手，“大姐，你冷静点，放手啊。”

董董恩不料嗨妹也跟着横遭不幸，不得已只好开门应战，举着马桶刷哇啦啦往外冲。曹雅来劲儿了，指甲一撩就要往董董恩脸上抓，要不是嗨妹反应快，拦腰一抱，董董恩一张烂脸就要在厕所里全面开花。

为防止意外，董董恩站得特别远，举着马桶刷，对曹雅倾尽一万个耐心解释道：“大姐，我真的不认识你男朋友，也不认识你们那一堆人中的任何一个人，今晚纯粹是个意外，能不能请你好好说话？如果你男朋友愿意，可以请他把衣服脱下来，我帮他送去干洗……”

曹雅立时打断：“不可能！想创造机会进一步认识我男朋友，你这个心机婊，休想。”

董董恩内心的白眼已经猛产了一万五千斤，这位女士，你男朋友贵姓啊？布拉德·皮特吗？但她还是坚持把话说完：“或者你们报个价，我赔他衣服钱也可以啊。”

如此交涉了一通，嗨妹总算明白是怎么回事了，帮着董董恩一起灌甜汤、和稀泥。要不说嗨妹人义气呢，出来混，讲的就是义气，朋友丢了脸，能找补就要替他找补，找补不回来，那么自己也不需要脸，该奉承就奉承，该弯腰就弯腰，好话一道一道，马屁一通一通，曹雅好歹是安静下来了。

曹雅不再那么暴躁了，抱臂环胸倚在一边，监视董董恩收拾，搓手、洗脸、梳头、漱口，期间看到董董恩一张丑脸，神情很是不屑，只差没有吐出两个字儿——丑逼。这么影响市容，就该待在家修身养性，不要学人出来撩什么汉子泡什么吧，看得人分分钟想打 110。

立誓要与董董恩同生共死的嗨妹不知何时已悄然退出，待董董恩收拾好出去一看，厕所门口乌泱泱站了一大波人，原来嗨妹并没有放弃她，而是搬救兵去了。还好朋友多，不管相互之间认不认识，既然坐到了一张桌上，那就是缘分，就要替坐过一张桌、喝过一杯酒的朋友撑场。现在人多底气足，嗨妹已不像之前那样被吓得像只发抖的小黄鸡，便把刚才曹雅赠给她的居高临下、鼻息喷人全都喷回去，说：“不就赔钱的事儿吗？多少钱？开个价吧。”

气得董董恩上去就掐。你赶紧闭嘴吧，万一人家来一个洗衣费、精神损失费，把我卖了都赔不起。当然明面上董董恩还是相当委婉，对嗨妹说：“受害者是位男士，我们一定要尊重男士的意见，还是去听听他怎么说吧？”暗地里对嗨妹猛使眼色，你别给我添乱了，口气这么横，一会儿把姐坑死了咋整？

两人狐朋狗友、狼狈为奸多年，嗨妹一下秒懂，赶紧换成一张狐狸脸，奸笑道：“好的好的，我们去向男士道歉吧。”

楼渊窝在男厕的时间比董董恩还要久，这是自然的。

他在厕所里用洗手液洗了头，擦了澡，又喷了半瓶空气清新剂，还把熏马桶用的檀香拿出三四盒点燃熏起，然而，没有用，头发还是酸，衣服还是臭。楼渊伸出两根指头，小心翼翼夹掉挂在耳边的一根烂菜叶，恼得都快控制不住内心想要揍人的洪荒之力了。

厕所外乌泱泱一帮人很快分成两派，董董恩这边一派，曹雅背后也一派，两派人马隔桌相望，拎瓶相向，气势应该都很汹汹，于是有酒吧维持安保的人过来问怎么了。

两边异口同声说没事儿。

殊不知这样却显得更加有事儿。没过一会儿，第三方势力，就是酒吧的安保方，也悄然无声地出场了，其中有几个块头特别大，肌肉特别威武雄壮的汉子，拎着电击棍，异常显眼地在两拨人马之间走来走去、走来走去。

气氛略有些胶着，大家都在等楼渊。

突然之间就有了一种华山论贱的感觉。

董董恩甚至闻到了一丝山雨欲来风满楼的味道。

突然，董董恩左手边一个穿黑T恤操半瓶酒的高个子男人，在人群中突兀地扬起手来，冲对方喊了一声：“嘿，赵哥，赵哥你咋在这儿？”

曹雅那边一个戴眼镜、穿文化衫的光头男人立即答道：“大二狗子？你咋也到这儿来了？不是昨天喊你喝酒你说胃疼吗？咋今天不疼了？看见你大头哥了吗？”

大头哥出现在两支队伍中间，也喊：“都在呢，一会儿撸串啊？”

大二狗子甚有职业精神地答道：“行啊，一会儿撸串，我先帮我朋友把事情摆平啊。”

众人满脸黑线，看这仨人井冈山会师。

直到望穿秋水，靖哥哥，啊呸，楼渊兄弟方才姗姗来迟。董董恩相当识趣，第一时间涕泪纵横，猛扑上前，抱腿痛哭。

吃瓜群众甲：“我猜这个怀孕了。”

曹雅又要跳出来开打。

吃瓜群众乙：“不不不，我猜这个才是应该怀孕了。”

由于曹雅太能号，太能跳，行踪太飘忽不定，忽而左忽而右，因此不单董董恩，好多人都觉得头疼，于是乎当她再度平地起跳，他们队伍里的一位老大哥，一个没忍住，拎起板凳就往她头上一敲，另外暗处不知何人伸出一只手来，“唰”一声就把她给收割了。这两人出手太快配合度又高，曹雅还没来得及号就平地消失了。

世界终于清静了。

董董恩终于可以不受打扰地对楼渊致以诚挚的歉意了，她两眼含着泪，鼻涕缀在唇中间，对楼渊致以十二万分真诚的歉意：“这位大哥，今晚实在是对不住，打扰了您的好兴致，我也不想扯什么意外，一切都是我活该，是我心情不好醉了酒，出来丢人现眼触了您的霉头。如果您愿意，您把衣服脱了，我给您送去干洗？又或者，您想要身新的？现在好多店都关门了，要不，您说个价，只要价格公道，我绝无二话。”

说完可怜巴巴望着楼渊。

楼渊看了看董董恩，又看了看搭在胳膊肘上的衣服，没有 Logo，也不知道要开个什么样的价，对眼前这个眼睛鼻子皱成一团的女人来讲，才算是公道。

嗨妹也跟着一起：“这位大哥，我朋友她真不是故意的，她心情不好，多喝了两杯，这个事我也有错，是我没有看好她，破坏了您和您朋友的聚会，要不，今晚的单算我的？至于您的衣裳，我朋友答应了赔您，我一定监督她，就是打家劫舍、做牛做马、卖身为奴十二年，也一定会赔给您的。”

董董恩两眼瞪得溜圆，大姐，你随意开口就要卖我，你可问过我爸爸？

楼渊也被嗨妹磅礴的歉意吓到，冷冷表态：“算了。”说完转头对他的朋友们道，“你们继续，我回去处理。”

吃瓜群众没有意见，倒是消失了的曹雅此刻又冒头出来，吼叫道：“咋可以就这样算了？不能算，这个小贱人说话太恶心，做事又太没人性，看她把你吐成那个鬼样子，你为啥要轻易放过她？你要算，我不能算，否则我还……”

嗨妹和董董恩对视一眼，女人果然很喜欢为难女人。

楼渊不想多纠缠，此刻他十分难受，只想立即洗澡。曹雅人不娇气这点很好，但不分场合地要霸气……楼渊不接话，表情淡淡的，转身往外走。

董董恩很不好意思，错误已然铸下，对方也没有为难，那咱就该自觉点，送干洗还是买全新，好歹应该意思意思，表现表现。因此觍着脸上去：“要不然我陪您一起吧？”这时候应该还有店开门吧？

楼渊特别好笑地看着她：“我回家洗澡，你怎么陪？”

董董恩一滞，继而反应超快地后退半步，给气得已经燃成了大红灯笼高高挂的曹雅让路。

楼渊都走出酒吧了，董董恩又追上来，特别真诚地给他一张名片：“大哥，今晚真的对不住，这是我好朋友的名片，电话地址都有，您找得到她，就找得到我，您要是后悔了，想送干洗或者换身新的，请您电话，我随时候召。”说完小心翼翼避过曹雅发射过来的镭射波波光，目送楼渊走远。

嗨妹戳戳董董恩：“你这是干吗？他都走了。”

董董恩：“没事，就是给他女人添添堵，反正给的也不是我的名片。”

嗨妹：“……”

董董恩添的这个堵，的确是很堵。

楼渊走到车旁，曹雅喊住他："名片拿来。"

楼渊递过去，曹雅"呲啦"两下给撕碎了。

楼渊没说什么，他现在满身晦气，只想回家洗个澡。偏生曹雅不消停，上车后一张嘴就没有停过，叽叽歪歪，叽叽歪歪。

曹雅："简直了，从来没有见过那么丑的女人，一张脸满是疙瘩，这么丑就该识趣点，待在家里不要出来吓人好吧，还跑到酒吧里来，你说，她是不是故意的？还有你，人家吐你一头一脸，你倒好，话都不说，她跟你有啥关系？你敢跟我说她跟你没有关系？没有关系你会是这副德行？这个态度？没有关系你会收下她名片？没有关系她会单过来吐你不吐隔壁刘老三？刘老三就坐你旁边，咋就你运气那么好呢？"

曹雅属于典型的"一个巴掌拍不响""苍蝇不叮无缝的蛋""别人打你一定是你太贱""你被强暴一定是你穿太骚"思维，没办法，她自己从小接受的教育就是爸爸给完一顿胖揍，然后非得让她好好反省到底哪儿做错了——总是先谴责受害者的思考模式根深蒂固。

由于曹雅叨逼叨，叨逼叨实在太闹腾，楼渊方向盘一拐，连澡也不急着洗了，直接把曹雅送回她自己家去。

曹雅："你什么意思？"

楼渊："想静静。"

董董恩这边砸了人的场子，不敢多留，楼渊一走，她和嗨妹随之拎包跑路。

此后董董恩身着大帽衫，头戴鸭舌帽，眼架墨镜，嘴戴口罩，武装打扮了一个星期，既怕楼渊真来电话，说一套衣服要七万八，又怕那暴脾气的女人打将上门来，泼她一脸浓硫酸。如此提心吊胆、草木皆兵地过了一段时间，发现，楼渊没有来电话，曹雅也没有大爆发，并且，失恋综合征也治好了，腰不酸腿不疼，失调的月经也转平衡了。

就是她那身打扮吧，引来不少狗仔队，长枪短炮架在捌二创工所在的创意区周围，都说里面有一个电影拍摄现场，近来总看到有明星到场。

搞得在此开工的普通民众不管进出，总是要被镁光灯暴闪一顿。某天老柯被闪得两眼昏花，一头撞在墙上，勒令董董恩恢复正常打扮，这才让事态平息下来。

情绪稳定了，心性也大好，看山依然是山，看水依然是水，河里风平浪静，天空云淡风轻。董董恩仰天一声笑，失恋湿身的事便这么自动翻篇了。

谁知道，人算不如天算，还有一劫在这儿呢。

洛克斯集团的竞标过程相当漫长以及复杂。每个环节片区要审，审完之后报大区，大区审完又返回片区，涉及部门多达十余个，每个部门要开会讨论讨论再讨论。董董恩去打过一场酱油后，老柯又和胖子以及副总轮流提过四五轮案，最后光是等通知就等了足足一个月。

当然，这段时间并不是白坐等死，大家手上还有其他的活计要忙。董董恩手上有一个旅游景区的开发项目快要进入尾声，因为涉及验收、打款，她几乎把自己跟客户二十四小时捆绑在一起，日日开会到深夜，公司这边，能不见老板，就尽量不见。

这段时间的董董恩，日日心绪不宁、寝食难安，就怕接到来自老柯，或者楼渊的电话。半夜睡觉一会儿梦见楼渊顶着一张米粉脸，一会儿梦到老板一脚踹她去扫大街，醒来全身是汗。若长此以往，将人不人鬼不鬼，这还没被开除呢，人就先得精神病了，与其这样，还不如先发制人。

于是董董恩决定去找老柯，谈一谈人生，聊一聊理想，设想一下假若此刻撂挑子不干了，又会怎么样。

老柯的反应果然奇葩："什么？这时候辞职？董董恩你是有什么毛病？我苛责过你吗？是的，我苛责过你。我给过你压力吗？是的，我给你压力特别的多，上次市政外务那个单子是我背着你去拒绝的，因为我觉得那单子要求多利润又少，还有为好儿童加餐那个也是我拒绝的，毕竟咱们是商业公司又不是慈善组织，可是仅仅因为这些，你就要跟我计较要跟我闹辞职？我可是天下一等一的好老板啊，从来没有打压过大家想要升职加薪的愿望啊，当然，我也不怎么经常满足大家，这一点，我马上改，现在不是接了洛克斯集团的业务吗？这利润一起来，马上加薪，人人有份，我以我亲儿子的名誉保证。”

董董恩一口牙都快咬碎了：“原来那两笔业务是你去拒绝的？我说怎么客户跟我联系着联系着就没下文了，是你，你这个……我当初说客户怎么不回话了，你还把我骂了好几顿！你骂了我好几顿！”

老柯：“你也可以骂回来呀。”

董董恩气得作呕：“我没有那么没素质！”

捌二创工的副总是唯一一个能把西装穿儒雅的正常人，此人姓韩名春，众人给他冠了个优雅的名号叫春花。春花此刻端着一杯瓜片茶，慢吞吞踱进老柯办公室，笑问董董恩：“劳模这是怎么了？火气大得都快可以烤红薯了，对了，一会儿下楼去吃烤红薯啊？”

董董恩气哼哼道：“现在卖糖心红薯的那个老爷爷都不来了，不是糖心的我不爱吃。”

春花：“我说的就是糖心红薯，开在王大娘隔壁的，你肯定没注意看，新开张没两天，我昨天去吃过了。”

董董恩：“好吃吗？”

春花：“好吃啊，不仅有烤红薯，还有薯干、薯条和薯片，都是用糖心红薯做的。”

董董恩：“好，一会儿去吃。”

两人击掌立誓，击完董董恩转身就走，临走前还困惑了两秒：咦？我为什么要在老柯办公室跟春花讨论吃的？

老柯甩下一把冷汗，向春花道谢：“怎么董董恩每次都很听你的呢？”

春花仰头望天：她那么大一个 Bug 你是看不见吗？

冲出去开了大半天工的董董恩慢慢反应过来，好像不对啊，我不是去跟老柯讨论辞职的吗？遂又风风火火回来找老柯。

这家伙原来还没彻底蠢死啊？此刻老柯已经有应对的办法了，他一边跟董董恩打感情牌："恩恩哪，我知道你这段时间为了筹备竞标，压力山大，你所做的一切努力，我都看在眼里，业务一下来，马上就给你加工资，你看，这时候闹离职，是不是很不划算呢？"一边又拿出春花当挡箭牌，"昨天我还跟副总说，咱们今年业务好，年底一定给大家包一个需要三轮车来拉的大红包，还有啊，副总说了，你们部门人劳苦功高，到时候他要单独出一份大礼，单独奖励你们部门呢，所以我看哪，那个离职什么的，暂时就不必要了吧？"

董董恩本来就是一鼓作气来的，现在气已衰，再而竭，被老柯顺毛说上两句好话，早忘记了初衷，只高兴老柯答应的，会给她加工资。

哈里路亚，谁不喜欢赚钱啊，谁会跟钱过不去啊？

洛克斯南区就供应商入围正式揭标那一天，捌二创工欢欢喜喜搞了一场酒会。如今正式荣升大集团的供应商，未来五年业务将不再发愁，自然是要庆祝的，那天董董恩他们只开了半天工，下午用来布置会场，楼渊自然是当天最重要的客人。

筹备酒会之前，老柯发表了一个临时激情演讲："诸位，请打起你们的精神来，最艰苦的时期，最吃力的半年，已经成为过去。今天，我们站在这里，展望生活，生活是幸福的；展望未来，未来是光明的。我们不怕吃苦，不怕耐劳，做得了业务，攻得下客户，又怎么可能，接待不好客户呢？对吧？现在，请让我们露出最美的笑容，亮出最长的獠牙来，啊不对，是亮出最美的牙齿来，八颗啊，来，跟我说，Yes！"

众人高喊："Yes！"

猴子甚至激动得挥着拳头高喊了好几次："Yes!Yes!Yes!"

众人侧目视之。

猴子安静下来："不好意思，我太激动了。"

董董恩一想到又要见楼渊，真是生不如死，一脸哭相问老柯："老板，酒会我可不可以请假？"

老柯不准。

董董恩："如果我非要强休呢？"

老柯："做人不能太勉强，如果你非要强休，那就准备长休吧。"

欺人太甚。

转念一想，开酒会好歹强过于出去吃饭唱歌啊。吃饭必然免不了要同坐一堂，杯盏之间，相对无言，那才叫一个尴尬，唱歌更避免不了互动，届时酒过三巡，苦主若有话要诉，你让董董恩咋整？捂住老柯耳朵？还是去堵住楼渊的嘴？搞酒会的话，至少公司场地这么大，人也没拘非得限在一处，到时候随便往哪儿一钻，躲俩小时，也就过去了。

于是转为高兴。

下午四点，酒会正式开始。受到邀请的客人们陆续前来，老柯领着捌二创工的姑娘们充当门童，充分展现了身为东道主"我家大门常打开，开放怀抱等你"的大气。

董董恩非常鸡贼地选了一处有绿植可藏的位置，该处位置绝佳，进可崭露头角，退可藏头缩尾。虽说当初吐楼渊一头他并没有为难，但这种事毕竟属于黑历史，相信双方都不愿意忆起，所以能消失尽量消失，能不碰头尽量不碰头。

一直到下午四点半，楼渊还没有出现，这令董董恩很是高兴，只要熬过今天，今后只要不负责洛克斯的业务，那基本上很难再见到面。董董恩的如意小算盘打得噼啪响，如果楼渊再迟到一会儿，再迟到个把小时，她就可以神不知鬼不觉地撤了，毕竟没有谁规定，参加酒会必须要从头至尾都在场，当然了，如果楼渊今天不来，那就更完美了。

可惜董董恩高兴得太早。有句话叫，天不遂人愿，还有一句话是，谁的轻功最高？风流人物，当数曹操。说曹操，曹操到。

董董恩内心刚嘿嘿这么一乐，楼渊就出现了，自带的背景音乐是叶倾城大战西门吹雪。

先是有两片枯碎之叶飘落长街，长街甚静，落叶甚轻。随之而来，是两声微不可察的脚步声，董董恩侧耳细听，似有声，又似无声。天边红霞欲飞，落叶乱红，一阵风过，已有一人长身而立，逆光站在那霞光飞影里，衣袂飘飞，似在动，又似不动，动时快无声息，静时有如魅影。待董董恩要瞧个清楚明白，那人已站到了眼跟前。

楼渊。

只有楼渊。

董董恩急忙隐进绿植里，与此同时，楼渊朝这边望过来，目光炯炯，甚是明亮。

楼渊一出场，立即博得了老柯此生以来最为热烈的掌声。在众人眼中，楼渊气质天成，眉目如画，且因为赏了大家饭吃，故而身高两米八，大姑娘小伙子全都托着下巴仰望他。这位英雄身处高位，想来设计的路线应该是霸道总裁风，但是装 B 太过，变成了冰山冷面无情脸。

董董恩旁边的包子小姐紧捂住胸："噢，好看得我整个人都要窒息了。"

只有董董恩，恍神间仿佛听到了丧钟正在奏响。这时候想要溜走，或者装没看见，显然已太迟，前有吐一头的旧怨，后有提案时的拜见，再装不认识，你当楼渊是瞎子？就在楼渊杀至跟前，董董恩惊惶得如同热锅上的蚂蚁，不知该作何应对，只叹接下来就该为大家表演号啕大哭、叩头认错、血流成河的惨剧时，一旁的包子却相当眼明手快，抢先一步，笑靥如花，白臂微伸，轻言细语："楼经理，我们已经等您好久了。"

董董恩借机退后半步，一手抹汗，一手点赞，干得漂亮。

老柯簇拥着楼渊进门，欢快地朝楼上楼下喊道："都来啊，都来啊，客人来啦，快来接客啦。"

楼渊："……"

既然是为竞标入围而开的酒会，那么宾主到齐之后，第一件事自然是要倒香槟。

捌二创工的创意工作区是很有艺术特色的。这座外表像鬼楼的三层红砖小建筑，很多年前是国营机电厂的厂长办公楼，国家号召自给自足的那些年，该厂生产的电子显像管，曾遍销四面八方，甚至一度出口亚非拉，给国家创收了不少外汇，最鼎盛的时候，连陆军大元帅也前来视察。后来，国营这块招牌渐渐不再灵光，产品慢慢占不住市场，工人一批接一批地走了，唯留老厂屹立在风雨中，偷砖盗铁的来扫一遍，拾荒捡破烂的来扫一遍，老鼠再来啃一遍，最后只剩下鬼了。

老柯初到该片区附近转悠时，这一片不用布场便可直接拍鬼片，要门没门，要窗没窗，甚至好些砖墙都坍塌了。国营厂所在的区委会说：“都这样，挑不出什么好的来，你们要高兴弄，就拿去弄，前三年不收租，就当作维修费补贴吧。”

老柯被三年不收租给迷花了眼，想也没想就下了手。那会儿他刚和胖子赚了两个钱，想要换个新的办公地点，兜兜转转、多方寻觅，终于找着个乍一听好像占了大便宜的地方，结果真正动起手来，悔得肠子都快断了，天神啊，补个旧楼比修幢新楼花费还要大。因为区委在三年不收租的诱惑之下，是有着特定条件的，那就是，不允许大动筋骨砍头去脚，更不允许推倒重造，必须得是修旧如旧，以旧换新，所以吧，这红砖得特意烧，老梁得刻意找。

好在功夫不负有心人，胖子毕竟艺术感一直在线，艺术家的审美眼光一向稳定，加之部下高手云集，善设计的、善画画的、善手工制作的，看着都挺其貌不扬，随便拉一个出来却都是什么“第五十二届中华创意杯金奖得主”“星空艺术优盛奖得主”“国际奇想大赛杯得主”，人才辈出。小楼外墙修葺好后，室内设计就交由了这帮人去自由发挥。

这是楼渊第一次来捌二创工的小红楼。

楼渊跟老柯早几年就开始打交道，算是很江湖的江湖朋友了。秉着朋友的生意就是自己的生意之江湖惯例，楼渊没少照顾老柯，自己有业务找老柯，朋友有业务也会介绍来找老柯，包括这次洛克斯供应商招标，也是他力举推荐的捌二创工。当然，他推荐老柯，那是瞧得起老柯办事的能力，而不仅仅只是因为熟人，虽然朝中有人好办事，可若办事人没有能力，朝中人也是很跌面子的。楼渊自然是明白这一点，作为朋友，他愿意给老柯多垫一块向上走的石头，作为生意，他对老柯，和对其他供应商真没什么区别。朋友归朋友，生意归生意，情感才能长久。

两人私下聚会不多，撸串喝酒偶尔也有，但插足对方的工作空间，还真是没有过。是以刚一跨过铁花大门，就被捌二创工的艺术品位所折服。

小楼共三层，中间挑空成天井，琉璃瓦疏疏朗朗，透进一室明亮的采光，室内主打色是黑白灰，过道、楼梯，皆是老式黑铁钢管，只细节上如楼梯扶手、门窗框边，采用了原木暖调。跟一般的办公室不一样，捌二创工室内空间更像是个旧式咖啡馆，进门有吧台，吧台上架着一台留声机，吧台背后有个木质框架屏风，框架上陈列着众多老旧物品，譬如黑白电视机、老式收音机，还有些打口唱片。转过屏风，整个底层一片空，为了搞酒会，老柯指挥众人把移动隔断墙都给推到两边了。

隔断墙说起来是墙，其实更像是加宽加大加厚型屏风，展开时是墙，任人随心所欲可隔出任意空间，开会时隔出会议室，来客了隔出茶水间，休息时隔出麻将馆，加班熬夜还能隔出几个小房间。堆叠起来就是画，墙体木质镂空，有阴刻，有阳刻，有梅兰竹菊，有小桥人家，与小楼四壁的老厂、旧城老照片融为一体，再加上零零星星作为点缀的老旧物件，如仿明式桌椅、跪坐式茶几，摆在一起，过去与现在，历史与未来，别说，还真有些当代艺术品展厅的气质。

楼渊一边看一边赞："不错啊。"

老柯："喜欢就常来，我们二楼还有个大露台，平常都在那里喝茶，你没事儿也来。"

楼渊："这地挺贵？"

老柯嘿嘿一笑："钱嘛，生不带来死不带去，赚来不就是为了享受吗？"

楼渊拍拍老柯，体会了一把和土豪交朋友的舒爽。

先前来的客人都和相熟的朋友聚一起，说话或者看照片，楼渊连连说抱歉，还开了一个非常冷的笑话，问有没有耽误倒香槟的吉时。众人打了一个哆嗦，努力往下接，说贵人你要再迟点，老柯就该进洞房了。

香槟倒起来，淡金色的液体顺着杯子一层层畅流而下，众人此刻的注意力都在香槟杯上，董董恩也一样。

可惜不幸的一幕又出现了，天哪。

一向智商在线的春花哥突然神经病发作，不好好看倒香槟，反倒隔山越岭地捅董董恩，说：“恩恩，该你了，快上去唱首生日歌。”

众人的目光一下子聚焦在董董恩身上。

兄台你贵姓啊？跟你很熟吗？董董恩大脑一片空白，拜托这种场合可以请你多长点眼力见儿吗？开什么玩笑啊？谁高兴上去唱生日歌啊？跟生日有什么关系吗？跟你有什么关系吗？跟我又有半毛钱的关系吗？！

春花一开口,老柯必定会捧哏,听这话也打趣道:“今天就不唱生日歌了吧，上次我们的董董恩小姐教大家唱《小苹果》，害得我们两位优秀的同事当场呕血三丈，差点闹离职，这个事到现在我还心有余悸、耿耿于怀。”

真的，董董恩从来没有感觉人生竟如此艰难，如此灰暗过。虽然公司平常就是个神经病大院，大到老板、小到职员就没有一个正常人，但看在薪水还不错的分儿上，她都忍了，现在，她开始反省：我的忍让退缩或许是个错误？在这样重要的场合，这些人一点专业精神都没有，我什么时候教大家唱过《小苹果》？我自己都不会唱啊，你们到底是要闹哪样？！

董董恩曾经玫瑰色的人生，黄金色的理想，天蓝色的希望，就在此时，就在此刻，被人无情抛掷在地上，烟消云散，熄灭得是那么的不甘。

众人皆在笑，气氛很美好，只有董董恩一个人想悬梁上个吊。

太绝望了。

经此一胡闹，董董恩也不再想隐身了，躲闪下去已毫无意义。大家都是聪明人，如此躲躲藏藏，日子还要不要过了？再不直面残酷的现实，就只有变成大傻瓜。于是只得端起香槟，主动囧着一张脸，向楼渊飘过去。

楼渊又一次认认真真、上上下下“扫描”了一遍董董恩，这姑娘的的确确是不在他深深的脑海里。一个陌生的女人，一份真实的恐惧，他们之间，到底发生过什么？是被他无意伤害过的女人吗？一点印象也没有；是商业间谍吗？不可能，引起他注意的手段实在是太嫩；是公司大换血时被清退的员工吗？又或者？他想起了曹雅，这会不会是一场直勾钓鱼？不管怎样，看到董董恩走过来，他立即摆了一个“今晚月色很好，我自妖娆”的造型。

董董恩囧囧飘到楼渊面前，深吸一口气，给自己加油鼓劲大半天，才惴惴开口道：“楼哥，您好您好，不好意思好像还没有跟您做过正式的自我介绍，我叫董董恩，这是我的名片。”

楼渊收过名片，扫了两眼：“董小姐似乎，不大乐意看到我？”

董董恩急得摆手：“没有没有，绝对没有，我只是发自内心的……”尴尬？呔！“我只是发自内心的，想跟您说一声，对不起。那个，上次那个事，真的是，真的是，”董董恩结结巴巴磕出一脑门的汗，内心忐忑不安，这个勾起别人痛苦回忆的道歉，究竟是道好呢还是不道好呢？楼渊还在挑眉等，她只得硬着头皮说下去：“您后来为什么不给我电话呢？我一直等您电话来着。”

楼渊没听明白，疑惑地“嗯”了一声。

大哥，该配合我演出的你别视而不见啊，人家都歉疚得要死了，你倒是表示一下啊，该原谅原谅，不原谅打死，这么高冷的嗯嗯啊啊是要闹哪样？

虽然腹诽，但客户毕竟是上帝，事已至此，再苦再难也只有硬着头皮上了，遂眼睛一闭，抱着“十八年后又是一条好汉”的必死之心道：“上次吐了您一身，真是对不住，后来我有一直等您来电话的，只是，您大概是贵人事多，我，我没有等到。”董董恩尴尬万分，言辞恳切，“然后，然后吧，这一次我们公司特别辛苦才竞到你们的标，想求楼哥您，大人不记小人过，我请您吃饭，赔个罪，您看好不好？”请看我的眼神，请看我无辜的、真挚的、可怜兮兮的，小眼神，你忍心拒绝吗？

楼渊忍心，直白拒绝她：“不好！”主要楼渊自己也接受不了那段不堪回首的黑历史，这会儿他整个人眉头都快皱出坑来了，“原来那个人，是——你——”

董董恩方才后知后觉地发现，她似乎把事情给搞砸了。一口老血差点没有当场喷涌而出，内心泣血成海。我到底都做了些什么啊？这位哥们儿，原来他根——本——不记得我啊！那我这段时间抑郁想死都是为了什么？忐忑不安又是为了什么？越想越觉得自己蠢，气得鼻屎直冲上天，酒杯都快端不住，浪打浪就快浪出来了。

楼渊见董董恩还敢端酒，当即吼道：“你还敢喝？”

董董恩特别想把香槟淋到自个儿头上，微笑对他说，不，亲，这不是酒，这只是让我清醒过来的冰水而已。

让你不清醒，让你去道歉，让你觉得自己美。

酒会结束后，胖子和猴子一起看所拍的照片。刷到董董恩，猴子笑起来：“老大，你这拍照技术也太差，红眼都没消，拍出来跟鬼一样。”

“不可能，我相机自带消除红眼功能。”胖子说着拿起相机又检查了一遍，“难不成是灯光的原因？”

猴子：“技术菜就技术菜，不要怪器材。”

胖子冲猴子发起狠来：“敢说我技术菜？”

猴子气势虽然弱，嘴上却不肯服输：“技术菜还不兴人说了？”

两人顿时扭打起来。

春花告诉董董恩：“设计部为你打起来了。”

彼时董董恩正往眼睛里滴眼药水，闻此手下一惊，药水瓶差点戳到眼睛里：“想不到，我竟然也有红颜祸水的一天。”

春花：“快醒醒。”

楼渊开车回家路过百花南路，等红绿灯的间隙，见路边一家露天咖啡馆坐着两个人，一男一女，女人竟然是曹雅。两人好似在说话，但气氛应该不太融洽，红灯停绿灯行那一秒，楼渊看见曹雅毫不手软，一杯饮料泼在了对面男子脸上。

曹雅还是这暴脾气。

楼渊没有停，油门一轰飙了出去，他和曹雅争吵不断的那些日子，这个画面几乎天天发生。

楼渊的父亲曾告诫过他，千万不要跟女人对上，女人暴脾气，不过也就两三分钟，忍一忍，海阔天空，让一让，息事宁人。所以曹雅脾气发作时，楼渊一般选择躲到一边，任她去吵，由她去闹。楼渊父亲道，这是我跟你妈相处多年得出的生活哲学，你学着点。然而这哲学在曹雅这儿却行不通，曹雅的哲学是，你不跟我吵，那是因为你心虚，你不跟我解释，那是因为我说的全对。一见楼渊躲，她心里就更恨更狠，恨自己是个傻瓜，恨楼渊对她太狠。

一个要躲一个要疯，思考完全不在同一个纬度，沟通从来不是同一种语言，两个人相处累得跟狗一样，除了喘气别的什么也不想说。

楼渊弯了弯嘴角，说起来，还得要感谢一下那个董董恩，要不是她在酒吧吐了他一头，加剧了曹雅的发作，大概这会儿他和曹雅还在“继续还是分手”中来回纠结和痛苦。

Chapter 02 甲方爸爸长这样

酒会一结束，给洛克斯集团专配的项目小组就正式开工了。

董董恩自然也隶属这个小组，但她不是驻项目现场人员，她手上还总控着多家其他项目，且都在同时进行，轻易换不得人。鉴于此，筹备伊始老柯在考虑谁驻项目现场时，果断就把董董恩给踢开了，毕竟很多项目中途换人会很麻烦。董董恩没去提案之前对这个职位还曾痴心妄想过，那会儿她一心高喊选我选我快选我，都被老柯无情无义、视而不见地掠过了。竞标偶遇之后董董恩方知人间有大爱，人间有真情，感动没被挑中去现场，要不然咋死的都不知道，甚至对着老柯唱了好几次《感恩的心》，结果被春花打跑。

所以老柯在正式开工动员会上点名董董恩，说由她去客户现场对接业务时，董董恩才那么的吃惊，由谁去现场，这个事儿不是早就确定了吗？

老柯："你那什么表情？楼渊说了你跟他比较熟，让你负责现场好一点。"

董董恩脑袋"嗡"一声就炸了，"蹭"站起来："谁跟他熟了？我们不熟。"由于太过于激动，鼻子里还冒出一颗鼻涕泡，"砰"一声炸掉。

老柯："……"

小组其他成员："……"

董董恩万分不甘，试图挣扎："老板，我手上还有其他项目在跟，你不是已经定好人选了吗？"她瞥了一眼包子，这位朋友，你不是早就肖想要跟楼渊进一步亲密接触了吗？

包子光"嗯嗯"不说话。

老柯："这个问题我考虑过了，你去现场，把能交接的项目交接给其他人，不能交接的带去现场慢慢做慢慢交接。"

董董恩又努力瞅包子，你倒是出来争取啊？

老柯："你别瞅了，我让她负责《春光时画》的项目。"

《春光时画》就是那个快收尾了的旅游集团公司又一个新开发的项目，这些业务跟政府部门挂钩很严，和跟洛克斯这种每一笔业务款都要写明来龙去脉的跨国企业不同，半官方项目油水很足，动不动就请客发券送礼物，经手的灰色费用也绝非跨国企业可比拟，在钱和帅哥之间，包子毫无骨气地叛变了。

董董恩气得鼻子都要歪了，天要亡我。

在客户处做项目执行，肯定是要比在公司做项目统筹来得轻松和愉悦，最大的好处是，能与客户同步上下班，除非被公司召回，一般不加班。广告公司加班加到积劳成疾那是业内常情，竞标期间在公司吃喝拉撒睡是常有现象。标书完成后，轻者头冒小蘑菇、眼袋大如斗、双手僵成白骨爪；重者手脚抽筋、肌肉僵化、大小便失禁，真是加班加得人憔悴，熬夜熬得人颓废，这才是董董恩当初之所以那么想争取那个现场执行名额的原因。

老柯奇道："你当初不是挺想去洛克斯的吗？"

董董恩都想给跪下了，大哥，那是我以前年轻不懂事儿，还不知道世道如此艰难、世事如此难料时的痴心妄想啊，我现在已经知道错了，求放过啊。

可惜老天没有听到她内心的呐喊，老柯最终还是不顾其挣扎，以客户指定为由，拍了板。

董董恩仰望苍天，不懂楼渊这样做，到底是为什么？是觉得广告公司太苦逼所以想要当圣母，试图以一己之力拯救她于水火之中？又或者，其实他还是想报复，想把人放到眼皮子底下，天天换着花样来折磨？

不管哪一样，前途都渺茫。

动员大会结束后，董董恩和老柯还要赶去拜访一位老客户。因为近来神思不定、心事重重，当老柯从地下室把车开出来的时候，董董恩想也没想，直接拉开后门坐进去。

老柯在前头嚷嚷：“好你个董董恩，不陪老板下楼取车也就算了，你还把你老板当出租车司机，你给我坐前头来。”

董董恩赶紧屁颠屁颠换前头去，实则也想跟老柯打探一下，楼渊到底是什么个情况？这驻客户现场人员怎么还兴变来变去了？这事整不明白，会死人的啊。坐定之后小心翼翼问老柯：“老板，楼哥，是咋跟你说的，说我跟他很熟这个？”楼渊这家伙，到底有没有大嘴巴跟老柯提过他俩之间的恩怨情仇？

老柯来一句：“我还想问你呢，你俩咋就熟起来了？”

董董恩一颗心卡得七零八落，跟老板级别的男子聊八卦，到底要怎样才能扯得利索？要怎么套话才套得自然呢？尤其是在这种互相都想从对方嘴里套出点啥来的微妙时刻。董董恩非常懊恼，只恨平素八卦圈混得太少，完全不知道该怎样设套，一点有用的信息都收集不到。她支支吾吾半天也没说出个屁来，等红灯时看到老柯静静抓着方向盘，一副求知欲满满“就等你回答了”的表情，更是吓了一跳。

董董恩：“你该不会是以为我会撬客户吧？”

老柯：“这我不担心啊，你要是敢，我会打死你。”

于是董董恩又小心翼翼换个方向问：“你说，楼哥他会不会是觉得，我比较，又乖又美？”

老柯伸手拉下遮阳板上一面小镜子，对董董恩加油打气说：“来，勇敢点，直面一下现实。”

董董恩：“……”

接下来两天，董董恩都在处理移交工作。内部文件还好说，麻烦的是要挨个给老客户们去电话，要跟客户交代清楚，接下来会由谁来对接，对接暗号是怎样，对接程序又怎样。

很多客户不大高兴临时换人，换人代表前期已成默契的工作，又要重新来一遍，且新接头人用起来顺不顺手，值不值得信任，这都是麻烦。董董恩只得一遍遍向人保证，接头人并不比自己差，大家都是同一个工作小组，这段时间有什么事情还可以找她，并不是撒手就不管了。

不停解释和赔罪。

有些客户脑洞奇大，问董董恩是不是要携款潜逃了。

客户："我这才刚交了一个季度的款，你就说要换人，哎我说姑娘，你该不会是要跑路吧？"

董董恩一头汗，大哥，我要真跑路，那也带不走款啊，您的钱可都是直接打到公司公账上的啊。

也有关心董董恩本人的客户，大家合作久了，情谊非常，接到消息便问："你是不是要跳槽了？换到哪家公司去？你走我们也走啊，反正跟着你。"

董董恩感动得两眼泪汪汪，这是对自己工作的肯定啊。

约了无数个饭局，抛了很多个"由此给您造成的不便，公司会以更好的服务、更优的折扣来赔罪"的海口。再到新的周一，她便舍弃了往日上下班的骑车路线，改为挤上开往洛克斯南区的地铁。

洛克斯南区办公大楼离市区比较远，得先坐地铁，再换乘集团的专用公车，路程虽然远，好在不麻烦，地铁出口就有集团专车接送点。董董恩第一次从家过去，不清楚会在路上耗费多少时间，因此一出家门就开始计时。

早上挤地铁真是个体力活。车来之前都会排队，地铁一来，队伍立即涣散成溃兵，想上去的人挤不上去，想出来的人挤不出来。董董恩有幸排了个第一，哪知车门一开，瞬间被挤成队尾，耗尽便秘的力气拼命挤进去，紧随而来的还有一个大胸姑娘，门都关了她还在号："我的包还没上来，包被卡住啦。"

下车的时候，董董恩才发现，她内衣扣子都被挤掉了，真是凶险。

到洛克斯楼下时看表，路上等车，挤地铁，再换乘，共花费四十七分零八秒。

话说大公司的作风就是严谨，放眼望去，一众男女全是标准职业装，男士西装领带干净整洁，女士西装套裙配高跟鞋行走如风。董董恩脖子上系着一条小丝巾，上着白衬衫，下配黑直长筒裤，这是她把自己埋在衣橱里，翻了一个早上才翻出来的，最职业化的一套衣服了。乍一看也不差，但跟集团公司的严谨着装相比，差了估计有五条街去。他们小红楼里的糙人们，大都习惯了大裤衩大背心，陡然驾驭严谨禁欲的风格，很有些 Hold 不住。董董恩越看自己越别扭，这个时候，就颇怀念那些奇装异服的日子。

在小红楼，“着装严谨”这个词跟他们是毫无关系的。老柯常年着西装，但从来不系领带，衬衣有时候露外头，有时候扎腰上，全看他当天起床忙不忙；春花也是常年西装，不过春花的西装更像是时装，衬衣红黄蓝绿紫橙青，从周一到周七，穿得跟彩虹一样；除此之外所有人夏日都爱好夹板拖鞋和沙滩裤，冬日所有人都爱好雷锋帽和军大衣。此外也会参照时尚流行，譬如《琅琊榜》火的时候，所有人一窝蜂地爱好梅长苏同款式披肩，猴子入了一款，卖家半天不给他发货，急得他把他爸的盖腿小毛毯都披来上工了。

按照报道程序，董董恩得先去找楼渊，等他分配位置，介绍接头人，然后才能正式开工，所以进了电梯，直接按下楼渊所在那一层。电梯里俊男靓女很多，董董恩一想从此也算是跻身白领阶层了，内心很激动。众人见这姑娘面生，一来又按的是核心部门所在楼层，不知道是哪里空降而来的神仙，看她的眼神顿时颇为八卦和热切。

上到楼渊所在层时，电梯里已空无一人。董董恩正想着楼渊好大的霸气，竟然独占一层楼，电梯门徐徐打开了，刚才脑中的所想之人，正如一尊冷面金刚，站在门口，双臂环胸。

董董恩心里一惊，这？这是在等我吗？这样步步惊心真的好吗？

便见楼渊指着手上的腕表，面无表情看着董董恩：“你迟到了，这里不是你们广告公司，虽然你不用打卡，但一样要遵守上下班制度，我会盯着你的，下次再迟到，我会投诉给你老板知道。”

这是董董恩听过的，楼渊说过的最长的话了，她大为吃惊，吃惊完又看看自个儿的手机，问：“我怎么就迟到了？你们不是九点钟才上班吗？”怎么回事儿啊？酒会那天不还有说有笑的吗？现在才反应过来要翻脸吗？这节奏变化太快我适应不了啊。

楼渊把手腕递过去："你看现在几点了？"

董董恩看楼渊的表，九点零三分，再看看自己的手机，八点五十四分。糟！怎么慢这么多？

想不到第一天报到就迟到，董董恩羞愧得想死，垂头解释道："楼哥，真不好意思，我手机第一次出现这种情况，而且我坐的是你们公司的班车，还以为坐班车不会迟到呢。"班车上有那么多同事，一车人都迟到得那么波澜不惊吗？不愧是跨国大公司，连集体迟到都那么有个性。

董董恩解释完，楼渊皱了皱眉头。

他错怪董董恩了。

不是董董恩的时间慢，而是楼渊的表被他自己拨快了。楼渊的时间向来要比别人快十分钟，这是他预留出来的，做任何事都必须要的可控时间，他习惯了这个独特的时间表，他的团队也习惯了配合老板，时间一长，以至于他都认为自己这个时间才是准确的了，没想到董董恩一来就遭误伤。

楼渊内心略有点惭愧，但是没有道歉，而是面色不改，强行转身，招呼董董恩："跟上。"

董董恩一边想一会儿要跟人好好对一下时间，一边摸了摸鼻子，自觉跟上。

楼渊把董董恩带到一位栗色小卷发，佩戴银色胸卡，一看就超正点、超专业的美女面前，对她介绍说："朱莉，这位是我们的广告商代表，董董恩，负责新项目的现场执行，以后由你来跟她对接，她在这里的工作表现，由你报告给我听。"

那位叫朱莉的美女马上一个标准回答："好的，老板。"

楼渊对董董恩道："这位是我的助理朱莉，接下来你的工作由她安排，一切事情听她的，记住，你在这里的表现，我会随时通告给你老板。"

董董恩站得笔直，抬头挺胸道："好的，楼哥。"

然后，楼渊就消失了。

整整一个星期，董董恩没有再看到他。

董董恩在洛克斯开工的第一个星期，一直跟着朱莉混。跟着她去见识大公司的豪华食堂，去各个办公楼层认必须对接的人。

朱莉是楼渊助理团的首席助理，长相甜美，说话温柔，若因此误以为她是个软妹子，那就错了。这位甜妹只是外表甜，实际做事心狠手辣，谈笑之间杀人不见血、砍头不皱眉，干脆利落、雷厉风行还极有条理，而且奉召行走，整个办公大楼上下十五层，洛克斯独占五层，每一层听到她的名字都会由衷地敛起笑容，挺直腰杆。

既美且辣，又手持王令，没有人敢小看她。

董董恩从来没有跟这等高级人才共事过，怕自己跟不上节奏，只得拼出万分努力和小心来，经手过的文件检查一遍又一遍，该签发的邮件校对一遍又一遍，一个星期下来累得腰酸背痛腿抽筋。

谁造谣说，做现场执行轻松得不得了？其实更累啊，现场虽然没有老板监督，没有副总拆场，但是，客户监督才是真的狠啊！每个甲方都是不能得罪的上帝，工作做不完，跟老板还可以报怨一下，撒个娇，在客户现场根本就没这号福利啦，难道还能扑到客户怀里挥小拳拳吗？在客户面前，再难再险也得当自己二皮脸啊，一点余地也不能还、不能讲，否则还谈什么专业？忙起来三头六臂、眼观六路、耳听八方，听候客人召唤的小雷达扫得呜呜作响，连喝水的时间都没有，小解都是以每秒百米速度跑着去的，更别说每天得处理浩瀚如星辰般的各类电子邮件，如果一天不开邮箱，那邮件多得都恨不能像贞子姐姐一样从电脑里面爬出来。

董董恩每天有大量工作既要发给老板，也要发给楼渊。虽然楼渊只露了一面，交代完毕就闪人不见，董董恩却总感觉背后有一双阴冷的目光，时时刻刻，如芒在背。

这样疲于奔命、死拽活赖折腾了一个星期，工作总算是铺展开，正式进入正轨，终于可以松一口气了。董董恩这才发现，跟朱莉搭档共事，好像还挺事半功倍的。

按双方约定，每周一下午，董董恩得回小红楼参加公司每周一次的工作总结面对面会议。在洛克斯举目无亲，摸爬滚打了一个星期后再回到公司，简直有种死里逃生、亲人团聚的感觉。

其实董董恩每天工作进展到什么程度，同个工作小组的人都是有数的，每天下班前，工作日程表定会挂出邮件来，所有组员都能看见，清晰明了，到公司来开这个每周工作面对面，主要讨论的并不是工作，而是思想总动员，是一个思想政治自我教育大会。譬如，在客户现场有没有注意自己的言行举止？有没有胡乱长舌八卦？有没有存录好八卦内容拿回来给大家分享？有没有给公司丢人？有没有把客户当成爸爸？等等,都属于必要讨论且会深度讨论的内容。

董董恩反省了自己这个星期作为新手的不足，还不大记得清楚客户方所有人的脸；诉说了在办公室还要穿着高跟鞋跑来跑去实在是太挑战的苦；炫耀了大公司的豪华食堂，午餐就是好吃等等，做了一番很是详尽而精彩的汇报。

老柯对此表示：“要尽快认清客户的脸，毕竟每一个客户都是我们的爸爸，你可以记不住你亲爸爸，但必须记住谁是付钱的爸爸，必要时候可以拍照，正拍不行可偷拍，争取不让一个客户爸爸从我们的五指山溜掉。另外，你申请什么服装费，我看了，驳回吧，咱们穿干净就行，不要求你上时装秀。”

董董恩：“人家公司职员穿得都那么职业，我不能给公司丢脸啊。”

老柯思考了一下，转头望向春花：“你问一问洛克斯那边，能不能给咱们驻现场人员提供两件衬衫？如果他们要求我们的工作人员穿职业装，那就由他们提供服装，如果他们不要求，那咱们穿干净整洁就好，你觉得怎样？”

春花从皮夹子里掏出一张整票子递给董董恩：“这是我个人，出于人道主义精神，支援你的，拿去买件好的吧。”

董董恩气得拍桌，这两个人实在是，太抠了。

老柯还有话要说：“还有啊恩恩，你去客户公司用餐的时候，千万要注意吃相啊，收一收你筷子过处，汤水不见、粒米不留、横扫千军的气势，知道吗？不然客户极有可能因为你吃相太狠太难看而破产，那样咱们就没钱可赚了，知道吗？”

董董恩：“……”

会议正在进行时，前台妹子小金鱼跑来敲门，说有客户电话找董董恩。

老柯：“跟客户解释一下，说一会儿再回过去，没瞧见这儿正在开会吗？”

小金鱼尖着嗓子喊：“我知道啊，可董董恩她电话老响，现在客服部和设计部的人已经死掉一大半了。”

董董恩的手机陌生人来电是一首京胡协奏曲《梅花新调》，曲调很激昂，一般人欣赏不来。她进来开会，忘了把手机设置成静音，京胡声响彻云霄，把相邻两个部门的人都震出八级内伤来了。

正说着，前台总机也响起来了，小金鱼接过听了两句，喊董董恩：“又是找你的。”

老柯掐着太阳穴朝董董恩挥手：“快去快去，让金鱼不要喊，她嗓子太尖，我实在是受不了。”

董董恩屁颠屁颠跑到总机接起电话，听筒那端幽幽传来一个男声：“我就一句话，你回公司了？”

董董恩反应有点呆，这谁啊？嘴却很诚实：“是啊，请问您是？”

那端飘来两个字儿：“好的。”然后，就挂了。

董董恩握着电话筒，心想这人倒是实诚，说一句话就一句话，连个自我介绍也没有。

接完电话又回位置上把手机按静音。一去只见两个部门的人横七竖八乱，有躺地上的，有挂树上的，还有脑袋扎进废纸篓里的，只有一两个略微有点反应，顽强地伸长胳膊，抓着董董恩：“救，救命，把手机静，静音……”

董董恩踢了抓她的人一脚：“活该贱死你们。”

回到办公室，老柯问：“谁的电话？”

董董恩同样纳闷，说：“没名没姓的，就问我在不在公司。”

老柯："妥善处理私人感情，不要影响公司业务。"

董董恩很无辜，她哪里来的私人感情？她都差点要跟公司电脑结婚了。

八卦大会一开起来就没完没了、没完没了，一个鸭子呱呱呱，三个鸭子叽里呱啦，散场的时候一个个口干舌燥、气血不平。

老柯问："有没有人跟我下楼去吃芽菜包啊？"

一个回应也没有，所有人都跟武林高手似的，越墙而去有之，翻桌而走有之，剩下几个凌波微步，起伏之间便消失不见。

老柯扭头盯着落在后头的董董恩。

董董恩："拜托你要装大方也走点心好吗？王大娘的包子铺六点钟就收摊了，你看看现在都几点了？"

老柯："……"没想到败在了这里。

董董恩回座收拾东西，手机有十几个未处理电话和消息，开发票的、卖房子的、搞装修的、通下水道的……不一一道来也罢，还有几个重要的客户电话，赶紧回过去，大部分已经到家都开始吃晚饭了，说有事明天再说。还有一个电话有些眼熟，回拨时想起，貌似是洛克斯集团的电话，尾号陌生，前缀跟朱莉位置上的座机电话一模一样。大概是朱莉问她今天要不要回去？这会儿人肯定走了，于是董董恩准备挂断，给朱莉的手机回过去。

没想到有人接了。

董董恩瞬间金牌客服附体："您好，我是捌二创工的董董恩，请问朱莉还在吗？"

一个声音冷冰冰回答她："她走了。"

董董恩："哦好的，谢谢您。"也准备挂电话。

听筒那边一声叹息："这是我办公室电话。"

董董恩试着问："是楼哥吗？"

对方既没有说是，也没有说不是，只是问："你怎么也搞这么晚？"

一股不知从何而起的高兴劲儿突然从心底里涌出，以至董董恩回话的声音都有点飘："哟，您回来了。"说完才发觉，口气怎么这么像妈妈桑？

的确是楼渊。

楼渊下午的飞机一落地，家也没回先到公司，处理完几项陈积的工作才想起，也不知道广告公司那个现场业务代表，在这里适不适应，工作有没有搞好？去大办公区逛了一圈，没有看到人，那会儿他还没想起和捌二创工有个每周一得放人回去开会的约定，只当董董恩提前离场了，二话不说便是一顿不悦的夺命连环 Call，直到朱莉告诉他董董恩回公司了，方才想起。

怎么回事儿？楼渊有点纳闷，感觉近来脑子不太好使，一定是压力太大了。

董董恩问他："是您吧？"声音很轻俏。

楼渊嘴角弯了弯，心情很放松，问她："你怎么还在公司？"

董董恩："开会啊，现在要走了，之前的电话，也是您吧？"

楼渊"嗯"了一声，接着毫无预兆地开始暴躁："为什么离开项目现场不通知甲方？邮件是用来做摆设的吗？下次再擅自离开，我会投诉给你老板。"

董董恩一张笑脸瞬间碎裂成石膏。这位先生，请问你是生理期来了所以情绪如此飘忽不定吗？我是乙方人员，回自己公司你凶什么啊？再说我也有知会过朱莉啊，你不懂张嘴问一问吗？什么叫擅自啊？双方拟定的合同上，黑体大字写得清清楚楚，明明白白，每周一执行人员得回公司一趟啊。

本来周一事就多，来回奔波搞这么晚更是累，还被没好气地凶了一顿，气得董董恩在心里凌空踹出一脚，早晚有一天，我要被你们这些毛蛋气成神经病。但这会儿电话不是还没挂吗？跟客户逞什么能呢？内心固然万分苦逼，面上还是相当专业地回复道："真是不好意思，这次是我疏忽了，不会再有下次，请您相信我，以后离开我一定会通知您的，请问我可以走了吗？"

楼渊用鼻孔恩赐了一声，董董恩旋即挂上电话。

世道真是太艰难。

晚上董董恩和嗨妹约去啃酱香蹄髈。

两人吃饱喝足后，沿着柳汀河回家。走到酒吧街那片灯火辉煌处，董董恩突然停住脚步，并拉住嗨妹："快，绕道。"

嗨妹不明所以，问："咋的了？"

董董恩："如果我没有看错，前面那个应该是我老板。"

嗨妹头往前一探："旁边那个好像你副总……哇哦……哇哦……刺激。"

董董恩拽着她："快走。"

嗨妹忍不住号："男人都有男朋友了，单身狗还是单身狗。"号完又自我感觉良好地问道："哎，我觉得我这两句对仗挺工整的，你觉得呢？"

董董恩："……"

尽管前一天被楼渊凶得精神萎靡，睡了一觉起来的标准自愈系少女董董恩又元气满满了。狗屎再多也不怕不怕啦，姐神经比较大，不怕不怕不怕啦！一路抢红灯，挤地铁，没有迟到，没有摔倒，邮件抄送正常，项目执行正常，答复客户有礼有节，汇报老板有根有据，很好！

中途还跟甲方工作小组开了一个技术型会议。

董董恩把设计部提交给她的资料拿到小会议室，对朱莉点点头："开始吧。"

朱莉示意开始投影。

董董恩站在会议室前方一帧一帧讲解道："现在大家看到的这个，就是总部对门头的设计，这是我们打的样，两块弧面板块之间，我们有一个工艺上的改进。总部要求的是搭扣，搭扣这个工艺，在北区、西区投用，是没有问题的，因为这俩地方天气常年干燥，但对于我们南区来讲，有点不太适合，大家都知道，我们南区雨水多，门头是要安装在室外的，风吹雨淋，面板与面板之间很容易起翘，造成空缝，最后会出现漏光。所以我们改了一下，不使用搭扣，而从中国古代工艺，榫卯结构中得到一个灵感，我们改用阴阳扣，一块面板接合处做成阴扣，这一块，与它对接的，做成阳扣，两块一拼，可以实现无缝对接。"

"大家可以看一下我们的设计步骤图，还有现场安装示意图，操作非常方便，跟搭扣一样的，同时外观一点也看不出来有任何改变，不会影响到总部的设计理念。"

董董恩按着电子笔，在投影画面上点圈。

下面有人开始提问。

有人问：“阴阳扣的设计理念不错，我关心的是，成本会不会有增加？”

董董恩回答：“不会，成本不会有增加，这一点我们特别实验了好几遍，制造阴阳扣的这个工艺，跟制作搭扣是一样的，请放心。”

也有人问：“运输上会不会出现什么问题？毕竟是整个大区都要一起使用的。”

董董恩：“运输包装跟之前一样，使用木箱集体运输，力保到货完好。”

朱莉问：“这个样品能不能送过来让我们仔细瞧一瞧？如果效果像你说的那样好，我们也可以报给总部，让总部向其他地区也推广推广，毕竟雨水多的地方不仅仅我们中国南区。”

董董恩笑眯眯地道：“能够为洛克斯提供技术支持，这当然是我们的荣幸，您定时间，我让样品和一位设计师，以及一位安装师傅同时到场，亲自组装、拆卸给大家看一遍，如果要上报总部，我会向公司申请制作安装示意动画。”

楼渊站在小会议室外面，看董董恩面带微笑，舌战群儒。

果然是一个元气满满的职业少女。

上午的进展很完美，接着进入午餐时间。

洛克斯的员工食堂环境丝毫不比外面大酒店差，掌勺大厨和西点师傅也颇有等级，据说明年还会再来一位米其林大师。自打朱莉带董董恩去后勤部办好了饭卡，董董恩就每日都去豪华食堂享受豪华午餐。

饭点时间一到，董董恩很自觉站起来，等着朱莉，朱莉又拉上跟她关系比较近的几位同事，大家一起往食堂去。

只是今天在过天桥的时候，某个身影自以为不被察觉，意图神不知鬼不觉地插入就餐队伍中。只是，插入的动作大了些，撩到了姑娘们的兴奋点。

“BOSS 好。”“老板好。”“老板也去吃饭吗？”

董董恩有一瞬间脑抽抽，也跟着喊了一声“老板好”，喊过之后才反应过来，楼渊又不是她老板。

楼渊点点头，表示一起去吃饭。

姑娘们立即把他围在中间，像青楼姑娘招待富家少爷那样，莺莺燕燕，好不欢喜。

董董恩谨记着不能给公司丢脸，不能随意暴露己方智商短板，安安静静闭着嘴，光支着一双招风耳。甲方的任何八卦新闻，小红楼都很感兴趣。

进入电梯，楼渊才找董董恩搭话：“你在这里还适应？”

董董恩赶紧点头：“适应的，适应的。”

楼渊：“有什么需要帮忙的，跟朱莉沟通。”

董董恩又是一阵谦虚地点头：“好的好的。”

进入食堂，排队取饭找位坐。起先董董恩以为姑娘们会不好意思跟上司一起用餐，毕竟级别不同，在老板面前还要努力保持吃相，很局促吧？结果她又想多了，姑娘们乐意得很呢，一会儿讲个笑话，一会儿说个八卦，全程逗这张冰山脸开心，似乎谁逗笑了谁就有奖金拿似的。

楼渊也很享受，整个过程只有董董恩一个人是正儿八经在扒饭。

老话不是说，唯有美食与爱不可被辜负吗？

董董恩的吃相算不上难看，但也绝不斯文。筷子扫得非常快，没见她怎么嚼，一碗冒尖儿饭一会儿就见底了，像仓鼠一样，只顾埋头吃，吃什么都很香。老柯曾经点评过，说我们恩恩这个吃相啊，就是典型的，屎不臭都能吃。话虽是糙了点，但道理质朴，形容得非常贴切。

所以江湖人又赠董董恩一名号，叫作“霹雳荏苒眨眼之间风驰电掣饭扫光”，名号有点长，但是真实地形容出她能吃、能大吃特吃、能无所不用其极地吃这个特点，并且非常令女生仇恨的是，她光吃不胖，吃得多，长得少，大米都贡献给马桶了。以至每次聚餐，倘若有人担心点太多吃不完，必会有人骄傲道：“我们有恩恩，不仅饭扫光，锅碗瓢勺都要注意，不要被她扫下去了。”

董董恩：“……”

大公司的豪华午餐那是相当丰富，董董恩很满意，吃得很开心，并按照一贯的作风执行了“三光”政策，饭光、菜光、汤光。放筷子途中见邻座的朱莉盘子里还剩下一只卤鸡腿，筷子差点拐错方向，幸好老柯的声音及时跳出来——董董恩，这不是在公司啊，你不要给公司丢脸啊，把客户吃破产了公司就没钱赚了啊——吓得她赶紧放下筷子，把胶着在鸡腿上的黏稠目光拉回来，一边默念阿弥陀佛、阿弥陀佛，浪费可耻啊浪费可耻。

董董恩自以为转换得很自然，殊不知这一切都落在了坐她对面的楼渊眼里。

楼渊第一次跟董董恩吃饭，见她动作不大，只有嘴巴和手在动，喉咙都不见带吞咽的，跟仓鼠一样。刚开始他还怕董董恩会噎着，想叫她慢一点，话没出口，这姑娘半碗饭已经没有了，再仔细一看，没吐皮，没吐刺，连骨头都没吐。楼渊惊着了，这到底是一副什么样的牙口？楼渊吃饭算快的，但他放碗的时候，董董恩已经在喝汤了，喝汤也是小小口，不见停，一碗冒着热气的汤瞬间喝了个干干净净。

放下筷子的时候还不忘对隔壁的鸡腿噘了噘嘴，一副“明明很想吃但是我忍着”的表情。真的是很像仓鼠啊，跟几位要减肥还剩了一大半食物在盘子里的姑娘相比，这一位真的是太实在了。

楼渊不禁笑出声来。

楼渊竟然会笑？豪华食堂瞬间安静如鸡。众姑娘刚才还分享着笑话，长舌着八卦，一派其乐融融，这会儿全停下来，包括刚才讲笑话的姑娘，也都莫名惊诧，我讲的笑话有这么好笑吗？万年面瘫王竟然给我面子了？

董董恩则是摸了摸脸，没粘上饭粒儿，应该不关她的事。

楼渊对自己的制冷效果一点也不在意，反而点评董董恩：“盘子很干净。”

董董恩赶紧谦虚道：“您的也是啊。”然后，也不知是怎么了，大半年前和这位兄台偶遇的画面一下子控制不住地蹦了出来，那些飞流直下的米粉，挂在头发梢上的菜叶，还有他那张惊惶不已的脸，以及起跳时虚化成影的快和奔跑时带起的风。于是，在众姑娘本已被楼渊惊着了的神色下，又出现一个弯腰咧嘴笑到抽，笑到前仰后合，笑到不能自持，笑到天地皆为之变色、周围人皆毛骨悚然的董董恩。起先还有俩姑娘只顾看董董恩，以为她是犯了什么病，最后跟大伙一样，全都扭头去看楼渊，这两人是癔症了吗？还是被人隔空点中笑穴了？

其实董董恩很痛苦，快忍不住要喊救命了。思维和身体脱离成两个个体，内心拼命喊停，脸上疯狂在笑，一个要停一个要疯，最后好不容易才抓到一句——我要投诉给你老板听——顿时满腹悲催，默默喊了一声“收”，表情一下子肃穆起来。虽然不知道是否还来得及，仍然克己冷静故作优雅站起来，向一圈表情呆滞尚未能从惊恐中回过神来的饭友们欠欠身：“我楼上还有工作没完成，先走一步，各位请慢用。”

饭友们皆一脸恍惚：“好。”

董董恩再见得相当利落：“一会儿见。”

说完转身就走，全程不敢看楼渊脸。

楼渊感觉自己被嫌弃了。

楼上办公区空荡荡的，一个人影也没有。董董恩有点后悔，早知道该去转悠转悠消消食的，现在这么早跑上来，也没兴趣搞工作，刷了一会儿网页，决定还是眯一会儿，东翻西找顺出两本厚文件，往下巴一垫，眼睛一闭，跟周公约会去了。

要说这人也是贱，晚上正儿八经躺床上，很容易失眠，白天没有条件只能趴桌上，却睡得很香甜。董董恩才刚闭上眼，姿势都没来得及调整，周公就来了，期间还做了个被贼追赶无处可逃的梦。醒来后认真想了想，那贼脸好像是老柯，但身型为什么那么像楼渊？

她是听到有人说话才醒的。

睁开眼看见的第一个人就是楼渊，楼渊胳膊肘搭在透明玻璃围挡上，手里把玩着一个橘色小布偶，朱莉在一边，跟楼渊说着什么。董董恩意识虽醒，身体还很僵，她先是痛苦地发现脖子好像睡拧了，接着肘部一股锥心麻，她不敢强站起来，只得让身体缓缓放松。在这过程中，对细节天生患有强迫症的董董恩扫了一眼楼渊的衬衣肩部和肘部，很好，没有褶皱，熨烫得很平整，手指亦很修长，指头干净圆润，没有长指甲，指头也不泛黄，说明他既不抽烟也不邋遢，看样子这位大兄弟对自己的打扮很上心啊，当然，也有可能是大兄弟的女朋友平日对他很上心。

一想到大兄弟的女朋友，董董恩不得不想到在酒吧里那个动不动就要蹿出来打她的女人，想不到楼渊看起来温润如玉，却有那么一个暴躁如雷的女友，两人还真是互补啊。董董恩分析到这一点，略微有些心塞。

默了两分钟，血液终于回流正常，董董恩掰了掰脖子，朝楼渊喊："你干吗啊？把人家小海豚捏成那样？"

楼渊呆，问："海豚？"

董董恩指指他手里的小狗布偶说："对啊。"

楼渊拿起布偶凑到鼻尖前，怎么看也看不出这家伙是个海豚。

董董恩赶紧解释："它的名字叫海豚啦，这么萌的名字想必你一定不太会欣赏。"

楼哥把布偶重重放回董董恩桌上，面无表情对她道："擦擦口水。"

董董恩虎躯一震，菊花一紧，感觉丢脸了，赶紧四下找纸擦。擦了两把才发现，哪是什么口水啊？只是几道压痕而已，大哥拜托你看清楚，没看清楚请不要随便乱说话。

谁知接下来，董董恩就遭到了疯狂的报复。

楼渊先是抖来一个及时对话框，问："休息好了？"

董董恩还没来得及回复，一个附有一连串数据表的电子邮件就跟着甩过来了。每个数据表平均五至七个套表，以函数命令相关联，牵一发而动全身。董董恩扫完邮件，怀疑楼渊是不是把未来半年的工作量一并给她了。

董董恩这个人，老柯曾点评说，策划战略你不行，你脑子少根筋；但战略执行你很行，你对敌人无情，你对自己更狠，我很看好你。对自己铁血无情的董董恩狠起来连自己都怕，她先是把所有表格下载好，一一分了类，接着推开椅子站起身来，原地扭扭脖子弯弯腰，抻抻胳膊还压了压腿，直到全身关节噼里啪啦响透彻了，再散开头发咬紧发带重新绑了一个足以把眼睛吊到额头上去的马尾，又撕了一条长纸巾，缠着额头绑起来。

楼渊你这个喜欢折磨人的小妖精，还真是激起了我不服输的倔强劲呢。董董恩大喝一声："加油！董董恩！"

正在喝水的朱莉："……"

四面八方的甲乙丙丁："……"

四周突然很安静。

办公室里，楼渊打了个冷战。

董董恩不好意思地向四周鞠躬致歉，然后赶紧坐下，虚手扶了扶电脑，接下来，自然便是见证奇迹的时刻。

那天下午，董董恩一共回了十七封邮件，接了二十三通电话，汇报了当天的工作进度、本周的工作计划、本月的工作总量，工作内容分别呈送给甲方乙方所有大佬以及双方一直在跟踪该项目的工作小组，套表里涉及的所有部门对接工作一一去了需要回执的邮件，又分别给负责人一一打了电话。当这一切全部搞定，终于可以把脸从屏幕里抽离出来时才发现，天色已晚，灯火已阑珊。

整个楼层空无一人。

站在高楼往外望，城市的夜空黑雾茫茫，远方的灯火忽明忽暗恰似一锅黏稠的糖浆，粘着人来人去，却没一个能逃离既定的方向。刘欢有一首歌，歌词里说"如果你爱一个人，就送他去纽约，因为那里是天堂；如果你恨一个人，就送他去纽约，因为那里是地狱"。

其实安城也一样，既是天堂，又是地狱。

在这个城市里，董董恩也有过爱的人，有过恨的人，爱恨都还没有消散去，午夜梦回还有痛，刻骨铭心，难以忘怀。

可惜回不去了。她一个人向前走得坚毅，不停奔向未知的境地，害怕一停下来就会失去所有奋斗的勇气，勇气是她唯一立足的资本。

她对自己小声打气加油说："董董恩，加油啊。"

楼渊端着杯子，站在玻璃幕墙前。一墙之外是大办公区，人几乎走光了，除了一个瘦小的身影。

酒吧里的董董恩并没有给他留下任何印象，那场横祸来得实在是太突然，他只记得铺天盖地的气味和各种避之不及的秽物，只恨不能即刻洗个澡，至于是谁吐的，他真没有关注过，就算那人第二日再出现，他也认不出全脸，更别提这还隔了大半年。真要细究他对董董恩的初次印象，那得回到首次提案那一天，她和老柯一起，黑漆漆的会议室里只见她两只眼睛骨碌碌，灵气逼人，听到兴致处，唇间微微一朵笑，被人叫起提问，也很镇定，回复时逻辑严明，条理清晰。

关键是她说话的声音，仿佛春暖花开，明妍无比，像欢愉的少女，令人仿佛置身于春天蔷薇花开的甜美气息里，让人情不自禁想更亲近。

这是天赋异禀。

怪不得她会做客服工作。一想到她每天会给无数多人打电话，会甜腻腻地喊，“张哥你好吗”“李经理对不起”，楼渊心里莫名其妙就有些气，你应该去做一些更值得发扬优点的工作啊，去给电影配音啊，去唱歌啊，去电台当主持人啊，天天像个老鸨一样，不嫌浪费天赋吗？

楼渊闭了闭眼，觉得自己太操心了。

董董恩伸了一个大大的懒腰，活动活动僵硬的筋骨，脊梁背咯啦咯啦像响尾蛇一样，脖子硬得几乎不能动，更别说腿脚了，站起来僵得差点跌倒。董董恩长叹一口气，加班狗就是加班狗，不论在哪里，都逃不脱要加班的魔手。肚子也饿了，唱着咕噜咕噜歌，她看看时间，又看看电脑，决定还是先喝一杯水，忍一忍，垫一垫，待把手上这份表格处理完就收工。

董董恩在茶水间一边等热水，一边放空自己。茶水间是暖光灯，色调温暖柔和，茶水氤氲，热气腾腾，董董恩捧着杯子，不想出去，便靠在墙边，小口小口啜饮起来。

正喝着，楼渊进来了。

董董恩愣了一下，没想到大老板也没有走。但她累得不想说话，只淡淡打了声招呼，楼渊应了一声，举着杯子，表示他是过来冲咖啡的。两人谁也没有出去，一人站一边，楼渊喝楼渊的咖啡，董董恩喝董董恩的茶水，两个人你一口我一口，你一口我再一口，谁先说话谁是狗。

楼渊来得晚，接的咖啡比较烫，董董恩把茶几口喝干，准备撤了。

楼渊叫住她，问道："今天的邮件发了？"

董董恩："已经发到您邮箱里了。"

楼渊："下午的表弄完了？"

董董恩两眼充血："弄完了，只是还没有做最后的核对，我准备回家弄，要不然太晚了。"

楼渊："工作量太大？"

董董恩口是心非："呵呵，还行。"

楼渊："那就在这里弄完。"

董董恩内心狂躁得像是吞了一亿吨炸药，大哥你有没搞错啊？我不是你的职员啊，我只是你的合作方代表啊，人家也是有老板，也是有人心疼，分分钟找得到组织找得出靠山的啊。把我圈禁在这里到底有何贵干？欺负一个妹子大晚上不能吃饭无法回家，是不是显得你很能干？

楼渊显然不能体会董董恩的痛苦，端着咖啡杯径直走到董董恩座位前，说："打开看看，还剩多少？"

到这般地步，再累再苦，也只能硬着头皮上了，被小瞧没有工作能力事小，要是因此给老板丢份，给公司丢面子，那就不好了。董董恩，一个遇强则强，随时准备牺牲在职场上的女战士，又一次充满了斗志，按亮屏幕对楼渊道："没有多少了，再几下下就搞定了。"

楼渊："从下午到现在，我可以不止搞几个下下了，你还没搞好。"

董董恩第一次遇到这么赤裸裸藐视她智商的客户，真是恨不得举起一把杀猪刀。这位同志，请你扪心自问，你真的不是在找事儿吗？但她太怂，不敢表露分毫，相反，她非常得体地摆出一个迷妹面对偶像时的痴汉脸，欧巴，你好厉害耶。

楼渊放下咖啡杯，冲她道："快点来做。"

董董恩："这样真的好吗？您不下班吗？"

楼渊："做不做？"

董董恩："好好好，做做做。"

董董恩坐下来，抠了抠鼻子，感觉气氛很诡异。不过，职业狂就是职业狂，当表格一打开，两人瞬间变身为全知全能的数据狂。

楼渊："这组好了就标记吧。"

董董恩："好了。"

楼渊："这里，把公式导进去。"

董董恩："怎么跟刚才算的差一点？"

楼渊："再对一遍。"

两人对着同一个屏幕，脑袋越靠越近，眼睛越聚越斗鸡眼，数据一组组核对，文字一个个修改，终于大功告成那一刻，两人情不自禁想给对方嗨一个"Give me five"，于是就有那么巧，两人同时转头，然后同时愣住了。

楼渊的鼻尖距董董恩的脸，只有零点零五毫米远。

这个男人有一双好看的眼睛，瞳仁不是特别黑，但是很亮很精神，左眼下方有颗痣，红色的，极细极小，鼻峰挺直高耸，嘴唇棱角分明，唇色浅淡。两人大眼瞪小眼，凑得很近，近到董董恩能把对方睫毛数清，因而她毫不犹豫地相信，对方同样能够看清自己两个星期没有去除的黑头，以及抠了大半天也没抠干净的眼屎。

董董恩有点想死，不动声色想拉出一点距离。

楼渊一瞬间也有些愣神，处理完这么多的数据，董董恩自然是很开心，两只眼睛闪闪发光，笑意盈盈。嘴角扬起，仿佛含着一朵盛开的石榴花，整个人显得既满足又得意，只是因为靠太近，气氛渐渐变得有些尴尬。楼渊从这场突如其来的斗鸡眼比赛中回过神来，假装没有看到董董恩的尴尬，而是喊住她："别动。"

董董恩：“？”

楼渊伸出手，小心翼翼扒下董董恩脸上一根睫毛，递给她：“许个愿吧。”

董董恩“啊呀”一声旋即摔倒。面瘫王不会耍浪漫就不要耍，会出人命的知不知道?

楼渊起身：“好了，邮件发出来吧，这是你们需要制作的第一批，想必你老板也很重视。”

董董恩边揉屁股边委屈回复：“知道了。”

两人快手快脚收拾好。

楼渊问董董恩：“吃饭？”

董董恩不想下了班还跟客户搞在一起，颇有骨气地回绝道：“不吃。”

楼渊：“请你。”

骨气是什么?董董恩马上就不记得了，果断回复他：“吃。”

楼渊摸摸下巴：我好像发现了某人某个了不得的弱点。

董董恩搭楼渊的顺风车回市区，两人进了一家卖牛杂汤的夜店。董董恩看店招名头很大，还替楼渊的钱包操了两秒心，毕竟饿了快一晚上，平常的食量可能有点塞不住。

牛杂汤一直熬在文火上，进门跟老板说来两斤，这厢刚坐，那厢就盛出来了，动作非常快。

董董恩问：“有米饭吗？”

老板：“有有有，几碗？”

董董恩看看楼渊，楼渊道：“两碗。”

老板速度为他们上了两碗冒尖的米饭。

可惜董董恩没能好好享受这顿由洛克斯集团南区传奇人物请的饭，此前精神高度集中，这会儿松懈下来，整个人瞬时困得不行，扒一口饭，闭着眼睛嚼，牛肉汤喝在嘴里完全没品出味道，只想赶紧塞个肚儿饱，然后回家睡大觉。

楼渊看她累得不行，反省了一下，她不是自己团队的成员，应该给她一段时间来适应的。赶紧几口扒完饭，喝完汤，问道：“你住哪里？”

董董恩客气道：“这是市区了，我打车就好。”千万别以为我假客气，其实是不想惹爆你女人。

楼渊坚持：“地址？”

董董恩客气失败，只得报上小区地址。上车前还想跟楼渊聊聊天，说说话，提提神，结果发现，聊什么啊？无话可聊，只好告诫自己不要睡着了，奈何车头挂饰一晃一摇，跟催眠针一样，她瞪着眼睛看不过三十秒，脑袋一歪，睡过去了。

楼渊侧头看了一眼蜷成一团的董董恩，摇了摇头，哪有随随便便上车就睡得毫不设防的人啊？

到底还是放慢了速度。

车停的时候，董董恩有点迷糊，一边摸钱包一边道：“师傅，麻烦帮我打张票。”他们公司有个福利，加班超过晚十点，可以叫出租，公司会给报销。

楼渊太阳穴啪嗒一声跳：“没有票。”

董董恩蒙了一秒钟，难道今晚招了辆黑车？

楼渊忍不住了，转向她，半是恼火半是奇：“你成天在陌生人车上睡大觉？”

董董恩终于清醒过来，屁滚尿流滚下车，九十度鞠躬认错。她最近胆子真的有点肥，要么把老板当出租司机，要么把客户当成黑车司机。

楼渊很生气，这种一点安全防范意识都没有的女人，到底是怎么平安长大的？真的是好想揪着她耳朵给她上一堂不要在陌生人车上睡觉的安全须知课。

Chapter 03 谁先心动谁是狗

董董恩把两人共同核对好的制作材料数据表一一签发给制作部之后，来向楼渊申请，他们乙方工作小组要前往各区县的项目网点去丈量数据和拍照片，她也要加入，得离开办公室一个星期。

楼渊自然批准。

董董恩离开的当天下午，大雨倾盆。

楼渊站在窗前，见外面瓢泼大雨，世界泛滥成灾，也不知道此刻身在郊县的董董恩又是怎样一番场景？莫名有些担心。

丝毫不知道自己被人挂念的董董恩拉着司机老刘到处跑。

老刘看看这雨，感觉有点不大妙，问董董恩：“你要不要请示一下老板，咱们缓两天下去？雨这么大，怎么工作啊？”

董董恩问了其他两个组，大家都觉得夏日的雨，来得快去得也快，没啥好担心的。既然如此，董董恩也不便自己一个人娇气，问老刘：“你就说你开车行不行吧？”

老刘：“我是没问题，是怕你不好工作，还有那么多个网点，每个都要下车弄很久。”

董董恩从后备厢里翻出两件雨衣说：“没问题，我早有准备。”

当天下班前，董董恩照例发出工作汇报，吴县网点全部测完，正往渠县。

很快收到楼渊的提醒：路上小心。

董董恩当他是日常客套，没作回复，关了电脑。

这还真不是日常客套，楼渊这尊冷面金刚，平常轻易不会发这等无关工作的简讯，难得找个机会想表示一下关怀，对方却不当回事，半天没等来一句回复，气得他敲桌。来而不往非礼也，说好的给我一个金牌客服，你的客服礼仪呢？

次日，雨仍未停。

董董恩照例来邮件：渠县已测完一半，明日可前往谭兰区。

可是到第三日，董董恩没消息了。

楼渊给老柯去电话。

老柯说："我这边也在联系呢，司机和董董恩都没给我回话。"

楼渊问："司机哪里的人？"

老柯："噢，司机就是公司的老刘，他俩常组队出去。"

楼渊觉得董董恩安全意识很差，特别问："这个老刘，入职有多久了？"

老柯："老司机，跟我七八年了，放心，老刘肯定没问题。"

楼渊："我让渠县和谭兰的人去找一找。"

老柯："好，我们分头联系。"

董董恩和老刘的确是遇到了问题。

他俩的车，开到一半，发动机烧了。

两个人在一个前不着村、后不着店的地方，对着一辆熄火的车，束手无策。

董董恩自告奋勇要爬出去检修，老刘拉住她，指指外面的大雨："看，如果再把盖子一掀，这车咱能当船划。"

董董恩："咋整？一直耗在这儿，万一泥石流……"

老刘掐着她脖子："快说呸呸呸！"

董董恩被迫说了三声呸，呸完了，还是坚持她的看法："咱不能待车里，万一漂起来了……"

不等老刘伸手来掐，她又主动说了三声呸。

摸出电话，两人电话都没有信号。

董董恩："这到底啥地方？连个信号都没有，我去墨脱那一年，那么偏，连公路都没有，中国移动还去那边搭了架子，这地方难不成比墨脱还偏？"

老刘："也有可能，是连下了几天雨，哪处断线了。"

外面暴雨似乎一时半会不会停，两人判断了一下情况，是留下等运气好有人路过搭别人的顺风车？还是离开寻求自救？现在他俩手机都没信号，等于他们联系不上外人，外人也联系不上他们。

现在时间是下午五点四十分，幸好出发前估算了路程，给包子打过电话，让包子把工作日程进度表发出去。现在如果没有人刻意找他们，应该是不会知道这两人暂时处于失联状态。

《客服守则》第一大条，身为客服，开机时间为每天二十四小时，再乘以三百六十五天。等于说，客服是没有权利关机的，为了避免出现失联，每个客服都必须有一个工作上的紧急联系人，以免关键时刻，客户找不到人。

董董恩和包子，互为对方的紧急联系人。

既然是这么一个情况，董董恩下定决心，对老刘说："咱们不能停这儿，咱们联系不上人，人也联系不上咱们，等运气好有人路过，不知道得啥时候去了，我们得自个儿往前走。"

老刘："我退伍兵一个，我是能行啊，你也能走？"

董董恩："你没听我刚说的去墨脱吗？那地儿公路都没有，我翻山越岭都走过了，更何况这儿？"

老刘也是倾向于自救的人，之前没说，是怕带着董董恩随意走会出事，董董恩既然没问题，老刘便用雨衣将装有电脑和相机的背包裹得严丝合缝，自己背了，然后带着董董恩，冒雨前行。

时值盛夏，虽说雨是大了一点，时间也略有些晚，但不管路况也好，气温也罢，对一个徒步爱好者和一个退伍老士兵，都不算难。

只是，对于省城里的两拨人，情况就不这么乐观了。

楼渊确认董董恩失联，比董董恩判断的要早一些。楼渊是下午五点半，当日工作进度表由捌二创工另外一个同事发出而判断出来的，除非情况特殊，董董恩不会让别人替她代发工作邮件。

他本想问董董恩走到哪儿了，结果电话一直联系不上。

楼渊马上给渠县网点的同事去电话，追查哪一个网点是董董恩两人最后停留过的，查到之后，确认董董恩两人下午四点半左右离开了渠县。

渠县同事："我们这儿是最后测量的一个网点，测完后我看雨一直没有停，本想请他们多留一天的，那个董小姐说，她后面还有其他测量任务，没有时间滞留，她带的那个司机看了天气，说这个雨也不成问题，于是我们就没有留了。"

渠县和潭兰之间的车程，需要两个小时，四点半两人离开渠县，现在五点半。楼渊调出地图，判断那两人此刻应该在两地之间，楼渊继续给渠县和谭兰两地的执行小组去电话，让他们沿途帮忙找一找。老柯也给在渠县开汽修厂的兄弟伙去了电话，提供了老刘开出去的那辆车的照片，怀疑多半是车子出了问题。

傍晚将近七点，楼渊和老柯的人前后脚找到那辆被弃的车，里面空无一人。同样的，到这儿的人找到了车，却打不出电话，他们的电话在这里也没有信号，只得开到有信号的地方，才传回找到车没找到人的信息。

老柯给楼渊打电话说："没问题，依我对董董恩的了解，她肯定跟老刘背包走了。"

楼渊对董董恩不甚了解，难以相信，问："背包走？你意思是他俩走路了？董董恩能走多远？"

老柯非常自豪："你别瞧不起我们客服姑娘，她是资深驴友，去过很多地方，一个人背着包去过云南、西藏，还跟人结伴走过尼泊尔，在走路这个项目上，她比你我都要强。"

楼渊："……你确定真没问题？"

老柯："她旁边还有个老刘，老刘是个退伍兵，这两人在一起，肯定没问题，渠县那地方也没什么深山老林，再等会儿吧，这两人恐怕是要走到白石去，白石离他俩最近，我让人去白石那条路找他们了。”

楼渊看了地图，白石距离两人弃车的地方，有十七公里。

果然，晚上十点，老柯接到电话，说找到人了，两人都快走到白石了。

老柯给楼渊去电话，让他解散还在找人的部队，说人已经找到了。

楼渊：“他俩真走到了白石？”

老柯：“嘿，这还有假？”

楼渊：“人没出事吧？”

老柯：“饿着了，饿狠了，现在去吃第三顿晚饭了。”

楼渊：“……”

一个星期后，董董恩回了洛克斯。

楼渊看见她进来的第一眼就在想，这人腿那么短，个子那么小，到底是怎么冒雨连夜走了将近二十公里路的？

关键是，她一姑娘家，哪里来那么大的勇气？

不好好在家娇养着，做做面膜，吃吃蛋糕，跟人去走什么尼泊尔？而且淋了一晚上的雨，她一点没有脸色苍白，身体羸弱，一如往常的活泼，一进办公室就跟久未谋面的亲人一样，四处跟人热情打招呼，气色红润精神好。

楼渊觉得自己的担心都白瞎了，重重敲下回车键，拿起电话喊朱莉：“让董董恩来办公室。”

董董恩过来，楼渊又一脸云淡风轻了，问她：“你怎么样？有感冒吗？”

董董恩摸不着这突如其来的关心，一本正经答道：“没有感冒啊。”

楼渊：“不是说你淋着雨走了好几个小时吗？”

董董恩：“哦——是啊，没有感冒。”

她没有生病，这个人很失望吗？哦对！生病！她原本是可以请个病假，休息两天的啊，亏了。

楼渊第一次吃了个想要表达关心对方却不给机会的瘪，气得飚血，不知道有多少人排队渴望我关心他们两句呢，气死了。

于是，一个想表达关心，没抓到机会，心塞。一个想请个病假，错过了机会，懊恼。

楼渊心里带气，说话就不大好听："回来了就赶紧做事情，你看看你这几天的进度表，做得有多敷衍，别以为你的团队都在测量网点，工作表上就只写个测量，那我的全年工作总结，是不是可以只写两个字——赚钱？懂不懂什么叫作量化分析报告？你都测了哪些网点？观察到什么情况？哪些需要大肆整改，哪些不需要，这些要在你的测量报告里体现出来，知不知道？"

董董恩赧然，这是质疑她不专业啊。关键别人提的问题，还很一针见血，真是想反驳都做不到。

好在董董恩很实诚，当下向楼渊保证道："我会改进的，实在是抱歉，最近一直在路上，没有时间好好来写一写每日的测量报告，我会汇总一个全本的给您，请给我一点时间。"

董董恩一服软，楼渊反而不好为难了，要求一个行于路上的人每日提交分析报告，本身就强人所难，再说，他的初衷也不是想要凶人啊。奈何冰山面罩戴久了，一时间就算想裂，也裂不了，只好挥挥手，让董董恩出去。

嗨妹问董董恩是不是回来了。

董董恩说："是的，不仅回来了，而且一回来就挨了一顿骂，可以说是非常别致的欢迎了。"

嗨妹："这客户真不是在给你穿小鞋？"

董董恩："他敢给我小鞋穿，我就扎他的小人。"

嗨妹："这就过分了，别人又不想取你性命。"

董董恩："我也不会取他的性命啊，我穴道认不全，扎不准的，顶多就扎个半残吧。"

嗨妹："……"

孔夫子云，不要惹女人，果然是对的。

网点数据有了，材料也全了，日常工作量更加大了，每个组员如今恨不能长出三头六臂，分身乏术啊。

董董恩现在的每日行程是这样安排的：上午在甲方现场听取客户意见，下午申请甲方客户签字画押，晚上厂区监督制作生产，这样滚轴式地来回奔跑，跑到口角生疮、头顶冒烟，充分发挥了“我是一块砖，哪里需要哪里搬”，牺牲小我、完成大我的无产阶级革命螺丝钉精神。

楼渊有时候去茶水间，偶尔会瞄一眼董董恩所在的方位，位置上没有人，只有一只孤零零的小海豚。用餐的时候也会想，不知道董董恩最近都在哪里吃饭，和谁一起吃？洛克斯的姑娘们大多在减肥，吃不了两口，带得旁人也没了用餐的胃口。

这天楼渊视察完一个网点要回公司，刚开出去一小段，竟然遇上董董恩往网点走。她背着双肩包，手上抱着一堆长轴滚筒纸，纸筒有长有短，显然很不顺手，董董恩每走两步，就得停一停，顺一顺，不让纸筒掉地上。她旁边还有一个长腿高个子男人，那人楼渊也是识得的，是小红楼里那个姓韩的副总。韩春原本也是两手不得空，见董董恩走得艰难，最后还是勉为其难替她分担了一些，把几卷小纸筒夹在腋下。两人一边走一边说话，董董恩仰头的时候，楼渊看到她笑得眼睛都快睁不开了。

啥事这么好笑啊？也不怕看不见路踩到了石头。刚这么一想，董董恩就踢到了台阶，一个踉跄，差点摔倒，吓得坐在车内的楼渊也没忍住，身体条件反射向前一倾。还好韩春动作快，出手把人抓住了，两人东西掉了一地，董董恩立在台阶上，笑得四仰八叉。

这姑娘可真是个大傻缺啊，楼渊摇摇头，走了。

一旦忙起来，时间就过得飞快，洛克斯的前期工作刚推上正轨，一个月“哔”的一下就过去了。

老柯起先还愁甲乙双方要碰头的第一次月度会议上交不出漂亮的成绩单，现在看来，进度正常，打款还超常，非常满意，手动对负责该项目进账的董董恩同学点了一个赞。同时向公司所有负责对外业务的同事训话：“同志们，一个不会销售的会计，他一定不是个好客服，要知道，手里有粮，心里才能不慌啊，我们恩恩就很懂这个道理，我们的东西还在制作，她的催账单已经开给客户了，这效率，大家一定要努力跟上啊，不然谁落后，我就要咬谁的屁股。”老柯放完话，又标志性地两指朝前一指，“走！”领着工作小组出门上洛克斯南区砍人，不对，开会去了。

董董恩第一次在甲方现场迎接自己公司的人，感觉有些新奇，更多是丢脸。老柯的造型十年如一日，穿西装不打领带，不到正式场合还不系扣子，自以为风骚，实际上很像关二爷扛大刀。至于身后那几个想走不羁风却不幸偏离成了洗剪吹的马仔，董董恩看都不敢看，太辣眼睛了。

能把这么多歪瓜裂枣从茫茫人海中挑选出来，组成一个团队，老柯也是个人才。而且这些朋友，都是专业专职的形象设计师，出门之前，就不能先把自己的形象给捯饬捯饬吗？想她这么专业、这么高素质一人才，竟然跟这些人走在一起，董董恩无力地抚了一下额，第一次出于形象方面的考虑，萌生出跳槽的念头。

小红楼的人一进洛克斯，农民工进城的气质瞬间暴露无遗。进电梯要“啧啧啧啧”，踩地毯要“啧啧啧啧”，连墙上嵌的镜子也要摸一摸，排着队来照一照，好像八百年没有照过镜子似的，其中两位大兄弟甚至从屁股兜里摸出一把小梳子来。

董董恩实在是看不下去了，叹道：“兄弟们，给点脸好吗？你们丢完脸拍拍屁股走了，姐还要在这儿混呢。”

马姐姐就是其中对镜梳妆的一员，他梳完长发又梳胡子，一边梳一边道：“老柯说你一个人在这里辛苦了，让我们过来的时候要多捧你的场。”

董董恩白眼一翻，你们这是捧场吗？来砸场的还差不多。

第一次甲乙双方月度碰头会议，两方都比较重视，甲方除了楼渊和他的执行团队，还有好几个平时不怎么出场的大佬。

首次月度会议，要总结先期工作，要讨论合作中遇到的难题，时间拉得有点长。甲方这边的大佬就前期合作轮番提问轰炸，好在董董恩早有准备，在回答自己负责的问题时，滴水不漏，无懈可击。

一位大佬问道："你们前期去每个项目网点都丈量过了，除了你们关心的尺寸数据，我们的网点，你还有没有看出其他的问题？"

这题明显超纲了，这不属于董董恩他们的工作范畴啊。你们网点有没有问题，请你们各地执行小组回答啊，我们只要数据，不做顾问管理啊。

但是，董董恩不能把问题这样丢回去。

《客服守则》第十一条有说明，当客户给你一道超纲题，如果确有研究，就按研究的思路回答，如果没有研究，也没关系，这不是你的问题，老老实实说不知道就行了，切忌不懂装懂，随意装 B。要知道，客户了解到的资料，也许比你还多呢。

董董恩心里默了一默，对大佬认认真真回答道："因为我们前期只测量数据，对网点上存有的问题了解不是很深，不过有一点，您应该也听您的团队汇报过，就是每个网点上，配电系统的问题。我们的第一批次改造，照明形象工程比重较大，一旦改造，会涉及大功率的电力供应，就我自己走访的四个区县，发现现有的电路电源都比较老旧，支持第一批次的横式门楣是没有问题的，但紧接着第二批次的竖型灯箱，还有楼顶灯光，恐怕就比较勉强了。我听楼经理说，很多网点，还会扩容扩增，作为您的供应商，想跟您提的一个建议就是，请不要忽略配电系统的及时更新。"

董董恩这席话说完，楼渊简直想给她当场来一个 Give me five，上去给她一个大力拥抱。

他的网点升级改造报告提交上去之后，一直被卡，直到现在亚太区和南区在这个点上还争论不休。亚太区嫌南区改造申请费用金额过大，不肯拨款划账，南区又不愿意在这种事情上压缩限制，毕竟事关电源安全，不比一张桌子，旧了还能再刷两层新漆。

提问的大佬听了，有些沉默。另外一个大佬表扬说：“这个小姑娘，头脑很可以，思路很清晰，题报很明了。”

董董恩想，不能居功啊，得让出去啊，于是谦虚地来了一句：“谢谢夸奖，这都是楼哥的功劳，是他教得好。”

楼渊喝了一口苦咖啡，感觉却像是喝了一罐农夫山泉，心里有点甜。

一旁的老柯则满脸疑惑，朝董董恩“嗯？”了一声。

看来一碗水没有端平啊，董董恩赶紧拍马屁以示补救：“啊，我老板也有教哦。”

于是全场哄堂大笑。

董董恩：“……”

会议结束后，大佬们撤场，剩下两支工作小组对接接下来的工作。老柯和楼渊则在一边拉家常。

老柯问楼渊：“董董恩在这儿，有没有给你们添麻烦啊？”

楼渊答：“没有，很专业。”

董董恩内心很高兴，快点快点多多地表扬我。

老柯继续：“她要是有什么不对的地方，你只管教训不要客气，不用给我留脸。”

楼渊：“你放心，我会的。”

这又是唱的哪一出？你俩是在开家长会吗？董董恩快气死了。

月度会议刚过，甲方又一位大神闪亮登场。

这位新出场的大神人称贱哥，其实他本名挺美，汪子剑，颇有君子如玉似剑的意思，只是后来不幸被人谐称为王子贱，久了更被精简成贱哥。

贱哥年纪不大，资格却老，洛克斯南区市场组建之初就有他的身影，做事十分稳妥，只是有些大佬觉得他本土出身，履历表不那么国际化，便不怎么看重他。雷老力来的时候，觉得这家伙是个人才，力荐他去总部镀金学习，如今以总部指定接班人选衣锦还乡，成为楼渊的不二搭档。

像这种跨区域的集团公司大区决策层人选，总部肯定要经过多方面考核，谁和谁搭档并不仅仅看资历，还要看彼此之间气场合不合，沟通是否在一个水平上，否则几个炸药包捆绑在一起，你干活来我拆台，那工作就没法搞了。

楼渊万年面瘫王，任何时候都没什么多余的表情，工作搞得好与不好，很难从他脸上得到训斥或鼓励，这位大哥一般都是用工资绩效来说话。贱哥则不然，话还未说先见笑，见小伙称帅哥，见姑娘称美女，三言两语便拉近距离。总部定他和楼渊搭档，显然也有要他来弥补楼渊太过冰山不易近人的缺点。

贱哥此前人虽未出场，每天早上半个小时的电话会议却是与工作小组有紧密联系的，对董董恩来讲，早有了未见其人、先闻其声的熟悉。因此贱哥回公司的第一天，董董恩一听他说话，就知此人应该是贱哥，再看朱莉对他的态度，以及楼渊对他的亲厚，更加确认无疑。

果不其然，一进会议室，楼渊就为董董恩和贱哥相互做了介绍。

贱哥看看董董恩，点头表示认识了。然后火速进入角色，先是与各地执行小组对接细项工作，又与楼渊、朱莉讨论了一会儿目前需要解决的问题，再问董董恩这些问题执行起来有没有困难。会前会中，神智正常，仪态正常，不作妖，不作死。

却没想到，会议刚结束，董董恩抱着笔记本正打算跟朱莉一起撤离，表现正常的贱哥终于智障发作，他看着董董恩，像是哥伦布突然发现了新大陆，问：“你就是董董恩？！”

董董恩纳闷地点头，刚才又不是没有介绍过，干吗一脸震惊的样子？失忆症发作？

贱哥仍然一脸惊：“是你每天说话那么嗲！”

朱莉开始笑。

董董恩面色诚恳，本着社会主义科学观对他澄清道：“我说话不嗲，刚才你也听到了。”相信我，除了CCTV，你再找不出第二个有我这般专业的声音了。

贱哥仍旧一副“我说你嗲了你就是嗲了”的表情，同时推推旁边的楼渊：“你说，她是不是说话老嗲了？”

楼渊面无表情地点头。其实很想纠正一下老剑，她说话不是嗲，是甜。但甜和嗲有什么区别，楼渊表示他暂时还没研究出来，反正就是好听，感觉董董恩一说话，空气都会微微地泛着甜。他一直想问其他人是不是也有这个感觉，想了想自己好不容易维持的冰山脸，还是算了。

朱莉笑疯了。

董董恩努力控制着内心欲驰而过的一万头神兽，心想这算不算性骚扰？我应不应该提出控告？一看旁边楼渊那张万年不变的冰山脸，又想还是算了吧，只要这位大爷开心，他想怎么认为就怎么认为吧，反正姐也没有少块肉。于是强行截断话题，十分专业地请示：“请问我可以出去了吗？”

贱哥：“不干，你得背首诗再走。”

董董恩瞬间凌乱了。

跟贱哥多打过两次具体的照面之后，董董恩发现，其实贱哥其人吧，性格人品还是挺不错的，主要是嘴贱，除此之外还有两点：一是，十分爱表现。

譬如说，别人一身工作装，那就是普通一工装，他也是一身工作装，但他的工装看起来跟别人都不一样，腰是腰臀是臀，更像时装，很贴身材。令从来不敢在甲方现场随意乱嚼舌头的董董恩都忍不住问：“贱哥，你这衣裳是不是有拿去改过呀？怎么感觉，比其他人的要好看很多？”

贱哥一把拉住董董恩，像是在茫茫人海中突然觅到了知音那样激动：“恩恩你太有眼光了，这个衣服是我自己改的，我自己改的。”说着干脆一屁股坐到办公桌上，非要把衣服袖口还有腰摆细节翻出来给董董恩看，哪些是设计有问题，被他巧手改良过的，哪些是制作有问题，被他重新拆开缝过的，哪些地方他收了线，哪些地方他放了宽，一一指给董董恩看，同时与楼渊身上的衣服做对比，并嫌弃恶心后者。

好吧，自古汉子多淑德。

心灵手巧的汉子，董董恩并不是没有见过。小时候隔壁邻居哥哥，绣被面、纳鞋垫，花样精巧得十里八村的大姑娘小媳妇都羡慕嫉妒恨，多年后村里人提起这位邻居哥哥，还一脸赞赏，说本该是由新娘子自己做的嫁衣，邻居哥哥都给她做了，送到姑娘家，再由姑娘穿过来；董董恩大学期间一位同班男生，也很会织衣补裳，尤其擅长织毛衣，女生们喜欢的韩版日版、长款短款，他一看就会，一度引领全班火热织毛衣的潮流。女生们买了毛线团，闹哄哄围着他，请教手法，研讨花式，贸然进来的老师还以为误入了什么编织兴趣班；工作后董董恩也去拜访过一些蜀绣、缂丝大师，都是男子，捻针穿钱，十指如风，出来的作品精美绝伦，普通人八辈子也难望其项背。

没想到，贱哥竟然也会改衣裳，而且改得还如此服帖合身，令董董恩这等使针二级残废者十分景仰。董董恩想起家里还有两条牛仔裤，屁股被磨穿了，但是裤型很好，一直没舍得丢，也不知道贱哥能不能帮她补一补？想到这儿，她张嘴就问：“你会不会补牛仔裤屁股洞？”

贱哥一脸警觉：“你要干吗？”

董董恩话不过脑，脱口而出才想起，若是让客户帮忙补牛仔裤屁股洞这事被老柯知道，老柯铁定会打上门来，直接用牛仔裤腿把她给绞死，于是赶紧把话题岔过去说：“就是问问啊，想全方位地膜拜一下您呗，您真是太厉害了。”说着竖了一个大拇指。

贱哥傲娇地朝董董恩抛媚眼：“哼，这算什么？我厉害的地方多了去了。”

董董恩被他傲娇得一脸血。

这就是贱哥的第二个特点，娘炮，略娘炮。请注意，一定要看到重点字——略——不接触就不太明显，但是一接触，那就十分明显。

贱哥的办公室跟董董恩不在同一楼层，他的位置还要高级一点，在楼上，不过其身影随时出没在董董恩这一楼层的茶水间，大概是认为，这一层有个会享受的楼渊，故而茶水要特别一些。贱哥和楼渊之间的关系，怪异而黏腻，就董董恩那糊满了眼屎的双眼，也看得出这两人之间大有麦叔与基爷那种五十步之内必有你我，相爱相杀的范儿，只要看到贱哥，不用想，楼渊一定在附近。

大公司的茶水间不用问，肯定是故事发生最多的地方，著名的八卦风暴眼。有一天，董董恩去倒茶水，发现楼渊、贱哥还有几位巧笑倩兮的女同事，在茶水间里热热闹闹地说笑，所有人喜笑盈盈，合不拢嘴，连向来没有表情的楼渊，唇部线条也很放松。贱哥这个人，很讨女人喜欢，是公认的妇女之友，其中一位卷发姑娘，嫌光说话不带动作不够劲儿，便一边说话，一手随意搭上了贱哥的胸部。

董董恩做了大半天的表，思维还没从表格中抽离出来，整个人昏头昏脑，进茶水间来也没说话，只默默缩在一角，默默接水，默默扔茶包。她个子小，被饮水机、咖啡机一挡，也没几个人注意到她的存在，正当董董恩接好茶水准备转身走人，看到卷发姑娘揉搓贱哥胸部那一幕，接下来，便看到贱哥眼睛一亮，眉毛一挑，肩部一抽，流水行云一气呵成，直接用胸把软妹子的手给弹回去了。

弹——回——去——了——

劲道之风骚、动作之流畅，差点闪瞎董董恩一双没有见过世面的狗眼。以至董董恩第一反应是呆愣在原地，卧槽，高手，这是化骨绵掌啊！虽然从来没有见过化骨绵掌的打法，但这里要标注的重点显然是，好软绵绵呀。

董董恩脑子一抽，嘴巴完全不计后果叫了出来："哇，贱哥，你的胸好柔软啊。"这一秒，董董恩显然是被《冰雪奇缘》的艾莎公主下了降头，话一出口就冻结了所有，包括时间。

正当众人都不知道该如何化解这尴尬的时候，贱哥突然娇羞地跺了一脚，然后捂胸便跑，连咖啡杯子都落下了。剩下人全转头盯着董董恩，一副快要被憋爆了的神情，包括楼渊，嘴角都快要抽烂了，端着杯子想挡，又怕手不稳把咖啡泼在自己脸上。

接下来一整天，董董恩再没敢去过茶水间，内心且冤且绝望，我是不是离被开除不远了？

有了贱哥的实力加入，整个项目的推展更加稳准快了，双方合作到第二个月末，第一个全方位改造好的样板工程终于落地。从设计到实体呈现之间耗费的心血，死掉的脑细胞，抠掉的头皮，无可计数。甲乙双方你来我往，夜以继日，不顾雨雪与风霜，熬得董董恩两眼枯槁、精神萎靡、容颜憔悴，在接到公司工程部通知实体落成的那一刻，感动得脑花都快溢出来了。

实体工程既已完工，董董恩自然是要先客户之忧而忧，后客户之乐而乐，前去踩场子，拍片子。

老柯也很激动，开车带了胖子来接董董恩。

要说辛苦，董董恩自认自己已经很辛苦了，但恐怕还是越不过设计部。设计部那真是不分班次地加班熬夜，这个累了那个上，要都累了冷水一泼又继续，长年累月，近来更是如此。胖子现在都不敢实力称胖了，只能叫浮肿，一上车就睡，剩董董恩跟老柯清醒着。

路上老柯为了展示他对驻外员工春风和煦般的关怀与情义，以十分关切的语气问董董恩："恩恩哪，一个人在客户那儿工作，悬心不悬心啊？"

广告公司的烟鬼糙汉们实在是太多，好不容易才盼来一个没有抠脚大汉，没有烟雾缭绕，没有神经叨叨的工作环境，董董恩由衷地、打心眼儿里感到高兴，于是乐不思蜀对老柯说："不悬心不悬心，楼哥他们那儿好得很，开放式的茶水间，自助式的零食，豪华式的午餐，真是要有多少吃的就有多少吃的，而且还都挺好吃。"一谈到吃，董董恩口水犹如黄河滔滔之泛滥，一发而不可收。

老柯："什么玩意儿？整天就知道吃？"

董董恩："不是你让我聊的吗？"

老柯非常痛心："我是说，工作，工作工作，你找不找得到说话的重点？"

哦。董董恩赶紧收回话题，将关注点落到工作上来："工作啊？挺好啊，大家都很斯文，都是高素质人才，个个西装革履、衣冠楚楚、人模狗样，非常热心肠，很乐于帮助人，工作进展得十分顺心，关键是，帅哥还很多，工作起来十分开心。"

老柯："……好吧，这也算是福利了，你没给公司丢脸吧？"

这是在怀疑她金牌客服的职业素养？还是？董董恩马上转过头去问："怎么？有人投诉我？"快把名字交出来。

老柯意味深长来一句："你是做了什么事情，会让人投诉？"

董董恩："……"想套她？

不承想这个当口，胖子晕晕乎乎醒过来，根本没注意两人在说什么，逮到半句话就开接："董董恩你是不是又在外面乱摸人了？"

董董恩和老柯当场脸色一变，眸光一闪，异口同声。

董董恩是转头向胖子，质问："我都摸过谁了？"她自己怎么不知道？

老柯则是转头向董董恩，一脸不敢置信地问："你都摸过谁了？"

这两人同时问话，声音都比较大，把胖子给吓了一跳。胖子缩在后座上，一脸没睡醒的表情对董董恩道："你不那啥，经常跑到我们设计部，逮住一个人就往别人身上摸，身上靠吗？"整个部门的人已经忍你这个揩油货很久了。

这……

要细说董董恩的成长史，那的确是比较糙的。首先，爹娘失职，没有认真教过这个女儿，她从小就跟一帮野小子混，成天下河摸鱼上树捣蛋，在学校欺男霸女。她十分讨厌女孩子娇滴滴一碰就要哭要闹要告状，多半时间都跟着男孩子混。到后来大人意识到她根本没有培养出正确的性别意识，已经晚了，她把自己当成一条汉子，除了不能让妹子怀孕，其他都跟男人没差了，要不是工作后意识到女性魅力可以略占些便宜，还真不知道有什么办法把她拉回来，纵然如此，她还是时不时会暴露出些糙汉的气质来。

加之她神经十分大条，有人说她不拘小节，也有人说她行为放荡，董董恩概不计较，我自来去赤条条，哪管世人诽谤生。

老柯还记得自己第一次和董董恩去外地出差，落地之后两人去酒店，老柯当时对前台说："要两个房间。"

董董恩在一旁纠正他，说一个房间就够了。在董董恩看来，老板再有钱，那也不是从天上飘下来的，也是一滴汗水摔八瓣挣出来的，能省则省。况且她并不是没有跟男生混住过，以前徒步出行，男生女生，三三两两不分性别混一个帐，也没人计较。

她这个想法是好的，但她这个做法是没脑的。

老柯听董董恩说只要一个房间，反应有点蒙，以为董董恩晚上不睡觉。

哪知董董恩一脸坦然对他讲："开个标间就可以啦，有两张床嘛，咱俩能省一点是一点。"

老柯已经属于贼抠那一类了，没想到这儿还有个更抠的，但是为了身家清白，怎么也不能跟一女的共睡一个房间啊。再说了，谁跟你"咱俩"啊？老柯翻了一个连天大白眼，当即把董董恩拖离前台一百丈远，厉声问她："老实交代，你以前和副总出差，是不是也跟他住一个房间了？"

董董恩："没有啊，副总说开房都是花你的钱，他一点也不心疼，所以每次都给我开个大房间。"

老柯心口一疼，抛开钱不钱的问题，严厉警告董董恩："董董恩，我跟你讲，公司给每个出差的人都有足够的差旅费，别以为拼房间可以节约房费私存腰包，我跟你说，你这个行为很严重。"

董董恩根本没有意识到她跟人拼房的行为恶劣，反而怒道："谁想抠什么差旅费啊？本来就是想帮你节约一点啊。"这次出差董董恩也没去财务部申请差旅费，跟老板出门哪轮得到她掏钱？

但这完全不是重点，不是重点啊。老柯气得发昏，你一个大姑娘，怎么动不动跟男人同住一个房间，你有没有一点性别意识？安全意识？你当全世界的男人都是性别男、爱好男吗？但这话他凶不出口，只气得甩出几张大票子，递给董董恩："拿去，自己去开房，不准你跟人拼房，尤其不准跟……"气得他都快口不择言了。

这个事充分说明，董董恩的确是没什么脑子。

那次出差结束后，老柯回到公司，特别地、严肃地、像国家领导人召开常务会议似的在例会上宣布：“从今往后，但凡有人跟董董恩出差，一律执行‘三不准’政策，不准跟她拼房！不准跟她拼房！不准跟她拼房！但凡有谁被查出，那他的差旅费全部扣光光，如果是副总级别以上的人跟她拼房，那就做好接受比这严厉一百倍的制裁的心理准备。”

副总以上级别的人，全公司只有两个，该政策又是两人中的一人宣布的，剩下的那个……该消息发布之后，公司一时人人自危，没人敢跟董董恩一起出差了。春花连续三天没来开工，大家都猜他正在接受“严厉一百倍的制裁”。

老柯深信，董董恩这个人，男女关系就是浑不懔。

董董恩觉得自己很无辜，拜托这位口出谣言、浑身虚肿的朋友，那个“靠”跟“摸”，完全是两个汉字，两种读音，两种不同的解释，两个动作，根本不是一回事好吗？大家头靠头吃会儿东西，肩并肩看会儿设计图稿，跟伸手在肉体上摸来摸去、摸来摸去，有着本质上的区别，不懂请别乱说话。

大家熟归熟，若如此随意污蔑人，我也是会爆炸的知道吗？

鉴于胖子已经这么说了，老柯也深觉董董恩大有前科，因此非常担心：“在客户那儿，不能瞎靠，也不能乱摸，更不准暴露你那男女不计，想亲就亲、想上就上的流氓本色，反正你每周都要回公司，公司的人随你摸随你靠。”

真是越说越离谱，董董恩气得叫：“停车！”我要远离你们这两个浑蛋。

看完样板工程后，老柯在一家路边小馆请客，用便饭。饭间老柯抑制不住满心欢喜，拿下洛克斯的工程只是第一步，第二步还要交出客户满意的作品，争取成为三家供应商的鳌头。虽然市场不能一家独食很是遗憾，但争取多占份额，对比三家公司目前的实力，老柯相信自家公司是能够做到这一点的。

在自己人面前，他毫不吝啬表现这一点：“我们公司，实力就是牛，出手就是不凡，今天的样板工程你俩也看了，是不是很美观？”

董董恩立即打蛇随棍上，问：“要不要现在就加餐，咱们先庆祝一下？”

老板摩拳擦掌兴奋起来，大叫一声：“好。”冲小二招呼道：“有没有馒头？

给我们来几粒北京老面馒头。”

胖子：“……”

董董恩：“……”

果然不能对这抠货期望太高。

老柯见二人面色不喜，索性把筷子往桌上一拍：“小二，再给我们加一份酸菜炒面，”说到这里把语音拉得特别长，“要——大——份——”

董董恩跟胖子同时摔下桌子，跌了个狗啃屎。

果然是一顿“超豪华”的便饭。

饭后，老柯把董董恩送回洛克斯。

胖子跟董董恩交代道：“今天拍的那些裸片，不要裸发给客户，等我回去把它们筛选出来，做成播放文件，你再发。如果客户要照片，你就说等一会儿。”

朱莉果然在等照片。

董董恩把胖子给她交代的话回了朱莉，两人坐下来静等，不到一个小时，胖子如约发来邮件。

总监出品，果然精品。

董董恩交出播放文件不到半个小时，就收到来自楼渊的邮件。先是一通官腔，向捌二创工的全体同仁表示了洛克斯集团的诚挚谢意，向这段时间为此加班熬夜以至头昏眼花、月经不调、脱发掉发的所有小组成员送上了温馨祝福，接着实是求是地对照片里呈现出来的样板工程表示了高度赞赏，最后点出重点：“这是一个难忘的时刻，也是两家公司携手并肩的起点，为此，我要求，我们甲方小组成员，明天请暂时放一放手上的工作，先去网点实地看看，看一看我们自己的新品形象，看一看供应商制作出来的效果，发现问题，回来总结，争取有一个解决一双，毕竟，乙方做得漂亮，我们身为甲方，脸上也才有光。”

董董恩撑着下巴读邮件，读得舌头都快绕成圈了，就一个出门考察的邮件，你整那么多口水干啥呀？

第二天一早，董董恩肩负起为客户解惑答疑的重任，踏上了与甲方一并出门的征程，尽管路程并不远，就在市区，那也是带团出门啊，而且带的还是定制团。

鉴于人太多，车子安排了两三拨，董董恩有幸和朱莉、楼渊及贱哥并秘书处一位身材丰腴的黄秘书，同车出发。

董董恩全程在脑海里预演着一会儿可能会被问到的问题，因此显得比较沉默。同车几人却大聊特聊，说起为了给供应商做更好的技术指导，公司准备物色一些人选，年底之前安排他们去总部培训。这些大公司，名义上说是去学习，实际上是种奖励手段，董董恩偶尔支起耳朵听一句，心里很是羡慕，虽然大公司不易进，流言蜚语多，压力也挺大，但人家的福利也是实实在在的不少啊。

董董恩心里一羡慕，嘴上不小心就带了出来："你们福利真好。"

说到福利，贱哥问董董恩："你们公司福利是什么？这次你们公司竟到了我们的标，坐吃三五年应该没有问题，你们老板奖励你们什么了？"

董董恩摇摇头："就奖励了几粒北京老面馒头。"说好的加薪还没有兑现。

楼渊："老柯也太抠了。"

贱哥认真地问："不是开玩笑的吧？"

董董恩："我们老板那么实际的人，再怎么奖励，也不可能跟你们一样啊。"出国旅游，别想啦。

大概董董恩神情太过哀怨，因此贱哥颇为心疼，说："老柯不带你玩，哥带你，跟哥混，有肉吃。"

董董恩及时果断地呋了两声。

全车人都笑起来。

短距离带团看似轻松实则累，脑细胞死得一点不比在办公室里研究数据表少。大佬们的提问刁钻刻薄，从材质到工艺，从内部实用到外部美观，逐一问了个遍。董董恩不敢开小差，生怕哪里回答不对或不得体，丢了公司的颜面，砸了金牌客服的招牌，两场下来，脑汁儿都快熬干了。

上午看现场，下午汇总整理观察报告，神经紧绷了一整天，直到当日工作进度表发送出去，客户方再没有什么特别大的问题反馈，董董恩才松了一口气。

点击是否确认发送邮件。点击 Yes。发送成功。

下班时间到。

董董恩准备关电脑，将将待伸手，“叮”跳出来一个提示音：“您有一封新的邮件，您有一封新的邮件。”

我是装没看见呢？还是装没看见呢？还是装没看见？

强迫症最后还是手贱点开了。

新邮件：请来我办公室一趟。署名：楼渊。

现在装眼瞎，还来得及吗？

楼渊在办公室忙碌地敲着电脑，董董恩进来时抬头招呼了一句：“坐，等我一下。”

董董恩坐下来，趁机打量传奇霸总的办公室。

霸总的背墙是一道与天齐的书橱，顶上已归档的文件按各种颜色标签置放着，越往下文件越凌乱，有横着堆的有竖着摞的，大概是随手搁置，不太收拾造成的。另外三面皆是磨砂玻璃墙，悬着百叶窗，左侧有个简易多宝格，放的都是跟公司有关的物品，譬如办公台历、模型、一些边角材料、书，等等。办公桌上只有几样常用办公文具和一台电脑，桌子斜对角有一大盆垂挂而下的绿萝，除此之外没有任何私人物品，这令董董恩浓厚的八卦之心稍稍有一些失望。

楼渊也很配合，待董董恩脑袋旋转了 360° 之后，才问：“你来这里也有一段时间了，感觉怎样？”

董董恩连忙点头：“感觉很好啊，氛围很不错，大家都很配合我的工作，给了我很多帮助，我很喜欢这里。”

楼渊：“我看你融入得不错，和大家互动也好。”

怎么有种新员工谈转正的感觉？敌不动，我不动，以不变应万变，董董恩给自己安排了这么一个策略。

两人就氛围、心情等方面进行了友好磋商会谈，楼渊感觉董董恩不那么紧张了，方将话题转入正轨："既然如此，那希望我们能好好合作，你是我向老柯亲点的人选，希望你能在这里工作开心，不要带有情绪。"

最后一句董董恩没听懂："我没情绪啊。"

楼渊："老剑这个人，说话有时会不经大脑，你原谅他。"

董董恩又一阵莫名其妙："贱哥？贱哥人挺好啊。"

楼渊放下心来："那就好，我看你上午不是很开心，怕他说话得罪到你。"

董董恩："没有啊，我跟大家处得很开心。"

楼渊又说："上次你下区县，冒着雨走了大半夜，"他顿了一顿，为自己解释道，"我当时，其实是担心的，毕竟你是在为我们公司做事，后来你回来了，我是，高兴的，当时并不是想凶你，我跟老剑一样，跟自己的团队说话习惯了，可能有时候没有顾忌到你是乙方人员，"说到这里，楼渊换了一下坐姿，接着道，"希望你不要往心里去。"

董董恩这下真的坐立难安了，说："真没事，你和贱哥跟我说话都很客气啦，你要听到我老板跟我说话，那才叫一个凶呢。"

楼渊点点头："那就好。"说着从抽屉里拿出一个黑色描金小盒子，递给董董恩，"送给你。"

董董恩有点惊，双手接过，不知道这是什么意思。

楼渊："一个伴手礼，你看看，喜不喜欢。"

盒子里躺着一个黑色木雕小人，人像是复活岛上的巨型石像复制品，雕工极为精致，线条很圆润，复制得也挺有神韵。只是，董董恩不懂，为什么要送个伴手礼给她，大家还没有熟到互相送礼的地步吧？看看窗外，也没有天降红雨啊。

楼渊："其实我们公司，压力也很大，出国多半是有任务，想要旅行，还得等假期，跟你们公司一样的。"

董董恩有点小感动，这是在安慰我吗？但这个安慰，一点也没落到实处啊，我们三流小作坊，能跟你们一流跨国集团比吗？我们拿月薪，能跟你们拿年薪的比吗？你们动不动去布拉格，去哥本哈根，去乌兰巴托，我们去哪里？我们去鸡公山，去奶子河，去黑塔沟里的洗脚湾，这能比吗？

楼渊还在派发他难得一见的人文关怀：“如果以后有机会……”

董董恩一脸星星眼看着他。

楼渊：“……我还会给你带伴手礼。”

董董恩的仰慕之光熄灭了。

楼渊：“就这样。”

董董恩：“大佬，你把我挤班车的时间蹭掉了。”

楼渊：“……”

春花来洛克斯附近办事，约董董恩一起午餐，又把董董恩与楼渊的对白重现了一次。

春花问董董恩：“恩恩哪，你来客户这儿工作也有一段时间了，感觉怎么样啊？”

董董恩奇道：“怎么你们都来关心我这个问题？现在流行领导上山下乡走访困难户是吗？”

春花问：“还有谁也问了？”

董董恩：“楼哥啊，昨天他也问了。”

春花默了一默：“这，正是我想要说的问题。”

董董恩：“？”

春花趴过来小声问：“昨晚上你跟楼哥，你俩上哪儿去了？”

董董恩正支着耳朵听，闻听此言，不禁一愣。

春花掩着嘴小声道：“那个，昨晚吧，我看见你俩啦，在汇园路那边。”

董董恩诚实答道：“我错过了班车，搭了一下顺风车，没别的啊。”

春花一脸“我跟你是好姐妹咱俩谈点心里话”的表情：“恩恩哪，这个楼渊的顺风车，可不是那么好搭的啊。职场如战场，大公司水深得很，稍微不注意，今天搭客户车，明儿爬客户床的谣言就出来了，到时候怎么死的你都不知道。更何况，我们还是甲方乙方，届时要是闹出个性贿赂的丑闻，生意就别想做了。”

董董恩仰天哈哈一长笑：“性贿赂？谁贿赂谁？楼渊贿赂我吗？”

春花怒其不争：“别以为是开玩笑，你以为这里的女人是吃素的吗？谁不想搭楼渊车？偏生就带你了，到时候一人一口唾沫看淹不死你。”

董董恩：“可是他有女朋友啊。”

春花又一脸“还说你俩没啥”的表情：“他连这个都跟你讲了？”

董董恩嘴巴一张：“我见过啊。”

春花大惊：“原来你俩已经发展到互见亲友的地步了？”

董董恩揪着头发，恨人无法与鸟语。最后抱着一大堆“不可与之太过亲近，又不可与之不亲近”的谜之警语回去了。

进门远远看见楼渊，董董恩扭头就跑。

Chapter 04 芽菜包子的阴谋

样板工程落地后，南区高层们给出的意见比较统一，那就是，如果都按捌二创工这个水准出品，那接下来的网点升级就不用担心质量问题了。这个意见一上报，洛克斯环亚太总部决定，组团来访。

耳听是虚，眼见为实，实地考察。

老柯，一个深谙潜规则的老江湖，得到确切消息后，立即把董董恩召回公司，给出的任务就一条：把远方来的客人照顾好，我们钱多人傻不怕烧，就怕客人不给我们机会烧。

任务一下达，随之便是批经费，百元大钞若干摞，金卡一张张，黑钻卡一套套。老柯对从来没有见过如此多钱，已经神情呆滞的董董恩讲解道："这个现金吧，作为零花，客人喜欢啥要买点啥，你就买给他；这些个金卡吧，是给你留着备存的，万一现金不够呢，还有这些个钻石卡呢，那是城里几家会所的身份卡，如果他们想要放松一下，你就拿这去给他们订位置，知道吗？"

另外老柯特别对董董恩耳提面命道："给我全程小心谨慎伺候着，随时注意客户动向，他们看上什么，就给什么，别等客户开口，别等客户伸手，要是等客户主动开口要东西，那完了，你这客服工作不到位，所以识趣点，给我把招子洗干净，放亮了。我们花钱的原则永远是，不砍价，不二话，不选对的，只选贵的，明白吗？如果这袋钱花不出去，我唯你是问。"

董董恩生平第一次接触如此巨款，心里除了忐忑，还是忐忑，如果搞丢了咋办？如果被劫了咋办？

老柯一脸“瞧你这点出息”的鄙视，怒道：“就这么点小钱，瞧把你吓得，你就想，这一书包钱，加上给你那几张卡，兴许还不够客人花呢。”

董董恩咂舌：“这么多还不够花？这要换成包子，可以堆满故宫三大殿了。”

老柯：“所以说你这穷人思维要不得，咋老想着换成包子呢？你整点儿别的东西换一换不行吗？换钻石，换游艇，换豪宅，换跑车，这点钱兴许连个边角料都换不上呢。”说完他自己也沉默了，半晌才揩着眼角道，“我以为我已经够可以了，没想到还是个屌丝。”

老柯的自谦把董董恩给吓到了，如果老板是个屌丝，那她只能算根丝，连屌都不是。

人对财富的渴求欲果然是无穷尽的。

董董恩背着巨款出门，路都不会走了，搂着书包，同手同脚。

总团到访第一天，董董恩给贵宾们在柳汀河畔订好河景酒店，豪华车队直接把客人送到房间。虽然是跨国公司，但亚太文化已经彻底把他们腐蚀了，客人们很懂规矩，很上道，知道第一天来并不会急着开工，而是心安理得地接受由东道主安排的接风宴，大家白天联谊，晚上喝酒，这风一接要接一整天。

客人们放好行李，换好衣物，出来问美女接待团的团长朱莉：“安城都有些什么好玩的啊？”

朱莉回答得既专业又得体：“安城好玩的地方非常多，想要领略安城的古味，可以去看一看秦汉文化，如始皇陵、汉王墓，虽说都是仿造的，但仿得比真的还真，就算让始皇帝和汉王来选，他们也肯定会选安城；如果想要看现代风光，可以去百花西路、十里屯，百花西路可看百花，北京的三里屯只有三里，我们这儿可有十里；如果是想要体会一下安城的特别产业，”朱莉眉眼弯弯，“我老板说了，最后一天会陪各位去的，今天各位刚下飞机，我老板担心大家飞机坐得不舒服，因此让我问一问，想不想去运动运动，放松放松？我们可以订一个会所，打打高尔夫，里面也有各种SPA，很适合女士的。”

问话的总监是个小腹略凸的中年男子，听完安排笑起来：“楼渊这小子，安排得是不错，可是，我们没有带打高尔夫的行头啊。”

朱莉：“您要是对这个安排没有意见，我们现在可以安排。”

总团四男三女脑袋一凑，觉得没有问题。潜伏在接待团里负责收集信息和伪装成移动提款机的董董恩果断出击：“洞幺洞幺，这边定了，去会所，高尔夫，要全套，四男三女。”

接头的老柯立时启动一级后勤响应：“会所，OK，高尔夫，OK，四男三女，没问题，好，路线发给你了。记着，帮客户挑选衣服、鞋袜、包这些东西，一定一定要挑最好的，知道吗？”

董董恩问：“那，高尔夫球杆是不是也要最好的？”

老柯咬了一下牙，问：“能不能，别买纪念版等级的？”

董董恩：“那我得去问一问客户。”

老柯：“慢着慢着，别去问了，咱们这边也没啥纪念版好买的，如果真碰上有卖，你就暗示他们是假货，反正安城造假业是出了名的。”

董董恩点头，老板果然大牛。

两人正在对接，朱莉出来了，问董董恩：“恩恩，高尔夫只有四位男士打，三位女士想打羽毛球，你们订的地方有羽毛球馆吗？”

老柯在电话那头听见，赶紧对董董恩吼：“有的有的，羽毛球馆也是有的。”

董董恩对朱莉点点头。

老柯：“我马上把羽毛球用品店发给你，记着千万别给我省，一定要把客户招待高兴了，知道吗？”

接下来一路风驰电掣，进店三个字，买买买！老板的金卡，刷刷刷！感想就一个，爽爽爽！但是一想到这些东西都是买给客户用的，董董恩只能叹气，唉唉唉！

采购完毕去会所，路上老柯来信息：“长江长江，我是黄河，我是黄河，车位已定，场地已定，球童已定，羽毛球陪练也已定，你只管带人过去吧。”

于是这个白天，在能者多劳的金牌客服董董恩同学刷卡、签字、签字、刷卡到手抽筋中过去了。

客户运动也运动过了，SPA 也享受够了，只等参加晚上的接风宴，中途还空出一点时间，客户们选择回酒店休息。董董恩跟老柯商量了一下，跟朱莉分道扬镳，各回各的公司。

老柯招呼董董恩回公司是有目的的。

董董恩一回去，老柯就把她叫到办公室，仔细询问了客户们活动的情况，对日间的招待满不满意？有没有新的要求？问没问起业务？又说起晚上的接风宴，老柯语重心长对董董恩道："这顿饭呢，咱们主要是请客户吃，你的胳膊到时候注意些，就不要伸那么长了。"

被老板专门、刻意提醒注意吃相，董董恩一时间恼怒非常。这位大哥，拜托你，我大小也是个修炼成精的金牌客服啊，这点专业素养还是具备的，要人家解决剩菜剩饭时就叫人家小乖乖，要装大款摆阔气就叫人家不要伸手，要不要这么现实?

董董恩气得头昏，愤愤然回了自己的位置。

刚坐下，胖子拎来俩芽菜包，问董董恩："要不要吃？王大娘出品，我之前去买的。"

对于这个时候，胖子能随身摸出两枚芽菜包，且忍着没吃要留下来送给自己，董董恩表示很神奇，正所谓无事献殷勤，非奸即盗。更神的是，这俩芽菜包，的的确确来自王大娘的包子铺，绝非仿品。董董恩拿不准，这是不是元宵里裹爆竹——糖衣炮弹？可她有啥好值得对付的呢?

胖子见她迟疑，便说："你问设计部，我下午去买了一笼，他们都吃了，就剩这两个，想到你难得回来一趟，给你加加餐，补一补。"

董董恩还是不太相信："真没有动过手脚？"她被设计吃过夹牙膏的饼干，裹纸团的巧克力，冲芥末的饮料等等，血泪史太长，一言难尽。

胖子爱心受到侮辱，一把把包子掰成两半，一半放自己嘴里："爱吃不吃，不吃我都吃了。"

董董恩赶紧跳起来抢："不是说留给我的吗？"

芽菜包果真没掺假，董董恩吃得很高兴，胖子还给她倒了杯水。董董恩咬着包子，感动得眼泪汪汪：“肖爸，你果然暗恋我对不对？”

原本安静的小红楼顿时一阵噼里啪啦，有人摔倒了，有人呛到了，有人一头扎墙上了。

胖子伸出一根指头，隔空无语地点点她。

待董董恩把包子全部吃完，胖子才扭头大声对隔壁设计部喊：“好了，她吃完了。”

董董恩纳闷，你吼啥啊吼？我就吃你俩包子，你用得着告诉你们整个部门都知道？

哪知从设计部传来一个声音：“行吧，吃完了就好，吃完了那我们走吧。”是老柯。

董董恩抠着脑袋，感觉实在不妙，有种“中计了”的感觉，但鉴于智商有限，实在没闹明白这俩人在搞什么阴谋。

直到在奔去晚宴地点的路上，春花亲切问候董董恩：“恩恩哪，芽菜包子好吃吗？两个大包子有没有填饱你啊？”

董董恩老老实实点头：“很好吃啊，也很饱。”

春花笑道：“那就好，我一大早专门排队去给你买的，既然吃饱了，那一会儿上桌就斯文点，不要跟人抢菜，知道吗？”

董董恩气得浑身颤抖、两眼发青，控诉道：“你们太过分了！这么多人联合起来不让我吃晚饭？你们还有没有人性了？”

世道已如此艰难，为何人心还如此险恶？友爱一点，让这个世界充满爱，不好吗？

晚上的接风宴，董董恩大开眼界。

桌子大得像中央花园，正中间摆放着由各种食材雕刻而成的高山流水、飞龙转凤，一桌艺术品，琳琅满目。想要穿过这花团锦簇看清对面客户的脸，估计还得再点一份望远镜。

也不知道这些艺术品能不能吃？好不好吃？怎么吃？董董恩目不转睛地欣赏着，虽然被猪一样的队友阴谋陷害，但如果给她机会，她还是可以再吃的。

宴请自然有宴请的规矩。

客人按职位高低分坐上首，朱莉带的美女团插坐中间，楼渊和贱哥环坐在几位总监两侧，老柯和春花则一人陪于一边，董董恩默默地寻了个靠门的位置，坐定之后发现，她和楼渊打了个斜照面。

中国的餐饮文化自然离不开酒，再怎么装高冷，摆霸气，三杯酒下肚，还不是一样脸红脖子粗，“哥俩好啊，五魁首啊，六六六啊”。董董恩自知酒量浅，酒品差，每到这时候，就尽量假装自己是壁花。再一看巾帼英雄朱莉姐，要不人家咋能当上首席助理呢，看看人家这气势，袖子撸到肩膀，裙子扎在腰上，猜五魁首，划六六六，很快掀翻了两个远方来的客人。

董董恩佩服地给朱莉姐姐点了个大写的赞。她自己天生一颗怂人胆，酒桌上历来不敢与人对视，生怕被人抓去干杯，连筷子也不敢多伸，全程只吃花生米，就这样，还是被巡桌转的客人给逮到了。

胖肚子的大客户端着酒杯对董董恩道：“酒逢知己千杯少，能喝多少是多少，妹子，你要喝多少？一杯还是三杯？”

这么喜欢喝，为什么不自己单独拎瓶喝？非得抓人一起醉，到底有何乐趣？董董恩实在是不明白。

客人还在等。董董恩感觉手上酒杯重千斤。

正在僵持中，旁边伸出一只手来。

春花：“王总监，这杯酒，我代表我们妹子敬你行不行？她不会说话也不会喝酒，还来着大姨妈。”

王总监：“……”

董董恩：“……”

还有一个人，“扑哧”笑出声，是山的那边，水的那边的楼渊。

董董恩再一次：“……”

王总监很是豪气地与春花连碰了三杯，然后赶紧离开，寻找下一个目标。

董董恩气得要死，戳春花：“要死啦你？”这种事为什么你一个大男人能说得如此理直气壮啊？

春花：“要不然我去跟他解释解释？”

董董恩半天才憋出一个字来：“滚！”

楼渊觉得自己大概是太平洋上唯一一个警察——管太宽，要不然没法解释为什么看见有人劝董董恩喝酒时，自己心里很是不舒服。楼渊心想，我大概是被董董恩醉酒后的德行吓得太狠，见不得她再沾一滴酒，万一这次她又醉了呢？万一又醉到吐呢？万一又吐人一头一脸呢？这些轻浮而草率的人哪，一辈子没尝过被人吐得生不如死的滋味，不懂董董恩醉酒之后犹如没有盖盖子的潲水桶，呕吐物能够飞流直下三千尺，如果让他们知道，大概就懂什么叫退避三舍了。

楼渊自以为自己真相了，然而直到春花上去解围，他也没有舒坦多少。难不成我才是喝多了的那个人？之前是担心董董恩醉酒，现在有人上去解围，这难道不好吗？为什么心里还是那么闷？

楼渊放下酒杯，决定不喝了，他显然思维已糊涂，脑袋已发昏。

董董恩被解救之后，更加小心谨慎。桌上杯盏已乱，佳肴已残，酒酣耳熟间，有人酩酊，有人自饮。董董恩离门比较近，趁人不注意，溜溜达达出了门。

依老柯这种饭前还骗她咽俩包子的凶残德行，那是能不带董董恩出门就尽量不带，但有些场合，又必须要带，譬如这种商务场合，必须得带马仔，否则不能彰显老板的气派啊，万事都让老板出面，鞍前马后，端茶递水，签字埋单，那太不成体统了。

董董恩好歹跟着老江湖混迹多年，酒席未散，单已埋，鉴于都喝高了，还仔仔细细安排了送往迎来的车子。

《客服守则》第二十三条，替客户解决问题要让客户感觉愉悦，替老板解决问题要让老板感觉体贴，这才是一个好的上得现场入得后场的客服人员。

安排妥当之后，董董恩也不想再进包间了，在外面看服务员表演茶道。老柯出来找她，服务员正好在分杯奉茶，两人一人接了一杯，老柯喝酒上脸，看似醉得凶，实际并没有喝多少。

董董恩说："都安排好了，后面还有什么活动？"

老柯："应该差不多了，赶紧弄回酒店。"

董董恩有些担心："喝成这个样子，明天还能开工？"

老柯："就是要喝成这样子，喝高兴了，后面才好开工呢。"

客人三三两两从包厢出来，董董恩进去检查有没有遗漏物品。看到桌子中央几乎没动过的艺术品，眼睛不禁有些痛，来赴这种宴的人，难道都是来吃一个视觉欣赏吗？那些南瓜冬瓜，黄瓜菜瓜，拿回家还可以炒好多顿啊，当这些不需要花钱买吗？一桌菜卡都要刷爆了，你们这些不知路有冻死骨的人哪，到底有没有考虑过饭菜被剩下来的感受？浪费食物是要遭天谴的，知道吗？

于是招呼服务员："麻烦，帮我把这几个打包。"

正在收拾的服务员见状道："客人，这是我们厨房的艺术品，是不能吃的，也不能给你们打包。"

董董恩："……"又艰难问道，"那这个，有算在我们的菜价里面吗？"不能吃，光给欣赏，谁爱花这种冤枉钱啊？

服务员正面有难色，不知该作何回答，楼渊进来了，递给董董恩一个打包盒："看你晚上没吃什么，这个给你。"然后靠过来，小声道，"中间那个，不能带走，厨师下一餐还会继续用。"

董董恩摸摸鼻子，谢谢你，大哥，可惜你已经科普晚了，我已经丢脸了。还有，你不会救场就不要救，你知不知道经你这一科普，场面更加尴尬了？

第二日，贱哥一见董董恩就叫："大胃·恩，昨晚你怎么了？很斯文啊，装淑女吗？"

淑女你个头啦，你饭前被人设计塞两大包子再去豪吃看看。

此事造成的后遗症就是，董董恩在很长一段时间内，只要听到"芽菜包"

三个字，就会血压上升，气血不平。

大概需要交际的人情社会就是这样吧，酒过一轮之后，后面的工作进展果然很顺利。总团的人参观了捌二创工的创意区、制作园区，甚至亲临厂部车间，和捌二创工的一线生产人员进行了亲切友好的会晤，高度赞赏了捌二创工在创意及制作中精益求精的精神，并对捌二创工一贯坚持“想客户之所想，急客户之所急”的理念表示了感谢。

董董恩作为陪访团的一员，携带资金脚不沾地地陪同出席了所有环节，深切体会到来访人员为大区、为供应商，说好话，说实话，情之所系，利国利民的一片热忱。

这感动一直延续到周四。下班前，董董恩收到总团客人星期五的行程安排邮件，董董恩看了一眼，日间是去几家著名的花街会所喝茶聊天，晚上参加由洛克斯南区举办的送别酒会。

楼渊的意思是，花街会所这种地方，董董恩一小姑娘，就不用作陪了，至于费用，届时他会和老柯商量看怎么付，让董董恩上午工作，下午准备酒会事宜。

董董恩自然同意。

次日果然兵分两路，楼渊陪客户去花街会所，董董恩和美女团则留守布置会场，为了将欢送会布置得热热闹闹、欢欢喜喜，众人忙了个仰倒，直到插好最后一束花，扎好最后一根丝带，摆正最后一块点心，这才得空直起腰来。

朱莉端个盘子对董董恩道：“先去吃点儿东西吧，垫一垫，要不然一会儿没有时间吃。”

楼渊的美女助理团，那都是见过大世面的，应付各种正式或半正式商务酒会是驾轻就熟、游刃有余，虽然时间紧张，却不见半分慌张。姑娘们清一色洛克斯标配的白衬衫配齐膝小黑裙，服饰简洁，却极为修身衬体，加上个高人又美，走动起来优雅知性，很有职场风情。

朱莉脖子上比其他人多一条彩色丝带，端着盘子对董董恩甜甜一笑，甜妹子笑起来真的是大杀四方啊，董董恩表示纵然自己性别女，爱好男，也撑不住要阵亡了。遂觍着脸皮上去撩：“也不知朱莉姐姐今晚有伴没有？”

朱莉：“有了，贱哥。”

董董恩：“……那看来我没有机会了。”

朱莉：“你的伴是我老板。”

董董恩大惊：“我怎么事先不知道？！”

朱莉：“现在你知道了。”

董董恩赶紧给老柯挂电话，然而老柯没有接。老大，你这种消极的作风是会失去本姑娘的，你知道不知道？董董恩刚想找个安静的角落继续拨，一转身，就见楼渊抱臂环胸，倚在墙上。

依然一身凛然正气的模样，立领衬衣，水晶面袖扣，深灰色长裤，黑色漆皮鞋，董董恩一眼扫过去，不得不承认，此人跟春花一个样，脸正身材棒，都看似禁欲，实则风骚，单穿衬衣都能穿出天潢贵胄气。

可惜这般人品，却流连花街会所，董董恩内心很是不屑。

董董恩没有标配服饰，只得从家里挖出一条最为朴素的斜肩小黑裙，又将头发挽了个松松的发髻垂在耳边，全身上下唯一亮点就是耳朵上一对透明水晶正方体耳坠。由于转身太急，耳坠也跟着急促摇晃。

两人暗中彼此打量。

董董恩暗翻一个白眼，哼，衣冠禽兽。

楼渊双手插兜，内心愉悦，暗自欣赏，这位还不到他下巴高的女士，打扮起来还是不错，有点好看，好吧，是比较好看，不不不，就是好看。脖颈修长，耳环坠在两边，闪着忽明忽暗的光点。

楼渊：“朱莉跟你讲了？今晚你做我女伴。”

董董恩扬扬手中的电话：“我还没来得及请示我老板。”

楼渊：“这是工作。”

正说着，老柯回电话了，一听很吃惊：“啥玩意儿？酒会要带女伴？”

董董恩扬眉："是啊，楼哥是这么说的。"

然后就听到电话那端一阵急刹车，各种兵荒马乱，各种噼哩哐啷，老柯叫道："糟糕，我带的是副总啊。"

春花显然也被吓到，连声问："咋了咋了？好好说话。"

老柯："楼渊那边要求带女伴。"

春花："那咋搞？难不成为这事我还得专门再去买条裙子？"

老柯："……"

握着电话呆若木鸡的董董恩："……"

接下来在老柯和春花未现身之前，董董恩一直心有不安，生怕春花玩大发，搞个玛丽莲·梦露的造型隆重登场。好在两人最终并没有挑战极限，春花一身中规中矩银灰色西装，跟黑色西装的老柯走在一起，狠狠配了董董恩一脸。

董董恩松了一口气，隐隐又有些失望，春花穿裙子，一定很好看吧？

告别酒会顶多算个半正式酒会，所谓男伴女伴，不过就是多个聊天捧哏的搭子。至于楼渊为啥要勾搭董董恩，董董恩是这么认为的：总团本次送温暖大下乡，其目的就是要近距离观察供应商，在甲乙双方的项目合作事宜上，总团肯定会有很多的问题要咨询。楼渊一手促成多方合作，显然也有"我楼阿大做事也是很靠谱，很有眼力见儿的，不然让你们看看我和供应商的完美搭档啊"这样的心理存在。

对此董董恩和老柯都非常理解，这个时候就应该替我们亲爱的楼老大把场子撑起来，撑好看、撑漂亮了。总团的人开心了，楼渊就开心；楼渊开心了，大家就开心。

这就是一条绳上的蚂蚱的意思。

老柯一到场，立即告诫董董恩："今晚你的任务，就是配合楼渊，跟着他，他说地球是方的，你就得说是方的；他说屁是香的，你就得说是香的。三不准原则，不准拆台，不准乱说话，不准给我捅娄子，知道吗？"

董董恩早已习惯了在老柯的淫威之下讨生活，练就了一副宠辱不惊，不管他说啥鸟语，我自应对无声的能力，摸了摸腰间那把并不存在的驳壳枪，抬头挺胸向老柯敬了个礼，道："保证完成任务。"

那天晚上的酒会很成功，董董恩的表现堪称完美，在老柯凛冽的注视下没出丝毫错，台词走位，微笑捧哏，360° 无死角，衬得楼渊高大英俊、玉树临风。

直到临散场，董董恩终于支撑不住了，站了一晚上，再好的腿也要废了。好不容易瞅准一个没有大 Boss 过来的机会，小声向楼渊告假："我能不能撤一会儿？"

楼渊看着她。

董董恩："喝得有点儿多，想去一下洗手间。"

原本平静的楼渊瞬间色变，杯子举起又放下，低声喝道："你又喝酒了？"

董董恩赶紧安抚他："是饮料，是饮料。"

楼渊："快去！"饮料也危险，谁知道你会不会吐饮料？

董董恩一边撤一边想，楼渊这个反应，应该是遭人酒醉呕袭的后遗症，此生难以治愈，这辈子都好不了了，绝症。一想到此，有点心疼。

董董恩前脚刚走，朱莉后脚过来，请示是否可以散场了。

楼渊问："车安排了？"

朱莉："都在楼下。"

楼渊："明天几点送机？"

朱莉："早上九点。"

楼渊点头："送客。"

老柯过来拍拍楼渊："兄弟，辛苦了。"

春花没有看见董董恩，问了一声。

楼渊："她去洗手间了。"

老柯又对董董恩今晚的表现跟楼渊交流了一下。

楼渊抿着嘴，含着笑："表现不错。"

老柯："如果表现不好，你告诉我，我揍她。"

楼渊回忆了一下，还是强调："表现不错。"

老柯："行，那走，先去送客。"

待把客人送上车，朱莉们也累狠了，这会儿上了班车，单等董董恩了。

楼渊跟老柯站在班车前，老柯："你们走吧，我留下来等她。"

楼渊对朱莉道："走吧，她老板送她。"

班车开走了。

楼渊回去取自己的车，走到花坛处，遇见董董恩。人蹲在地上，脚边还有一只猫。

董董恩："我真的要走啦。"

小猫："喵喵喵。"

董董恩："没有吃的啦。"

小猫在她脚下打转，一个劲儿用尾巴蹭。

董董恩："是想跟我一起走？"

小猫："喵。"

楼渊正想跟她讲，你再不走，你老板就走了。就听董董恩对小猫念叨："你跟着我，又有什么好的呢？你只知道我长得好看，但你不知道其实我过得也挺心酸，再说我也没多少时间陪你，也请不起顿顿小鱼干，每天光是卖笑就已经花光我的全部力气了，我比你还想找人来包养呢。"

小猫支着脑袋，把脚上按住的半块骨头推过去。

楼渊差点笑出声。

这孔融让梨的举动打动了董董恩，她拎起小猫，把小家伙举到鼻子前："算了，既然你这么大方，我也不好再坚持了，那咱俩就相依为命吧。"

楼渊觉得有必要出声儿了，不然一会儿午夜惊魂不大好，便从绿植前走出来，问："怎么还不走？"

董董恩赶紧站起来，举起猫，满脸笑："你看，我捡到一只猫。"

那只猫只有巴掌大，三花色，瘦骨嶙峋，尾巴紧紧勾着董董恩的手腕。

眼睛跟董董恩一样，又大又亮，在夜色里像是倒映着漫天星辰，令人只消一眼，就心迷意乱。

慢着，他看的到底是哪一双眼？

老柯半天没等到董董恩，正要给她打电话，刚举起手机，电话响了。

楼渊咳了一声："你们走吧，我送她。"

董董恩还举着猫，笑得既神秘又危险。楼渊直觉自己下一秒就会溺死在她的笑意里，并且心甘情愿，吓得赶紧垂下眼，说了一个字："走。"

董董恩跟着走了两步，发现不对，班车在外面啊，私家车才走这个方向呢，刚要停脚，楼渊就说："班车走了。"

董董恩后知后觉："刚才你给班车师傅打电话？"

楼渊："不是，是给你老板打电话。"

对噢，我还有老板。继而又反应过来："什么？你让我老板也走了？喂？我就只是上个厕所而已啊。"气得董董恩往外追，然而外面车来车往，的确没有一辆在等她。

楼渊开着车出来："上车。"

昨日春花还在扯什么"不可与楼渊太近"，今日就铁面无情抛弃了她，董董恩气得嗷嗷叫，你们这些无情无义、无理取闹的贱人啊，留下来同甘共苦会死吗？但是面上一点不显，搂猫，开门，动作行云流水，一气呵成。

小猫第一次长距离迁徙，有点怕，上车后一动不动卧在董董恩胸前，一声不喵。楼渊看了一眼，提醒董董恩："系安全带。"

安全带系好后，小猫就不能继续卧在董董恩胸上了，只得改为卧在她小肚子上。

两人默了一路，最终还是楼渊先开口，问："怎么捡只猫？"

董董恩："夏天过后，冬天就应该快到了。"

楼渊以为她是想说，冬天到了，小猫流浪在外面，日子恐怕不好过。就听董董恩接着说："捡只小猫好暖手。"

楼渊："……"

两人继续静默无声，看车灯向前，街灯向后。

安城的夜很是迷人，十里长街，七彩霓虹，光晕柔软。董董恩垂着头，逗弄怀里蜷成一团的奶猫，富有曲线的脖颈在夜色里朦光浅浅。小奶猫被她挠舒服了，打起一个小小的哈欠来，董董恩跟着笑，街灯掠过她的脸，像一团乍然绚烂的烟火。

楼渊只是无意间看了那么一眼，就再转不过脸。

恰在此时，电台里一个男声低沉地哼道："只是因为在人群中多看了你一眼……"

前方一辆车从他们身边急促擦过，司机比出一个中指大骂："喂，你会不会开车？"

两人吓出一身冷汗。

董董恩搂着猫，紧紧扣住安全带："看我干吗？看路啊。"

楼渊心烦意乱，送走董董恩后，一路疾驰到柳汀河边。

沿河两岸灯火通明，想要静心的人来此反而更加心绪不宁。

真是奇了怪了，我又不是没见过美女。楼渊使劲儿想他那群笑容甜美的女助理，或者性感妖娆的女销售，又或者端庄精致的女企业家，然而不幸得很，这些人今天晚上竟然个个长着同样的脸，眼睛里荡漾着星辰与大海，唇角带着致命诱惑的微笑。

他无力地趴在方向盘上，伸手去捂左边心脏，感觉就要控制不住地沦陷了。

总团走后，捌二创工迎来了疯狂密集的赶工。

重点区域、重点城区，哪些网点属于一类精品，要与客户一一沟通，多大面积配多少标识要跟紧设计部，什么时候进场，施工周期是多长，少不得要与工程部来回打交道，施工中需要协调的周边关系，得跟政府部门联系好，林林总总，都是客服部门的活。

董董恩每天两部手机，左手接完右手接，右手挂断左手响。办公室刚算完图纸，制作部来电话问下单有没有签字，制作部问完，工程部问要入场施工单。

董董恩掐着脖子，声嘶力竭，只差没来一句，来啊，一起来啊，车轮战算什么好汉？

赶了一段时间的工程，董董恩总算抓到正常的进度了。

从捌二创工开完周会回洛克斯，她把近期需要得到配合的工程情况汇报给甲方执行小组听。

董董恩："首先是施工之前，我每日都会推出进度表，你们也可以看到，标红的网点，代表即将入场，我希望你们在这个入场的时间节点上，能够关注我的进度表再细一点。我们工程队的施工进度，我每日都在跟踪，提前三天，我会把网点标红，三日内，你们负责网点清场，届时我们的工程队直接入场。"

因为这个月连续有几处网点，工程队要入场，甲方现场负责人却不同意，说还没有清场，董董恩觉得很有必要交代清楚。

楼渊同意，问他的小组："谁的区域没有准时清场，谁负延期责任。"

有组员提意见："我们也有网点提前清了场，结果你们工程队却没有来，这个延期，谁负责？"

董董恩说："抱歉，这是我们前期工程控制的失误。此前我们集中在主城区施工，前期清了场却没有人入场，是因为在等工程材料。现在不会了，现在要下区县，我们实行的是兵马未动，粮草先行，工程材料到现场了，工程队才赶赴当地，您说的情况不会再有发生。"

董董恩又说第二个情况："还有，现在开始区县网点的升级改造，工程队施工完毕，请网点负责人立即验收，哪处不对，哪处需要返工，请在工程队在的时候，立即提出，验收合格，请在我们的验收单上签字确认。一来，我们需要靠验收单给施工队结账，二来，如有问题，工程队在的时候好解决，如果他们走了，再追回来整改，就比较麻烦了，诸位认为呢？"

这一点大家都认同。

董董恩还要说第三点，电话在桌上猛烈震动起来。一般情况下，开会她是不带手机的，只是近来工程追得紧，根本离不得手机，好在大家理解，让她先接电话。

董董恩一接，电话里一个声音说："恩恩，万哥从绿帽子楼上栽下来了。"

董董恩心脏"咚"的一声，腿有点晃："你再说一遍？"

给她打电话的同事重复道："万哥，刚刚在绿帽子楼安装楼顶灯，从脚手架上栽下来了。"

朱莉看她晃得有点凶，赶紧上去稳住人。

董董恩脸色很不好："抱歉，抱歉楼哥、贱哥，我工程队有同事出了点意外，我出去一下。"说着抓着电话往外冲，留下一会议甲方成员面面相觑，不知道究竟发生了何事。

绿帽子楼，是安城东区一幢商业大楼，有三十二层高，最顶上五层，阳台一层比一层宽，又遍种绿植，远远看上去，像一幢笔直的大楼戴了一顶绿帽子，所以被安城人戏称为绿帽子楼。

董董恩问："人怎样？"

工程部同事："昏迷，送医院了。"

同事一说昏迷，董董恩赶紧在心口画了一个十字，万幸，人应该是从脚手架上跌到了楼顶，而没有摔下三十二层，若是摔下三十二层，那就不可能只是昏迷了。

董董恩问："安全措施做没做？"

工程部同事："做了。"

万哥是工程部老大，如果他带头不做安全措施而去裸施工，可以想象老柯会有多炸，把他生吞了吃都不够，还好还好，没出现这种情况。

董董恩："报告老板没有？"

同事："报告了。"

董董恩："好，我马上过来。"

与此同时，会议室里的楼渊也接到了现场负责人打来的电话。楼渊："我陪董董恩去现场，看一看情况。”

朱莉提醒他：“老板，十点半你有一个会。”

楼渊：“交给老剑。”

贱哥：“行行行，你先去看看怎么回事。”

朱莉提醒贱哥：“你也有其他的安排啊。”

楼渊：“那就顺延到下午两点。”

朱莉：“……”

楼渊走出来，董董恩向他告假，说：“楼哥，不好意思，我要去一下施工现场，一会儿可能还得去一趟医院，下午回来跟你汇报情况好吗？”

她神色惊恐，声音疲惫，楼渊拿着钥匙，安慰她说：“别怕，我送你过去。”

董董恩看着楼渊，第一次觉得他的冰山脸一点不冰山，反而让人特别的镇定和安全。他人站在玻璃围挡前，双眼直视董董恩，声音很冷静，说：“别怕，我们现在过去。”

两人一起赶到项目现场。这个点目前已暂停营业，工程部这两日的重头戏是安装楼顶灯，楼下只有几个工人和工程部助理小万。

老柯还在赶过来的途中。

小万既是工程部的助理，也是万哥的侄子，从收到他叔出意外到现在，小万整个人都傻了，不知道该怎么办好。一米八几的个子，见了董董恩委屈得像个小孩，红着眼睛靠过来，想哭又不敢哭。

董董恩一路过来也怕得要死，这会儿强鼓起劲儿安慰他：“别怕别怕，老板马上过来了，让他看了现场再说，另外你马上调这几样资料：1. 你们工人工程的日排班表；2. 这支工程队的进场安全物料申请；3. 你们老大签字的工程入场单。咱们先核对看看你老大在安全管理上面有没有问题。”别他自己以身犯规就惨了。

“事情已经发生了，现在要做的是解决问题，你放心，他跟老板一起工作了好多年，老板不会不管他的，而且公司给你们每个人都买了保险的，公司肯定会申请保险调查，我们要做的就是配合公司，你不要慌，做工程的，难免会出现点意外，一会儿我陪你去医院看你叔，啊，别怕。”

小万哽咽着点头：“你说的那些资料，都在厂部的电脑里，要不要等下跟我回去？”

董董恩：“行。”又继续安慰他，“别怕，如果我们的工作都是OK，老板怪不到咱们头上去的。”

说老板，老板到。

老柯推门进来，看到楼渊，很是自愧和恼火：“不好意思，惊动你了。”

楼渊：“我也想看看怎么回事。”

一行人转到楼顶。

工程勘察的技术人员也在。

楼渊和董董恩不懂工程，站在一边，看大家拍照，勘查现场。最后技术人员过来报告说：“安装保护措施都是有的，应该是意外，爬脚手架打滑了，保险绳救了他一命，要不然得跌到楼下去。要不要通知保险公司过来？有第三方取证，好说一些。”

老柯：“按程序走。”

几个技术人员点头去了。

老柯又对楼渊说：“我们去一下医院，看看情况，你就不用去了吧。”

董董恩说：“有事我给您电话联系？”

楼渊捏着兜里的钥匙，觉得自己有点多余。

接下来两天，楼渊一直没有见到董董恩。

当然，楼渊自己也是很忙的，他也有很多工作要处理，要去见客户，要去见其他供应商，要去开一些带有政府性质的会议，所以两人总是碰不上面。

捌二创工的日常工作照常进行，施工人员的意外丝毫没有影响工程进度。董董恩和甲方团队的沟通也很顺畅，工作邮件一发就回，只是楼渊不知道啥时候染了一点强迫症，非要见到董董恩那个位置上有人，好像才安心。

第三日，董董恩还是不在办公室。

这什么客服？胆子也忒大了，一周五天，竟然一连三天不在甲方，驻什么现场的客服？加完班的楼渊终于找到一个正当的理由，拿起电话准备质问。

电话响两声，董董恩接起，非常有礼貌：“楼哥您好，我是恩恩，这么晚了您还在公司啊？”

楼渊心情立即变得很好：“是啊，你呢？”

董董恩：“我刚到网点，这么晚了，有什么事吗？”

改夜间进场了？楼渊想起楼顶灯，马上改口，说：“我就是想问，楼顶灯什么时候完工？”

董董恩说：“若无意外，就是今晚，现在正在调试。”

楼渊：“那好，我也来看看。”

董董恩：“好啊，我等您。”

电话挂断，楼渊回味了一下那句“我等您”，感觉心脏跳得有些厉害，她第一次说等我哎。

楼渊到达时，董董恩正帮着下货。

车上丢下来一个纸箱，她抱起健步如飞。

有些人抱怨公司生存环境恶劣，喜欢用女人被当成男人使，男人被当成牲口使来形容。捌二创工的生存环境到底咋样，楼渊不太清楚，但董董恩的确不太像个女人，跟他们洛克斯的白领女性比，她一点也不精致，太糙，比爷们儿还糙。看看这上下货的事，这跟她一个客服代表有什么关系？

明儿他要问问老柯，是不是董董恩领的工资特别多。

楼渊走上去，接过董董恩手上的箱子，问：“需要帮忙？”

董董恩赶紧说：“不用不用，楼哥您不用拿，我闲着没事干，所以搬一搬。”

楼渊挽起袖子：“我也闲着没事干。”不然不会跑这儿来。

大客户也要跟着下场干活，这可把大伙儿惊着了，干活从来没有这么利索过，几下就把光源调试组合好了。

工程队队长拿着对讲机指挥，“亮第一组。”

啪！第一组灯亮起来。

“亮第二组。”

又一组灯亮起来。

楼渊跟董董恩站在灯架下，看 LED 灯在夜幕下闪动起来，闪字，闪花，闪洛克斯的标识。

楼渊问董董恩：“你们工人情况怎样了？”

董董恩有点沮丧：“万哥啊，他腿摔断了。”

楼渊安慰她：“这不是你的错。”

董董恩倚着天台边沿，夜风撩起她一缕长发，她望向楼渊：“那天谢谢你带我过来，当时我怕死了，好害怕我们工程组出问题，心都快跳炸了。”说到这儿，她又庆幸道，“还好没有出大问题，万哥说他当时踩到了绳子，被绊倒了，还好他身上系着安全扣，医生说他很快会好起来的。”

楼渊：“万幸了。”

“我读初中的时候，有一次住院割阑尾，邻床大叔，就是一个工地上的工人，也是从施工现场摔下来的。我住了一个星期的院，就看他吃了一个星期的开水泡饭加咸萝卜干，大叔跟我说，他失去了劳动力，不管人赔他多少钱，以后他都再难以靠出卖体力赚到这么多了，所以他不能乱花，一个好菜也不舍得吃，”董董恩想起一件陈年旧事，回忆起来有点难过：“我当时的阑尾手术很小，我爸怕我营养跟不上，天天给我买很多肉菜炖汤，那个大叔，要截肢，每天只吃开水泡饭，唉，我当时就觉得，人生真的不对比，不知道世道有多难。”

董董恩有点难过，声音有点哽咽：“医生诊断书没有出来之前，我当时想，万一万哥也失去了劳动力，没有办法再给家里人赚钱了，该怎么办？另一方面，我也知道，这个事情，我老板是没有什么责任的，纯属意外，不可能赔付他很多钱，所以还要帮着找出任何不能让他狮子大开口，漫天要价的证据，感觉整个人都快要被撕裂了。”

楼渊想安慰安慰她，想给她一个小小的拥抱，但是跨国公司根深蒂固的男职员最好不要碰女职员的观念禁锢着他，末了只是抬起手，帮她捋了捋被夜风吹乱的长发，轻声问道：“第一次遇到这种事？”

董董恩点点头，“嗯。”

楼渊：“我父亲，很多年以前，曾在某个劳工部门工作，帮劳工维权，他总是站在劳工这一边，批评我，说我是吸人血的资本家，其实我真冤，我也是帮资本家打工的人哪。”楼渊笑笑，继续说，“我呢，我在集团公司做事，代表集团，下面有无数员工，出过的状况无数多，我要坚定我的立场，就是公司是不是有按程序来？如果公司有按程序办事，那公司的资产不能受损失，不管对方再怎么可怜。”

董董恩：“我知道，理智是一回事，可人有同理同情心，我做不到无视别人的痛苦，哪怕这痛苦是由他自己造成的。”她问楼渊，“我是不是很圣母？”

楼渊回答她：“我的同事，我的团队，都是工作了很多年的人，大家都习惯了出什么问题，按哪一路规则去解决，已经很多年没有听人跟我说过同理同情心了，这不是圣母，这是人的情感中难能可贵的，还没有被世事磨掉的一部分。”

董董恩有点羞赧，“不好意思，我好像不是很专业。”

楼渊：“不是的，我很高兴，你对我说这些。”

两人愉快地交流了一个晚上。

当然，为了证明自己不是无缘无故跑来打酱油，楼渊还特别专业地指点了一下刚刚安装上去的楼灯。

楼渊：“这个循环的过程有点慢啊。”

董董恩：“可以用电脑调整的。”

楼渊：“怎么左上角有个黑团？”

队长拿起对讲机：“快把左上角的人挪开，他一直挂那上面干什么？喂蚊子吗？”

对方回复：“队长，人正在跟前接线呢，咋挪？”

楼渊：“……”

董董恩：“……”

队长：“……”

Chapter 05 对你有一点动心

楼渊端着咖啡杯。

“首批可以出街的量是500，这是我跟董董恩核对过的数据，她说这个量，他们工厂是可以保证的。”朱莉汇报完，大家一起看向楼渊。

楼渊没有表态。

会议室很安静。

朱莉：“老板？”

楼渊终于放下咖啡杯，点点头：“好。”

所有人松了一口气。

自打见过董董恩脆弱的另外一面后，楼渊总感觉自己情绪有些不大对，他一个每天24小时恨不得掰成48小时来用的人，竟然有时间走神，还不止一次，这令他心里略微有些焦虑。

这些天他的心总是有些不由自主，不受控制。听人说话，他会想到董董恩，她说话比任何人都好听，有如春暖花开，温情怡人；看人眼睛，他会想到董董恩，她的眼睛比任何人都好看，有时候像猫一样狡黠，有时候又像泉水一般清灵。他人在办公室，神志却总往大办公区飘，明明不渴，却非要拐去茶水间，只为可以看一眼，董董恩有没有回来，在不在位置上，如果在位置上，他进出就更加的频繁。

以至于某些关注他的人都排出他喝水上厕所的频率图来了，以此开出赌局，赌楼老大是不是尿频尿急尿不尽。当然，这个局，楼渊暂且是不知道的。

楼渊知道自己有病，不是尿频尿急尿不尽啊，而是心病，且病得不轻，他一直在纠结到底要不要治？怎样治？是坚决恪守甲乙双方的位置？抑或是，把人退回去，然后再光明正大去追求？

想到广告行业变态的加班制，楼渊没有把握把人退回公司后，他还能如现在这般随时想见就见，更何况，对方工作并无过错，无缘无故退回去，用什么理由？届时老柯怎么看他？怎么看她？她的同事又该怎么看她？怎么看他？

贱哥推门进来："我还有第三个方法。"

楼渊被吓一跳："怎么不敲门？"

贱哥："不要在意细节，我是来献策的。"

楼渊："什么第三个方法？"

贱哥："你不是老担心董董恩他们公司既要升级网点，又要制作新品，怕他们忙不过来吗？那咱们可以多铺两家啊，另外两家供应商虽然不负责主城区，但临时打个调配，应该不成问题，这事可以跟老柯商量，他会同意的，他一口吃不下这么多。"

楼渊一边放下心来一边无意识扫了一眼大办公区，正好瞧见董董恩背着包进来，跟人一路热情打着招呼到位置上，朱莉站起来，两人开始说话。

贱哥说完，见楼渊又跟着了魔似的往外望，一副"身未动，心已远"的表情。

贱哥好奇地顺眼望去，只见珠圆玉润的黄秘书正搂着胸，昂首阔步向这边走来。

贱哥："……"我好像发现了什么了不得的惊天大秘密。

又到周一，董董恩下午照例要回公司，没有时间留下来享受豪华午餐。刚拎包要跑，楼渊在后面喊住她。

楼渊："先吃饭。"

董董恩："来不及了，我还得倒两趟车呢。"

楼渊："我要给你老板送东西，一起。"

朱莉在一旁满脸疑惑："老大，下午的会不开了？"

楼渊："开，很快回来。"

送东西？送什么东西？啊，好像总团的人走了以后，我们送给总团的那些高尔夫、羽毛球用具，一直到现在都没有还回来，他该不会是去送还这些吧？近来电视新闻总在宣传，要全民反腐才有出路，今天就有人学习执行了，单蠢的董董恩看向楼渊，觉得这位帅哥以身作则，表现真是不错，于是看他的目光里充满了鼓励和赞赏。

如果那些体育用品真的还回来，高尔夫就算了，羽毛球一定要求老柯组织起来，搞个俱乐部。

董董恩自动将楼渊所说的东西脑补成了体育用品，笑得眉眼弯弯，回应也很甜："那谢谢楼哥。"说完还特有礼貌地鞠了个躬。

楼渊被她这甜甜一笑当胸击中，浑身酥麻，心脏跳得扑通扑通。

救命！为什么会这么可爱？

心情棒棒，吃饭自然很香。董董恩十年如一日展现了"感谢盘中餐，粒粒皆辛苦"的良好教养，汤菜很快被席卷一空。

楼渊跟着胃口大好，提醒她："吃慢点。"

董董恩："我吃得挺慢的啊。"

楼渊："骨头呢？"

董董恩困惑："啥骨头啊？"

楼渊："排骨。"

董董恩："就两块软骨，我早吞了。"

楼渊："……"

朱莉拿着筷子支着下巴撑在一边，这两个人，当我是死的吗？

在回小红楼的路上，董董恩也一直好心情，听风风有情，看云云有爱。楼渊看她独自乐半天，也想分享一下她的喜悦，遂问道："看你成天都挺开心的，到底在开心些什么啊？"

董董恩同情地看了楼渊一眼，你们这种高处不胜寒的人哪，自然不懂我们普通小老百姓的穷开心。但这话不能说，而且这个问题吧，看似浅白，实则深奥啊，这里涉及个人的人生观、价值观和世界观啊。董董恩认真地思考了一下，觉得不能回答得太随便。

太浅，俗。太深，又容易被误认为装B，且是在客户面前。

董董恩酝酿了一下，再结合一个原则，千穿万穿，马屁不穿。故而一脸真诚地回答道："那是因为，跟楼哥您在一起，就很开心啊。"

《客服守则》第三条第四小条，拍马屁时一定要真诚脸，态度一定要磊落大方，一定不能扭捏，要拍得不卑不亢，不动声色不露痕迹，这样方能赢得人心，拍谁谁上天。

毕竟，谁不喜欢被真诚地赞美呢？

楼渊开着车，先是坚持面无表情，1秒过去了，2秒过去了，第3秒，楼渊终于撑不住他的冰山脸，嘴一咧，笑了。

董董恩厚着脸皮过去加强效果："开心吧？"

楼渊点头："开心。"何止是开心啊，简直开心得要飞起，好想胡噜她的头，好想掐她脸。为避免又有意外发生，赶紧转移话题控制情绪，"工人的事情解决了？"

董董恩："不幸中的万幸啊，万哥腿是骨折了，但是医生说他恢复得很快，不影响正常行走，老板也答应他，等他恢复了，还回公司工作。以前还有些同事抱怨安全措施很麻烦，现在知道了，多一道安全措施的作用有多大。"

楼渊："施工最重要的就是安全。"

董董恩："没错，是这样。"

这事的确是把董董恩给吓坏了，不过事情一旦有好的进展，她立马从打击中恢复过来，复原能力可以说是很一流了。

到了创意区，董董恩跳下车，然后眼巴巴望着楼渊。大哥，快，把我们的体育用品交出来。你不是说有东西要还给我老板吗？赶紧地。

哪知楼渊一点也不能体会对方急切的心情，反而享用了半天自以为是崇拜的眼神，最后抬腕看了看时间，依依不舍地向董董恩告别："那我就不上去了，我还有事。"

董董恩呆在原地："你不是说有东西要给我老板？"

楼渊随意摆摆手："改天再给，我先走了。"说完绝尘而去。

留董董恩一人怒发冲冠立在路间，心头如有一百公斤的汽油罐在炸裂，炸得她脑血管都快爆开了，你练的是个什么无情道？我的马屁难道都白拍了吗？你赶紧把我们的羽毛球拍还回来！

然而楼渊早已隐身于雾霾，让人摸不着，瞧不见，只留下一股黑黑的尘烟。

心口剧痛的董董恩一步一回首，一步一蹒跚，爬上小楼。

办公室里，老柯正焦头烂额，举着电话叉着腰："去把人都喊进来，开——会——了——"

老柯问行政部："老万那儿现情况咋样？"

小金鱼："可以出院了，按你的要求，给他请了个看护，医生说伤筋动骨，要慢慢恢复。"

老柯按着额头，这个结果，比当初预想的要好很多，总比吃上人命官司好。

老柯又问董董恩："说说你那边的八卦吧。"

董董恩开口抱怨楼渊的无耻行径："老板，你今天是不是约了楼哥？我可以证明，他都到楼下了还放你鸽子，一点没有把你放在心上。"

老柯歪头想了一下："我有约他吗？我好像没有约他吧？"

董董恩："没约？没约他咋说给你送东西过来？肯定是考察团要他把咱们买的那些体育用品还回来，这么大一个集团公司大区经理，竟然昧我们那点东西，你说过不过分？"

老柯终于确认董董恩是真的蠢而不是她表现的蠢，交握着双手极其认真地看着她："我说董存瑞同志，啊不，董董恩同志，你这个客户关系学啊，到底是怎么学的呢？很明显学得极不到位啊，你见过有送出去的东西，再要回来的道理吗？"

董董恩不解："可是那些东西很贵啊，现在不是不兴送那么腐败的东西吗？"

老柯觉得这个问题不能解释，再解释，会动摇国本，故而就此打住，转向众人，问：“还有没有其他问题？没有就散会。”

也不知道是期望过大还是失望过大，董董恩一下子悲情女主附体，声泪俱下，冲老柯剖析内心：“我想要一支羽毛球拍好久了，他们买的时候我就好想要，一直巴巴想着等他们走了我们可以拿回来，我也没有想他们全都退回来，什么衣服、包、鞋这些，都拿走，无所谓啊，但是那几只拍子，我真的很喜欢，而且好贵，我一直没舍得买，他们怎么忍心？怎么忍得下心？怎么，忍——得——下——心——收？”

这席话催人泪下感人肺腑，说得老柯老泪纵横，说得众人心酸难忍，差点要与董董恩抱头痛哭。老柯想必从来没有见过如此真性情的员工，一下子感动了，上上下下，左左右右，从几个兜里摸出大概一二百块零票子，数了数，又从袜子里摸出两张十块，递给董董恩：“全身私房，都给你了，私人赞助啊，拿去好好挑一支，好好玩。”

董董恩仍是悲愤得不能自持：“什么啊？给别人买就那么贵，给我买就一二百块？”

老柯把手一缩：“那就是不要了嘛。”

董董恩动手比动脑快：“要要要。”马上抢了过来。

众人被她无耻抢钱的嘴脸都给惊呆了。

就算加上老柯从袜子里摸出来的二十块，买一支一般碳素羽毛球拍，还是差了二十，没办法，董董恩只得自己添了。

老柯说：“这拍子我享有冠名权啊。”

于是这支羽毛球拍子被命名为“老柯”，带回公司那两天，众人纷纷闹着要打“老柯”。

春花不懂这个梗，问大伙儿是不是要造反？竟然敢打老柯。得知此“老柯”非彼老柯，春花拈酸一笑：“活该没钱吃饭。”

于是董董恩被勒令不准把“老柯”带到公司去，以免影响副总心情。找不到搭子的董董恩愁苦郁闷，楼渊知道后，给了她一张羽毛球俱乐部的卡。

楼渊：“这张卡，每周可以去两次，一次周三晚上，一次周六下午，别人送的，我没时间去，放着也是浪费了。”

自被老柯教育过一顿后，董董恩想要拿回昂贵物品的希望就彻底破灭了。这会儿见楼渊递来一张羽毛球卡，心想总比什么也没有的强啊，况且只是一个顺水人情，便心安理得收下了。

接过卡的董董恩还假装客气了两下，对楼渊说：“如果哪天您想打了，吱一声，我把卡还您。”

楼渊：“我会找你的。”

董董恩高高兴兴把卡装兜里，心想楼渊这个人，真是不错，和蔼可亲。

贱哥自打认为撞破了楼渊那点不为人知的小心思之后，就开始有意无意地观察起黄秘书来。黄秘书，女，肤白貌美气质佳，虽然身材是圆润了点，但圆润有圆润的好处啊，指不准楼渊喜欢的就是这一口呢？只是，楼渊不是向来“兔子不吃窝边草”吗？啥时候转性了？他要真无视办公室恋情的弊端，为啥不朝朱莉下手呢？

正想到朱莉，就见朱莉抱了一摞文件，高跟鞋踩得嗒嗒响，走到某个格子间，把文件“啪”一声掷下，开始朝座位上一名男职员训话，那名男子被她训得面红耳赤，高大的头颅低垂得像个炒菜放多了盐的小媳妇。

贱哥倒吸一口凉气，觉得楼渊看不上朱莉实在是有他的道理。于是更加殷勤，替楼渊打听黄秘书的一切喜怒爱好。

如此过了两天，茶水间飘出一个秘闻，说贱哥在追求黄秘书。

贱哥气得牙疼，更加决定要做一个职业助攻，便借新房子装修完毕之机，邀请大家周末去搞私人烧烤派对，给楼、黄二人制造更多相处的机会。

周末还没到，茶水间就烧烤派对已经展开了热烈的讨论。姑娘们有讨论那天去的男同事都有哪些，有讨论怎么着装打扮，有讨论烤什么好吃。男同事们则讨论贱哥又买房了，听说还是带跃层的精装房，这世道果然人比人，气死人。

讨论到后来，话题俨然升级成——“贱哥是在追求黄秘书吗？”“不可能，贱哥是属于楼老大的。”“所有拆人姻缘挡人情路的贱人都该死！”“黄秘书是个靶子。”“不，黄秘书只是个孩子，请放过她。”“骗婚男人都该死。”

事态很快发展分裂成两个团体，支持楼渊和贱哥的楼贱党，和支持贱哥黄秘书的黄贱党。

那两天进入茶水间的人无一例外遭到了惨无人道的拷问：“你是支持楼贱还是支持黄贱？”上午回答楼贱党的朋友下午就遭到了惨绝人寰的报复，反之亦然。

洛克斯南区顿时陷入一片血雨腥风，家国不保。

黄秘书不知道众人看向她的目光充满了羡慕、嫉妒、心酸，还有同情，只以为大家都喜欢她那对丰腴的兔子，穿衣打扮更注意了，走路也搂得更紧了。

唯一看透了真相的人是董董恩。

她亲眼见证了一场从三俗一跃升级成为家国仇恨的话题，感慨非常，不知道当这些人得知楼渊已有女友时会不会哭唧唧。她向来嘴严，不喜食茶水间的八卦料理，更不会主动去扒楼渊的私密，况且贱哥的烧烤派，跟她也没有什么关系，甲乙有别，她没想过会被邀请。

直到周五晨会结束，贱哥主动跑到董董恩位置上，喊她：“小乖。”

董董恩正在整理会议笔录，停了两秒来思考，谁是“小乖”？怎么取如此恶心一名字？抬头发现贱哥是在叫她，当场就崩溃了。

贱哥喜滋滋地对董董恩道：“小乖，我周日的烧烤派对，你也来啊？你动手能力蛮强的……”

虽然被“小乖”这个名字恶心了个透心凉，但贱哥说她动手能力强，董董恩还是挺高兴的。

不幸的是董董恩还没高兴完，贱哥又说：“……早点过来帮我打扫卫生。”

所以董董恩只是一个万年老乙方，现在她可以非常骄傲地宣布：你们洛克斯集团，无论公事私事，我都承包了。

不过怨念也就一秒钟，怨念完毕，金牌客服董董恩立即表示：“感谢组织信任。”

《客服守则》第二十七条，不是所有客户都适合发展私人友谊，但是，所有客户都喜欢享受服务，哪怕提供这项服务对你来讲，附加价值并不大。但是要记住，取悦客户，这就是最大的价值。

基于受邀请的原因是被人看中打扫卫生的能力，这其中固然有所误会，董董恩亦不大好解释，只得周六起了个大早，拖着嗨妹去逛批发市场。贱哥家不是新房子吗？那么一定很缺各种打扫房子的工具，譬如抹布、毛巾、洗涤剂、马桶刷等等，董董恩对照着便签本，一样一样勾，一样一样买。

嗨妹扛着黑色大塑料袋，像条死狗一样被拖着东奔西跑："这些东西，你老板给报销吗？"

董董恩："当然报销，不然谁这么大方？"

楼渊人原则性强，轻易不接受任何有形或无形的礼物，董董恩每个月的交际费都申请不出来，老柯一度还怀疑过她工作开展不下来。

嗨妹一听费用有报，气也不喘了，人也不累了："那好，顺便我也买点洁厕灵。"

董董恩大手一挥："买买买，就算公司不报销，私人友情我也得赠你两瓶。"

得了两瓶洁厕灵的嗨妹心甘情愿替董董恩扛了大塑料袋一个，拎水桶三只，手提篮两个，胶棉拖把一只。

嗨妹："你确信你客户他能用得了这么多？"

董董恩："难得来一趟，先把东西买上，他能用就用，不能用我放公司去，反正保洁阿姨每个月都要换洁具。"

两人大包小包去挤公交车。

为了表示对贱哥邀请的重视，董董恩特意换了一身特别耐脏耐打，耐摔耐蹭的暗色工装，背上扛着包，头上箍着桶，全副武装上门去。

上楼按门铃，里头人问她是谁，董董恩答："家政公司搞清洁的。"

门开了。

大门拉开带起的风一下子把箍在董董恩头上的塑料桶给刮了下来，把她整个头连脖子带肩膀，一起罩进了桶里面。

那开门的人手忙脚乱想帮忙取，但是取法不当，塑料桶把手勒到了董董恩的下巴，外面人看不见，只知道一个劲儿拉拽，勒得她口吐白沫、两眼翻白，差点说不出话来。对方拽了半天，终于顺对了方向，董董恩得以死里逃生，待满脸通红、两眼泪光想看看这到底是哪个笨货，结果看到的人是楼渊。

董董恩抚着满是勒痕的脖子，我跟你家祖传有仇是不是？

楼渊抱着桶："看到我这么激动？"又看看董董恩这一身，问，"兼职？"

董董恩抹去一脸痛苦的泪水，放下扛着的大包，有些紧张地往里瞧。

楼渊："老剑在楼上。"

董董恩有点难堪："不是，我是看你女朋友在不在。"

周末私人聚会，他女朋友性格又猛，看起来不像是会轻易放人出来单独活动的主，因而格外踌躇。

哪知楼渊解释道："我们早分手了。"

董董恩一惊，难道茶水间的传闻竟然是真的？贱哥跟楼渊，这两人……

正好贱哥从楼梯拐角出来，一边走一边揉眼睛，喊道："老楼，你帮我看看，我眼睛里进东西了。"

董董恩看了一眼一身居家花衣裳，十分软绵可爱的贱哥，又看了一眼楼渊，不知道现在改支持楼贱党还来不来得及？

基友年年有，今年特别多。

吹好眼睛的贱哥欢快地蹲到董董恩带来的大包前："哇，这个我正好缺。""哇哇，这个好用好用。""哇，小乖你太棒了，这个你是怎么知道的？"说到激动处甚至要去抱住董董恩，就差给她几个么么哒了。

董董恩的脸色不大好。

楼渊同样不高兴。

董董恩脸色差是因为看到楼渊不高兴。她小心翼翼躲开贱哥的热情，尴尬问道："你有没有觉得，好像有点儿冷？"

贱哥："冷吗？我没有觉得啊。"

董董恩暗示道："你真没有觉得室温好像一下子下降了好几度？"

贱哥拽着她："那我们赶紧打扫起来，运动起来就不冷了。"

董董恩心惊胆战地看着被贱哥拽住的手腕，感觉背心被某人扎了一万刀，血肉模糊，惨不忍睹。

贱哥果然是个爱现王。这幢新房，从设计到装饰，全程他一人亲力亲为，风格很明媚，嫩黄色的墙面，碎花田园的装饰，窗帘带碎花、沙发套带碎花、布艺抱枕是碎花、连床单桌布都是碎花。贱哥一边跟董董恩擦洗打扫一边不停炫耀："这个是我亲手做的。""这个是我用边角料缝的。""这个好难弄，我被戳了好多针。"

董董恩的心不禁默默地抖了一抖，楼渊知道你心里住着一个穿碎花裙子的少女吗？噢，他肯定知道了。

当贱哥拿出一张由碎花布头拼制而成的地毯时，董董恩心服口服地给跪了，这么好的手艺，这么细密的针脚，女人跟他比，没活路了。

再看楼渊，这位大爷啥活儿也不干，只端着个茶水杯走来走去，一副"指点江山，挥斥方遒，问苍茫大地，谁主沉浮"的表情，董董恩深深地觉得，楼大爷配不上贱哥。

楼渊这厢指挥得高兴，殊不知董董恩和贱哥都特烦他。董董恩觉得自己局外人没法开口，好在贱哥也忍不下去，架着楼渊要推他出去："出去出去，去晒太阳，去看电视，别这儿晃来晃去，影响我和小乖。"

董董恩又被"小乖"二字雷了个外焦里嫩，随后意识到，此处我应是灯泡，赶紧识趣地拎着水桶换了个房间。

楼渊被贱哥嫌弃后，也不去骚扰贱哥了，单去烦董董恩。

董董恩扎着单马尾，戴着长袖套，拎着擦洗水，干活干得吭哧吭哧，楼渊靠在门边，看半天才点评道："衣服颜色，好看。"

董董恩："您是不是觉得，今天特别的难以夸奖？今天我穿的是打扫卫生的工作装。"

楼渊："……"

一会儿，他又来："毛巾洗得很干净。"

董董恩："这块是新的，还没有用过呢，当然干净。"

楼渊："……"

又过一会儿，他还来："累不累？"

董董恩："不累啊。"

楼渊："怎么还不累？"

董董恩终于哆嗦起来，这是嫌我搅了他俩的二人世界，让我赶紧滚蛋的意思吗？我本来也不是特别想来啊，来了又嫌弃到底要怎样？气得想砸毛巾了。

楼渊："我就是问你累还是不累，如果累了，就劳逸结合一下，我们去吃点东西。"

董董恩十分委屈，问了一句："您没有吃饭吗？"

楼渊："没有。"

你家那位也太贤惠了吧，饭都不给你做。刚想着，贱哥阴森森地出现在楼渊背后："所以楼老大，你是刻意饿了三天来吃这顿烧烤的吗？就这么想在我这儿扶墙进扶墙出？"董董恩看看这两人的站位，再一听那个扶墙进扶墙出，顿时觉得自己邪恶了。

最终还是没有人陪楼渊出去吃东西，贱哥实在看不下去，给他叫了份外卖。

彼时卫生已经打扫得差不多了，其他客人还没到，董董恩跟贱哥累得不轻，瘫在沙发上看电视。楼渊看董董恩脸都累白了，对老剑这种随意使唤人，结果累人累己的无耻行径表示很愤怒："怎么不请保洁？"

贱哥："还不是我妈事多，硬说新房子，第一次打扫要靠自己，不然被陌生人冲撞了，气运不好。"

楼渊还是气："那为什么不自己打扫？"

贱哥仰头看他："咋的了？没时间给你弄吃的你就生气了？"

董董恩盯着电视机，假装自己不存在，内心实在很煎熬，我要不要赶紧滚蛋呢?

楼渊恨恨地扒了两口外卖。

只有贱哥不受影响,跑去给董董恩拿了一管护手霜。董董恩只是性别为女,其他真的很糙,洗碗拖地挽起袖子说搞就搞,双手向来赤条条来,赤条条去,根本没想过要戴手套,更没想过事后还得擦护手霜或精华液。相较之下,贱哥就精致多了,干活要戴手套,干完活要用温水净手,净完手要抹护手霜,抹上还要左打圈右打圈按摩,按摩之后歇一歇还要再涂一层防皱霜。

董董恩全程呆滞,看贱哥一脸嫌弃地捏住她的手,帮她上油,按摩,跟她讨论手部多久去一次角质好,什么手膜牌子不错,怎么敷手效果佳,如何按摩能够增强肌肤吸收营养。

董董恩抬头望天,感觉自己被强行安利了一个新世界。

贱哥其人其实相当童趣,和董董恩原本聊的是如何肌肤护理,聊着聊着就偏到手指螺纹上头去了。两个人对此都很有话聊,贱哥抓着董董恩的指头,大谈特谈六螺六相公,七螺生麻风;董董恩则跟他讲以前读书的时候,替人代考交规,要拓指纹,年轻不懂事儿,也不知道培养了多少马路杀手。两个人就手指螺纹这个话题埋头讨论得十分热切,聊得更是风生水起、仁者无敌。

就在董董恩和贱哥努力构建社会主义和谐新社会时,楼渊不知道哪根筋搭错了,突然端着餐盒一屁股插进两人之间,硬生生打断了他俩的聊天。

楼渊:“声音大得我都不能好好看电视了。”

董董恩和贱哥一直拉着的手终于放开了,同时羞愧地噤声,眼朝电视方向扫去,想看看吸引楼老大的到底是什么电视剧。

电视上,一对男女正在激情拥吻。女人嘴比男人脸大,激情之下,等于是抱着男子脸在啃,男人也不甘示弱,啃不动嘴,我还揉不了胸吗?于是把女人一对大胸搓得差点变形爆裂。画面之惨烈,令天地皆为之色变,情感之激奋,令三界五行皆为之销魂。

董董恩:“……”

贱哥:“……”

除了电视里不停传出的“啵啵啵”口水声，四下死一般寂静。

楼渊端着饭盒，声音如菜刀划过钢管：“刚才不是这样的。”

董董恩跟贱哥对视一眼，均感觉脖颈之处有点寒。

怎么办？窥破了不该知道的真相，董董恩感觉自己离死不远了。

眼前这两人，一个爱护肤护手聊螺纹，一个爱看吻戏还装B，这还怎么让人保持敬仰之情了？以后还怎么让人保持专业之心开展工作了？想到这里，董董恩头疼得像是脑花被人浇了一勺滚烫的辣椒油。

《客服守则》有说过，切记要找准自己的位置，不能与客户没有原则地亲近，看来是很有道理的。

傍晚时分，终于有客前来按门铃，门一打开，俊男美女一大群。彼时董董恩和贱哥已开始给烤炉装炭，给烤肉串签，搞得一手油一脸炭，和大胸美腿、靓妆美服前来赴约的姑娘们一比，董董恩丑得自己都没法看。最脏最累的活他们已经提前干完了，因此姑娘们把拎来的饮料、糕点一放，就去参观贱哥的新房，男同事也有跟着参观的，更多还是和楼渊一起，聚在烧烤平台上，喝起酒来聊起天。

要说这男人八卦起来，那劲头完全不输女人。董董恩端着肉串去露台，正巧听见其中一位二八分头哥问楼渊：“老大，怎么不进里面去？黄秘书也来了。”

旁边一位眼镜哥道：“别瞎说，黄秘书是贱哥的。”

二八分头有点困惑：“我咋听说，是老大喜欢黄秘书？”

楼渊冷冷地盯了两位八卦男一眼，然后看向董董恩，以眼神示意，别听他们胡说。

董董恩也赶紧还以眼神，我什么也没说。

跟着送饮料过来的贱哥贼兮兮朝楼渊道：“老楼，快进来帮忙。”

楼渊放下酒杯，松开翘起的大长腿，像一只健美的豹子那般站起来，然后，向董董恩伸手，去接她手里装着肉的托盘。

董董恩紧紧拽着托盘，看向楼渊，错啦错啦，不是让你来帮我，是让你去里边帮忙。

楼渊也抓着托盘，看着董董恩，撒手，咋不撒手？

托盘卡在中间很无辜，我只是个装肉的，能不能不要这么用力啊？

正两相僵持间，看房团回来了，一拥而上："有没有什么需要我们帮忙啊？"

贱哥："有有有，厨房里还有一大堆要串签呢。"

看房团瞬间涌去厨房。

只有黄秘书落在后头，看看楼渊，又看看贱哥，都在这儿，因此满脸羞怯，问："我能干点儿啥啊？"

贱哥一看好机会啊，大手一挥，示意众人："走，去里面帮忙。"接着脚后跟砸到屁股蛋飞扑向厨房，"姐妹们，我来啦。"

楼渊气贱哥事多，一怒一用力，把董董恩手里的托盘抢到手，转手递给黄秘书："在这儿码肉。"

黄秘书娇吟吟接过托盘："好。"

然后就见楼渊一把拽过董董恩："去洗脸。"脏死了。

黄秘书："……"

董董恩："……"

真是神仙打架，百姓遭殃。

洗完脸又净好手的董董恩战战兢兢地看着楼渊。姑娘们占据了厨房和烧烤台，已经没有了可供董董恩表现的舞台，因此董董恩非常识相地切换了一下身份，由周末兼职劳工，摇身一变成了一块安静无声的抹布，静自趴在茶几前。如果没有楼渊，她能够一直静默无声到海枯石烂、山崩地裂。

可是，没有如果。

楼渊居高临下道："坐沙发上来。"

董董恩客客气气地摆手："不用不用，我衣服脏。"

楼渊也不多话，手一伸，把董董恩像拔萝卜似的拎起来，按坐在沙发上。怎么回事？跟老剑聊得那么热烈，怎么跟我就如此生分？

董董恩十分不安："要不然，我还是去看看有什么可帮忙的吧？"

楼渊长腿一伸，拦住她的去路，不准她去："有很多人了。"怎么时时刻刻要跟老剑扭在一起？这个认知要把楼渊气成海豚了。

重点不是帮不帮忙的问题，重点是和你坐一起，是会招来硫酸和飞镖的你知不知道？你跟贱哥置气，干吗要把无辜的路人夹在中央？董董恩气得要死。

然而楼渊不管，对董董恩道："你都忙一下午了，在这儿看会儿电视。"又把贱哥留在茶几上的护手霜甩过去，"快擦。"第一次觉得董董恩那种闲不下来的脾性可真不好。

董董恩接过护手霜，觉得楼渊这脾气来得可真是莫名其妙。

晚上的烧烤很成功。

食物麻辣鲜香，美女娇言欢语，且个个都自带女主范儿。给楼渊夹烤鱼，去鱼刺，给贱哥烤鸡翅，剔鸡骨。当然，也很照顾董董恩，"恩恩，尝尝这个有没有熟？"给她一片烤黑土豆。"恩恩，尝尝我的手艺。"给她一块烤焦年糕。一圈下来，唯有黄秘书格外的心灵美，起码夹给董董恩的馒头片，都是烤熟了的，而且外焦里嫩嘎嘣脆。

肉过三巡，炉上暂时歇了下来。

大家端着盘子聊天，男人们不外乎聊人生三大件，买车买房娶媳妇，女士们的话题稍微丰富多样性一点。由于受邀部门杂，姑娘们自然不是很喜欢由某一位女士独领风骚，因此这一位起一个话头，那一位必定会起另一个话头。身处庙堂之外，江湖之远的董董恩，便成了众人拉票的对象。

"恩恩，你说是不是这个理？""恩恩那天你也瞧见了的对不对？""董董恩说她喜欢啊。"

直到话题进展到吃，六国才终于得以统一。

"还是董董恩能吃。""你咋吃啥都不胖？有什么秘诀吗？""好像她也不咋长痘，烧烤也敢吃那么多。""就是，我就不行，我一吃辣脸上就长痘。""要常备三精双黄连。""那个一点用也没有。"

胸小且无脑的董董恩感叹一声终于有了一个能插进去的话题，“嗖”一声从包里摸出一只专用去痘小药膏，递向说自己老长痘的姑娘们：“你们要不要试试这个？医用，效果超棒，我一直用它，很值得拥有。”

讨论自己爱长痘的那一群姑娘无一人伸手，反而礼貌地朝她笑笑，迅速开启了新一轮话题。

话题终结者董董恩摸摸鼻子，很尴尬。她混江湖混得不错，但混女人堆明显不行，没有哪一个女人会在心仪的男子面前承认自己皮肤不好，姑娘们此刻说自己长痘，其目的并不是想要治痘，相反是在含蓄地展现自己皮肤好。姑娘们全都上了妆，就算脸上长着蛤蟆痘，几层腻子刷下来，也什么都看不见了，因此这里的标准答案应该是一个奉承的马屁：“你长痘吗？我看你皮肤很好啊。”从而引得心仪的男子注目欣赏。

可惜董董恩道行浅，活生生炮制了一场尴尬，讪讪地举着药，一时不知该干啥。

突然，一条烤鱼横空跃起，落到董董恩的盘子里。

楼渊：“有东西吃会不会让你消停一点？”

还好，这人终于救对了一次场。董董恩瞬间忘却难堪，一头扎进了盘子里。

楼渊看了看那群讨论治痘的姑娘，又看看傻里傻气的董董恩，摇摇头，都是差不多的年纪，怎么有人能天真单蠢至此？

这场烧烤派对一直延续到夜里十点，直到酒足饭饱，众人才开始分配回家的路线。

有开车来的，讨论走哪条路，带哪些人；有乘地铁的，急着不能错过末班车；也有住得近的，说要散步回家，正好消食。董董恩自是不用愁，陪客户联谊超过晚十点也算加班，虽然不敢指望加班费，起码打车费是可以报销的，故而大方问：“有没有人跟我顺路走啊？”

话刚出口贱哥就道：“小乖不要，帮我收拾完再走。”

黄秘书：不是应该留我才对吗？

贱哥：楼老大，快把你女人带走。

众人：除了楼贱党和黄贱党，是不是还要冉冉升起一个董贱党？

董董恩：不不不，我一点也不想插足，我纯属误伤。

现场所有人均默了一秒。

楼渊开口打破沉默："董董恩，你去帮老剑收拾，其他人走，明天还要上班。"

贱哥就是怕留谁都不对，才想还不如留董董恩这个局外人，这会儿既温柔又体贴地恭送众人："亲爱的，快点回家吧，太晚了我会担心的，早点回去做个保养，一定要记得做脸部护理哦，吃完烧烤排毒也很重要哦。"

董董恩泪流满面，等于明天我不需要上班，我也不需要做保养，更不需要去排个毒。

黄秘书依依不舍拿起小坤包，问贱哥："真的真的，不需要我留下来帮忙吗？"

贱哥："真的真的，不需要啊。"一边推楼渊，"快，送黄秘书。"

黄秘书便也大大方方邀请道："老大，一起走？"

楼渊干脆利落吐出两个字："不了。"

常人一般在拒绝的时候，不是都要简短地说明一下原因吗？不是从小到大但凡考试，老师都爱这样出题，"如果不是，请说明原因"吗？就因为每次看到这样的提问，董董恩都会毫不犹豫地选择答"是"，以便不用说明原因，所以从来不曾跻身学霸行列。

然而楼渊的大脑构造异于常人，大家立等他说原因，他却就此收声闭嘴，不再多话。

黄秘书呆立两秒，没有等到答案。

这人完全不懂什么叫作委婉啊。

贱哥愣神，你不送黄秘书，难道你还想等着我送你啊？

余下的人：果然楼贱党才是本命。

楼渊根本察觉不到室内波涛暗涌，只看董董恩待着不动，不高兴道："快点去收拾。"

董董恩第一反应竟然是非常专业地点头："好嘞。"跑到厨房才反应过来，哎？我为什么要这么听话？

贱哥送完客，转回厨房，董董恩已经清理得差不多了。也没啥可清理的，都是一次性用品，直接往垃圾袋一扔，口袋一扎，就完事儿了。

贱哥帮着扎口袋，一边向董董恩道谢："谢谢小乖，你今天帮了我大忙，你真的是太好啦。"

贱哥其人，有一种非常特别的气质，就是明知他做事超贱超过分，还是生不起他的气来，而且还特怕他不继续贱不继续过分。他要是来一句："你是不是觉得我很坏啊？"你都会生出一股"哪里哪里你不坏我才坏"的歉疚来。

董董恩不敢接受他的致谢，反而哆嗦道："如果你不叫我小乖，我还可以干得更多更好。"

贱哥："……"

两人拎着口袋出去，楼渊还在。

董董恩突然自以为是地领悟到，难不成这两人住一块？

所以当楼渊拿起董董恩的背包和他的车钥匙说走，董董恩闹不明白了："走？去哪儿？你不住这儿？"

两位美男子先后一愣，继而，楼渊冲董董恩道："你哪只眼睛看到我住这儿了？"

贱哥冲楼渊："你不送黄秘书还真是为了我？"

楼渊回贱哥："滚。"

只有董董恩，万分困惑地抠着眉毛。

对于楼渊放着一大堆美女不送而要单独送她这个事，董董恩一路没想明白。不过好在也没困惑多久，楼渊就自己作了交代："一大帮女人，聒噪死了，还是跟董董恩在一起来得开心。"

董董恩只抓住了"聒噪"这个关键词，因此默默地把原本要捧的哏咽了回来。

由于无人捧哏，此处便出现了一阵短暂的空白。

半晌后还是楼渊主动开口，这回他问："董董恩，你为什么不说话？"

我倒是想说话来着，可你不是嫌女人聒噪吗？本想不理他，哪知不巧车正驶过一片阔地，四周很安静，城市的夜掩盖了日间的喧嚣，此刻唯有天上明月，如水皎洁。

董董恩一下子忘记了装酷，反而欢喜地指着窗外："你看，好大的月亮，好久没有见过这么大的月亮了。"

楼渊扫了她一眼，问："你戴隐形眼镜的吗？多少度？"

董董恩不明所以："我没戴啊。"

楼渊："那么大的工地探照灯，你说成是月亮？"

董董恩："……"

冷场。1 秒，2 秒，3 秒。

然后，楼渊开始一个人狂笑，笑到停不下来，笑到董董恩都很想向他传授默念《十里长街送总理》了。

好在他最终控制住了，轻声道："董董恩，你真的，好傻啊。"

傻得特别特别可爱。看她扎个马尾穿套工装满屋子跑来跑去地擦洗很可爱，看她趴在沙发上跟老剑讨论手部护理也可爱，当然，如果把老剑踢开，那就更好了。尤其是拿出治痘膏终结一堆叽里呱啦、不知所谓、没有营养的话题时，他都快当场笑出声来了，他自然是不好上去让人闭嘴的，董董恩却做到了。

但是当画面切回董董恩举着治痘膏，被人刻意忽视，明明无所适从却要强装欢悦假装没有受伤的表情，楼渊又有些心疼。

他停下车，看着董董恩，说："以后别理她们，让她们被痘痘坑死。"

董董恩："……"为什么会有这么长的反射弧？

楼渊把人送到小区门口，感觉还有很多话想说，因而一脸的欲言又止。

董董恩自以为是地向他眨了下眼睛："您放心吧，您和贱哥，还有黄秘书之间的事儿，我是绝对不会往外传的，我们做客服的，最重视客户的隐私，您听到的所有关于你们三人之间的爱恨情仇，都不是从我这儿传出去的，我也传不出去什么，因为我什么都不知道，什么都没看见，我就是个死人。”

楼渊气死了。

那天晚上睡到半夜，董董恩做噩梦了。梦里有个男子看不清脸，但面色冰冷，挥舞着死神的镰刀，董董恩拼命狂逃，那人步步紧追，追一截给一刀，嘴里吼道：“看我不砍死你！”

虽然看不见脸，但董董恩感觉那人是楼渊。

周一开工再见面，董董恩果然频频出戏。

楼渊挽起袖子，十指交扣，精准地下着指令，谁会想到这人看个吻戏也看得一本正经呢？贱哥严肃地跟执行小组复录数据，谁又会想到，他在家飞针走线缝沙发绣窗帘呢？再回头看朱莉，烧烤聚会上也有她，但人家现在专业职业，标准 OL 御姐，丝毫不受老板也会打嗝放屁、食人间烟火的影响。

董董恩终于清晰明了地看见自己和精英之间那道巨大的鸿沟，心伤得一个上午说不出话来。差距太大，这辈子都难以追赶，难道她真的只能与老柯胖子那帮二货相濡以沫于江湖？

也罢，难得有机会瞻仰精英，实属不易，且行且珍惜。

下午照例要回公司。

贱哥神神秘秘地出现在董董恩面前，先是比了一个“嘘”，悄悄地递来一个保鲜盒：“小乖，谢谢你昨天帮我。”

董董恩接过，问：“你昨天已经谢过啦，这是啥？”

贱哥：“就是昨天剩下来的一些原料，我随便弄的。”

董董恩惊奇道：“给我的？”

贱哥点头：“是啊。”

董董恩：“为什么不放进冰箱里？”

贱哥：“放冰箱里就显不出是我专门送给你的啦。”

董董恩又问：“楼哥有吗？”

贱哥撇撇嘴：“他吃的比这个好。”楼渊出门会客了。

董董恩以为贱哥给楼渊做了更好吃的，了然点头："那谢谢啦。"

中午把保鲜盒带回公司给众人加餐分享，说是贱哥的手艺。

老柯对此评价道："贱哥这个人，虽然面带猪相，实则心中明亮，你要和他搞好关系。"

董董恩真的很怕老柯有一天出门因为乱说话而被人打死。

晚上带着空餐盒下班，想到还个空盒子回去估计不太礼貌，董董恩便浏览了一下零食摊，看能不能装点花生瓜子。董董恩从小单亲家庭，跟着老爹长大，偏生这个爹对家务事一窍不通，厨艺更是可怕，为了美化自己不会做饭的技能，董老爹对董董恩洗脑说："我们是君子，君子远庖厨。"接受洗脑教育的董董恩日子过得无知而幸福，在跟老爹相依为命的日子里，两个人不知道有多少次宁愿就着白开水泡饭，也不肯轻易下厨动手，不愿意失去君子高贵的品格。

拥有高贵品格的董董恩扫了一路，也没看到哪家花生瓜子不错，路过楼下花店时倒是突发奇想，搞不来厨艺，我可以弄个微景观啊，虽说不能吃，但可以看很久啊。

说动就动，钻进花店一番搜索，采购好材料，回屋连澡也没洗就埋头搞起来。

小石头铺底，宽苇叶兜土，碎彩石铺路，苔藓楼下挖两块，宝石花再插两片，买来的小房子小动物按审美一一铺列，一盆饭盒微景观历经两小时，总算是出炉了。有花有树有小屋，苔藓喷上水保持好湿度，最后再把饭盒擦洗一遍，再一瞧，非常美。董董恩抚着盒子自恋道，我果然是上天入地四海八荒无所不能唯我独尊的，天下第一手工美少女。

次日捧着送给贱哥。

贱哥一收到，转身就开始四处炫耀，茶水间又一次沸腾了，不到两小时，董贱党就成立了。聚会那日亲眼给楼贱盖章的本命党都不敢相信，追打着问董董恩是不是要撬墙脚?

董董恩吓得一整天没敢喝水也没敢去尿尿。送个盆景怎么了？难道从来没有人给贱哥送过礼物？怎么我送就成顶风作案了？

朱莉：“送贱哥礼物的人有千千万，可是，贱哥从来没收过，更没回过礼。”

董董恩：“一盒烧烤剩料炒的菜，也不叫礼啊。”

朱莉一针见血道：“重点就在这里，这说明，贱哥没有把你当外人。”

董董恩：“估计他也没把我当人。”要不然咋单单邀我搞卫生？

朱莉：“你好好反省反省吧。”

是，我是得好好反省，我爹教我要低调做人，可惜我没有遵守家训，以至招来这等报应。爹，我错啦！

董董恩眼泪流成宽面条。

再看到楼渊，他也顶着一张大便脸：“你为什么要送花给老剑？”

董董恩：“因为他有送菜给我啊。”

楼渊：“他为什么要送菜给你？”

董董恩：“因为我有帮他啊。”

楼渊：“你为什么要帮他？”

董董恩：“……”绕口令绕不清了。

Chapter 06 腥风血雨甲方楼

如果说楼贱党代表新世界和真爱，黄贱党代表正统和大房，那么横空出世的董贱党，在人民群众看来，只能算作是小三党。小三党名号一出，耻辱界谁也不敢与之争锋，党名实在太耻辱，组团很快分崩离析，许多力挺过董董恩的人很快销声匿迹。

董董恩着实过了几天阴阳怪气的日子。她再迟钝，也看得出别人的好脸冷脸，有些人是突然就冷脸不说话了，大概是知道了贱哥送饭给她；有些人突然就热情起来了，估计都有过相似的命运；也有单纯被董董恩手工才华所折服的，这拨人像地下党，问个教程偷偷摸摸。

这事沸腾了好几天，林子大了，什么鸟都有，董董恩亦是生平第一次深刻地体会到，什么叫作大公司的茶不好喝，人言可畏哪。更深深地怀念起那些与逗比共舞的美好时光来。

说来也巧，董董恩此前经手过的一个外地项目到了尾声，正式进入验收打款环节。该项目周期很长，开工时董董恩曾驻扎现场三个月，很多分项合同都是她主签的，按理来说这项目现已移手，验收打款、请客吃饭的杂务她大可不必再参加，奈何该项目的经办人与董董恩关系极好，非得让她去主导。

经办人是个大叔，董董恩叫他秦叔。秦叔表示，需要我的时候，就秦叔长秦叔短，现在工程搞完了，连个面都不肯见了吗？

董董恩在洛克斯正处于水深火热之中，不免有些心灰意冷，便跟老柯打申请，说洛克斯近来的业务，主城区改造得差不多了，只剩下广告画面，画面上的东西，设计部都有，届时她只需要用邮件向制作部下单即可。老柯想了想，同意了，跟楼渊提了借调，把包子派去洛克斯顶几天，双方约定切口不变，每日工作提交，仍以董董恩和楼渊的邮件为准。

董董恩走的那天，茶水间都在流传董董恩是为爱被逼走天涯，一时间同情她的人超过了同情黄秘书的，但楼贱党还是稳居榜首。

临行前老柯在小红楼开会，交代他和董董恩出差的这个星期，公司诸位请务必注意，不要搞出大事来。

老柯："皮子不能痒，谁的皮子痒，回来我就揍谁。"

春花很认真地交代道："那个地方有点乱，虽然当地有工程部的同事在，但民风彪悍，你还是要小心些，别走丢了。"

董董恩大大咧咧说："怕啥呀？我这不跟老板一起吗？"

春花："没跟你说话，别插嘴。"

董董恩转头看老柯，见他乖乖点头一脸坦然，好像"别走丢"这种跟他黑社会气质一点也不搭的词听了很多年似的。董董恩捂着胸口，被这两人给虐得体无完肤，气愤地号："就没有人关心关心我吗？"

春花："你注意出门不要吃太多，一来丢人，二来胃疼。"

胖子："注意不要吃太多。"

马姐姐："不要吃太多。"

二师兄："附议。"

董董恩："都滚！"

朱莉这两天不在公司，等回来发现乙方驻项目现场人员换了，有点吃惊，问调换过来的包子："董董恩呢？"

包子："不在啦。"

朱莉："啥时候不在的？"

包子："昨天就走了。"

朱莉："走……走了？怎么，年纪轻轻的，这么想不开？"

包子："……"

于是，董董恩"为爱被逼走天涯"的版本迅速过时，最新版本是，"无知的痴情女啊，妄想用死撼动别人的爱情"。

那端流言悱恻，这端则是爽歪歪。

要让董董恩投票跟谁出差最爽，自然莫过于老柯。老柯对别人抠门，对自己大方，出门一般不会委屈自己，加之董董恩在如何让老板既不丢面又不肉疼，心甘情愿埋单这一门课题上研究得很深，每次都哄得老柯乐呵呵请她吃这吃那。

秦叔为人极其热情，一接到董董恩，就大声叫道："你这个鬼妹仔，终于知道过来看我老秦了，平常请都请不动，啥意思？你老板还怕我把你吃了？"

被误会的老柯默默出现在后头。

秦叔："啊呀是老柯啊，大老板，难得来，来一趟，要发财，而且是要发大财。"

情感转变之自然，话头顺得之吉祥，只差没有载歌载舞跳起来。

老柯："承您吉言，承您吉言。"

秦叔："你赚钱，我开心，你有赚，我有拿，我们兄弟齐心，其利断金。"唱上了。

这么直白敢将潜规则宣之于口的客户，还是很少见的。

秦叔开着车，把董董恩和老柯领回新办公大楼。

董董恩此前来时大家还窝在老楼办公，那是七八十年代的建筑，既没有老到像捌二创工的小红楼那样质朴，又没有新到像新时代的大楼那般敞亮，几百号人窝在里面，隔两层楼放个屁，楼下花瓶都会被震倒震碎。

这次一进新大楼，董董恩不住嘴地赞："秦叔的办公室看起来好气派，好高级啊，宽敞又明亮，真不错。"

秦叔："这算啥高级？你是没有去看过我们局长的办公室，那才叫一个高级，里头有套房，有洗澡间，还有一个自动麻将机房，办公桌也是特定的，想办公时办公，想吃饭时把桌板一揭就是个大火锅灶。”

董董恩不说话了。

晚上秦叔尽地主之谊，请两人吃本帮菜。吃完饭回宾馆，工程部的同事来向老柯汇报工作，董董恩则在自己房间与包子盘点洛克斯当天的工作情况，没有什么特别的，便把当日工作进度表发了出去。

“叮！”“您有一封新的邮件。您有一封新的邮件。”

董董恩点开，“什么时候回来？署名：楼渊。”

董董恩：“我才出来第一天啊。”

“什么时候回来？”对方坚持这个问题。

董董恩：“下周一。”

“怎么那么久？”

董董恩：“我老板跟您借调时没有说明白是一个星期吗？”

对方发来一个邀请视频。

董董恩看看换上身了的睡衣，有心想去换件衣裳，又着实犯懒，迟疑了一下，把视频调到脖子以上，接了。刚一接通，便被镜头里的大饼油渣脸惊到，赶紧调成正常视角。

工程部的同事汇报完工作，过来跟董董恩说话。同事是直接从工地现场赶过来的，一会儿又要赶回去，忙得连洗个澡的时间都没有。

董董恩向同事比了一个嘘，示意正在与客户通话。

同事想了想，问董董恩：“那要不我在你这儿冲个澡？”

董董恩：“去去去。”

于是楼渊看见董董恩那边有一个男人的身影在镜头里一闪而过，起初他以为自己眼花了，五分钟后，一个上身赤裸的陌生男子实实在在地出现在视频里，强奸着楼渊的眼睛。

正在找各种理由跟董董恩对话的楼渊当即表情死机：“……”

董董恩很累，见楼渊没有问题了，很高兴，说：“如果没有其他事，那我关机了。”

楼渊："你屋里有人？"

董董恩："嗯。"

楼渊："谁呀？"

董董恩报了同事名字，楼渊也不认识。

同事小声问董董恩："如果你还有得忙，那我先走？明天找你？"

董董恩赶紧挽留："我这马上就好。"

楼渊心很塞，问："你们住一个房间？"

董董恩没听清："啊？啊，还有什么事吗？"

楼渊啪一声关了视频。

董董恩："……"

第二天，董董恩正常发出邮件，没有楼渊的回音。

第三天，也没有。

这两天，楼渊一直处于恍惚状态，不知道自己在想什么，干什么，常常会问自己为什么会出现在这里？要往何处去？手上拿的什么东西？感觉很茫然。

第四天，因为工作需要，他又主动联系董董恩了。

"为什么不上线？这个表的数据是怎么得来的？再核对一遍。署名——楼渊。"

董董恩收到邮件，内心是崩溃的。大哥，我来这边是出差，是工作，每天有很多安排的，并不是出来游玩啊，现场不是还有人吗？然而并不敢怼，只能恭恭敬敬回复道："对不起，马上核对。"

邮件回过去之后，很快收到楼渊的回复。

"什么时候回来？"

董董恩终于怒了，撕破公事公办的嘴脸，回道："下周一！我不是有同事在现场吗？您有问题可以先找她啊。"

楼渊："她笨。"

大哥，你不要这样啊，不要老拿你的智商出来碾人啊，你年少有成，社会精英，前途光明，也请不要这样赤裸裸地瞧不起人行不行?

秦叔这边验收合格，流程章敲定完毕，正式进入打款环节，接下来就是财务问题了。现还剩一天，秦叔问老柯要不要去下面乡镇走一走，看一看风景，尝一尝美食，反正来都来了，不要白跑一趟嘛。

老柯收款顺利，顿时看花颜色好，看人人风流，一口应下了。他本身也是一个顶喜欢开着车到处跑的主，董董恩更加没意见，又能吃又能玩，肥差机会不多见啊。

老柯看董董恩一张小脸笑得无比灿烂，对秦叔道："我们恩恩哪，最喜欢出门放风了，平常在办公室，风都吹得倒，一出门啊，狗都撵不到。"

董董恩："……"

老板还喜欢逢人便说："我最喜欢带董董恩出差，每次她都敢尝各种我不敢尝的东西。"把董董恩跟小白鼠归为一类。

董董恩孤家寡人一个，又嘴馋好吃，但凡能啃两口的定要凑上去咬两口。老柯不行，老柯常年陪客喝酒，前几年喝了个胃穿孔，后来便遭禁制，许多生冷硬辣的东西都不能碰，如果逮到，便要被家暴打死。

当天一行人到了下面一个乡镇。秦叔做东，请吃当地的土菜，土菜着实很土，端上来有的血淋淋，有的张牙舞爪，董董恩差点没给吓趴下。血糊糊的是生猪血淋生猪片，猪血是新鲜温热的，肉片只处理了皮，其余都是生的，拌上辣椒酱，直接端上来；张牙舞爪的是各式各样炸虫子，有柏枝上撸下来的豆壳虫、马蜂窝里捅出来的蜂蛹、地里逮来的蚂蚱、楠竹里头的竹虫，统统干锅或油炸，再放小撮盐；最后上来一个汤，汤料是从牛胃里取出来的草，混着牛胆汁一起熬煮而成，汤上飘着红辣椒和青草梗，红红绿绿一大锅。

秦叔介绍说，此汤养胃，非得让老柯多喝两碗。

老柯捧着秦叔亲自盛给他的汤，想哭但是哭不出来。转头看董董恩，嗯?人呢？董董恩已经钻进桌子底下抱着腿了，借口找筷子，怎么拉也不肯出来。直到老柯给了一脚，才脸青面黑爬出来，出来就号："我只吃素，只吃素。"

老柯一秒钟变身东道主，放下汤，格外恶毒又慈祥，猛给董董恩夹菜："光吃素哪儿行呢？你看你这么瘦，来来来，吃块肉吃块肉。""啪叽"给她夹一大筷子猪血拌猪肉。

董董恩两眼射出两万伏高压电：你给我夹回去。

老柯反射回五万：你给我吃下去。

两人彼此仇恨，花火四溅。

秦叔："不要怕，不要抢，不要只盯着一块肉，喜欢咱还可以叫，来来来，我帮你们。"

说完给老柯一勺子虫，给董董恩一筷子蛹。

董董恩："……"

老柯："……"

董董恩此前从未尝试过如此野性的风味，生猪肉听过猪肉绦虫钻大脑的新闻，虫子宴看过《异形》系列的电影，根本就是，筷未动，肝已颤，自个儿把自个儿吓出脑血栓。

无奈老柯太贱，自己灌酒，逮着机会猛给董董恩灌肉。董董恩没法，死就死吧，索性两眼一闭，虫子生肉嚼也不嚼便往喉咙里吞，吞了两口，渐渐品出些特别的滋味，胆子跟着大起来，来者不拒，放开吃了。

回酒店的路上，秦叔跟两人约次日一早游山玩水，董董恩刚要开口，被老柯制止了。

老柯："你最好不要讲话，你刚才吃了那么多奇奇怪怪的东西，回去最好使劲刷牙。"

姐吃那么多奇怪的东西是被谁逼的啊？谁筷子不停地给姐夹啊？你凭什么嫌弃姐啊？姐要是被毒死了，你就是罪魁祸首。

董董恩气得一回酒店就更新状态："今天被老板和客户威逼利诱了！"后面恨不得敲上五十个叹号。

精神病院的病友们迅速留言：

"对威逼感兴趣。"

“对利诱感兴趣。”

“对威逼利诱感兴趣。”

“想知道详情。”

“想知道详情 +1。”

董董恩：“……”

打开工作邮件，一大堆待处理文件蜂拥而出。需要核对的数据 N 个，需要解决的问题 N 个，需要确认的邮件 N 个，邮箱都快内存告急了。可能怎么办呢？不能不处理啊，只好盘坐在床上苦命加班，一边加一边想，是不是应该抱着电脑去隔壁让老柯看一看这漫天的工作量，这等于出一趟差，干了两份活，只领一份薪水未免太亏。

刚要挪屁股，又来新邮件，还是楼渊。

这逮得也太巧了吧。董董恩都要怀疑楼渊是不是在她电脑里下跟踪软件了。

楼渊：“才回酒店？”

董董恩：“你咋知道？”

楼渊：“你刚阅读了我的邮件。”

董董恩：“……”

楼渊：“把这堆数据处理了。”说着发来一堆表。

董董恩大惊：“你对包子是不是太好了？竟然还留着这么多工作给我？”

楼渊：“这是她已经处理过了的，我现在是在替你善后。”

董董恩：“什么意思？”

楼渊：“再核查一遍，她做的我不放心。”

苍天啊，这是重复劳动啊。

楼渊：“她出过错。”

原来并非包子同学笨，只是第一次操作洛克斯的变态数据系统，有些没玩转，一个数字录入错误，导致后续跟着出错。虽然很快纠正过来，却不幸被有强迫症的楼渊记住了，只好累自己所累，每次包子提交的东西，不管正确与否，他都要再核对一遍，重点是，要拉上董董恩，不然很难找其他说话的理由。

董董恩揪着头发，难以抑制心头那股嗜杀之气。

两人隔空核对到深夜。

楼渊超不耐烦："如果是你做的我就直接通过了，你为什么还不回来？"

董董恩："明天就回了，我好困。"

楼渊："我还在办公室。"

董董恩马上精神抖擞道："我不困了。"来，再战。

楼渊："……"

核对完毕再确认发送，说自己还能再战的董董恩沾枕便睡。

楼渊不知，还在发消息问："他们都威逼利诱你什么了？"

没有答案，董董恩撅着屁股弯着腰，睡得人事不省。

次日一大早，董董恩刚跟老柯照面，老柯就道："行程有变，吃完早饭我们走。"

董董恩："咋的了？"

老柯："楼渊要炸毛了。"

董董恩不理解："他炸什么毛啊？昨晚拉着我大半夜不睡觉，要搞这样要搞那样，搞那么晚，我都没有炸。"他还有脸炸？

老柯又来："楼渊做事很龟毛，但做人还算厚道，我们不要歧视他。"

董董恩："他半夜三更拖着我死活不让睡觉，这叫厚道？"

老柯非常诚挚地点头："我认为，这很厚道，起码，他没有拉着你的老板不睡觉。"

老板，你这样说话，楼渊知道吗？春花知道吗？

两人吃完早饭就开跑，秦叔一个劲劝道："好歹吃了午饭再走啊，午饭还有很多好吃的，你们难得来一趟，吃了再走啊。"

董董恩和老柯跑得更快了。

杀回去都快下班了。

小红楼依旧一派苦逼，策略部、设计部、制作部，都在加班加点。董董恩一见包子也在，吃了一惊：“你咋在公司？你不是应该在客户那儿吗？”

包子：“楼经理说你今天回来，让我不用过去了，谁知道你现在才回来？”

董董恩：“……”

包子：“正好啊，我也不稀罕去，大公司规矩多，人也拽，个个拽得二五八万似的，我在那儿几天，都没什么人过来跟我说话。”

董董恩：“不会啊，他们还挺友好的啊。”

包子八卦之魂骤起，凑近董董恩：“他们那儿有一则传得漫天遍野的绯闻，跟你有关，不知当讲不当讲？”

董董恩立即掐断话题：“不当讲，你可以退下了。”

老柯多嘴凑上来：“当讲当讲，快讲。”

包子一见有人捧场，喜得赶紧分享：“他们那儿的人啊，说董董恩是他们老大的女人，老板，我们有大腿抱啦。”

董董恩无聊得把黑眼球抠出来，眼眶里只剩下白眼：“相信我，都是误会。”

老柯点头：“我信，你没那个脑子，更没那个资本。”

董董恩：“……”信不信我分分钟努力一个给你看？

包子拍拍胸脯：“还好当日的你，我没有不理，今天的你我还高攀得起吧？”

老柯：“德行。”

包子：“反正我不喜欢去那边，喝水的时间都没有，上厕所还要掐秒表，脸一个个拉得那么长，也不怕把假下巴给拉塌了。”

董董恩感同身受，看向老柯，看吧，这也是我的日常啊，求召回。

老柯：“如果屎不臭，人人都会以为是黄金，又怎么轮得到咱们去吃呢？”说完摸摸并不存在的胡子，觉得自己说话超有哲理。

包子手上事不少，又顶了董董恩一个星期班，效率实在是没眼看，董董恩只好放下行李，先做当天的工作日报。奋战过程中，接到楼渊的电话，问：“你回来了没有？”

董董恩：“回来了。”

楼渊：“咋没瞧见？”

董董恩：“我在我们公司呢。”

楼渊：“你是驻甲方现场人员，你的办公地点在甲方。”

董董恩气愤道：“我才回来，这都快下班了，我还跑甲方啊？”

楼渊：“那等我。”

董董恩以为是上线等，看看时间，这是又要加班的节奏啊。

三十分钟后，一个身穿黄色兜帽卫衣，配牛仔裤及板鞋的阳光青年，背着一个双肩包，一头闯进小红楼。

董董恩十指生花敲着电脑不停做表非常忙碌，阳光青年得到指点，过来敲她的桌面，董董恩特不耐烦，以为是哪只无聊病友，挥手像弹苍蝇似的嫌弃道：“快滚，姐没工夫陪你玩。”说完瞄了一眼，继而一惊，“楼哥？楼哥您怎么了？”

楼渊挑挑眉。

董董恩：“您怎么穿成这样了？”不是一向走西装禁欲系吗？

楼渊：“我认为，我穿个什么衣服，还不至于让你吃惊成这样。”

说的是啊，一惊一乍果然不好。可前事儿没完，后事又来。董董恩又一头炸起：“啊呀！您怎么过来啦？”

楼渊：“如果我没有失忆的话，半个小时前曾让你等着我。”

董董恩：“……”

老柯看到楼渊，也大吃一惊，问道：“你咋过来了？”

楼渊：“加班。”

老柯：“来来来，去我办公室。”

楼渊：“找个大一点的地方，一起吧。”

老柯端着茶缸，十分黯然地问包子：“这两天，甲方有没有什么异常？”

包子：“异常？他们从来就没有正常过啊。”

老柯想想：“也是。”然后不知是自言自语，还是问人，“你说这楼渊，招呼也不打一声，花枝招展来把我堵在办公室里，你说他，这到底有何深意？”

众人：“……”

楼渊的新装的确很出人意料，董董恩从来没有见过他走休闲风，全程频频出戏，总觉得会议室里像蹲了朵太阳花。楼渊倒是全程肃穆，认真起来像刚从冰窖里挖出来的冷面金刚，怪不得他得一个人一间办公室，不然这气场，极易把人冻伤。包子也不喜欢，跟董董恩说，这就是传说中的大便脸。董董恩觉得也还好啦，至少没见他冲人发过火。

包子：“他是冰系单灵根，冻死人不偿命就是他的发火技能。”

董董恩：“拜托你少看点垃圾小说，包括我这本。”

包子：“哈？”

董董恩挥手，让她赶紧滚。

人多果然力量大，囤积的工作很快清理完毕，且双方老大都在现场，签字画押不用两边跑，经双方一致确认后，这些数据都下达给了制作部。

楼渊长松一口气：“这段时间辛苦了，只要新品出了街，大家就都轻松了。”

老柯连连称是，你是老大你说什么都对。

收工的时候，董董恩终于忍不住道：“楼哥您穿这身衣裳真好看。”

楼渊抿了抿嘴，不枉他换了半天装。

董董恩：“可您上班不都得穿职业装吗？”

楼渊解释说：“我在车上换的。”

董董恩啧啧啧：“这是一种什么样的精神啊。”

楼渊：“这就是两边跑，两边都要监督的精神。”

老柯客套地接话道：“怎么能让你两边跑啊？这是我们工作做得不到位啊。”

楼渊：“其实我是这样想的，如果你们没回来，我就自己辛苦点，但是你们回来了，我想不能我一个人头疼。”

老柯：“现在我头疼。”说完端着杯子踱着步，龇牙咧嘴出去了。

楼渊问：“他这是，怎么了？”

董董恩：“他大概是想不明白，您为啥非得今天把我们拎回来，且还把他给堵在公司里吧。”

楼渊：“……”

董董恩拎着行李准备走，楼渊追上来：“我送你。”

楼渊好几天没有见到董董恩，虽然期间深受打击，伤害颇深，可是一见面，董董恩一跟他说话，他又瞬间满血复活，不甘心地想，我不能就这样退出。

董董恩本想拒绝，一想小红楼不是洛克斯，没什么好怕的，便也没客气。

路过市二桥时，心机楼自言自语道：“我还没有吃饭呢。”

董董恩被引着接话道：“我也没吃啊。”

楼渊听到想听的答案，马上方向盘一转，高兴道：“行，那我们去吃饭吧。”

董董恩后悔不及，我就随口那么一说啊。

市二桥是安城出了名的美食街，一路火锅、烧烤、海底捞、米线、柴锅、炖锅，数不胜数。董董恩原本没感觉饿，走了两步，肚子响得如锣鼓喧天。

楼渊又抿了抿嘴，问董董恩：“你喜欢哪一家？”

董董恩给自己找脸，说：“我不是一个随便饿的人啊。”

楼渊：“我懂，我也不是一个随便的人。”

我说的，跟您说的，好像不是一回事儿啊。董董恩跟在后头，注意力很快被烤串给引走了。那是一溜排的室外碳烤串，董董恩站到其中一家烤摊面前，指着两个粉红色，椭圆状光溜溜辨不清是肉还是什么的东西问老板：“这个是什么？”

烤串老板大声地，非常霸气地炫耀自己的特产：“这是羊卵啊。”

董董恩不懂，不耻下问道：“羊卵是什么东西？”

烤串老板笑道：“羊卵嘛，好东西呀，吃形补形，你二位来一份？”

董董恩没有得到正解，还在问：“啥好东西啊？”

老板大概是没见过像她这样蠢的食客，一时间不好作答。倒是楼渊，眼疾手快一把把她薅走了。

董董恩不满：“我还没问清楚呢，您拽我干什么呀？”

楼渊：“工作中怎么不见你有这样不耻下问的精神？”

要说董董恩这人，注意力永远集中不到一个点，被楼渊一激，思维就被他带跑偏了。董董恩：“我觉得我工作搞得很好啊，倒是茶水间里有很多秘闻，我很想不耻下问呢。”

楼渊：“我们还是来聊羊卵吧。”

董董恩：“……”

两人最终决定去吃沸腾麻辣鱼。董董恩看门口一排长队，原本是不想等的，但楼渊坚持，人越多，耗的时间越长，他越高兴。

楼渊问：“你家里有人等？”

董董恩：“有只猫，你见过。”

楼渊小心翼翼地打听：“那这次你们出差，顺便见男朋友去了？”

董董恩神经超粗，一点没有察觉对方生硬的套话技巧：“男朋友？我吗？我没有。”

陷入了沙漠好几天的楼渊又看到了绿洲，内心彩带礼花喷个不停。

楼渊：“我看到有人在你房间里，还以为是你男朋友。”

董董恩：“噢，是我们当地的工程部同事，过来汇报工作，顺便在我房间里洗个澡。”

虽然她随随便便借人浴室令楼渊超级不爽，可比起有男朋友这种令人绝望到想去跳崖的答案，楼渊还是决定原谅她。

说话间，董董恩搂着肚子问：“真要等吗？我都饿了。”

楼渊赶紧给她买了好几份餐前零食。

董董恩也很好打发，既然有东西填肚子，那就暂且等一等吧。

等的时候，楼渊继续找话聊：“你家就安城的？”

董董恩说：“不是，县上的。”

楼渊又问：“爸妈呢？”

董董恩：“单亲，跟着爸爸。”

楼渊点点头，觉得应该礼尚往来一下，于是对她说："你也可以问我。"

董董恩神经大条地拒绝："我问您干啥呢，我又不查户口。"

楼渊顿时觉得自己还有漫长的路要走，并且前路坎坷，他已经看出来了。

董董恩记起什么来，"啊"了一声："我女朋友住这附近，该给她打个电话问她要不要一起来吃饭的。"

楼渊："我们吃饭，你想叫别人？"

董董恩一想，也对，把嗨妹叫过来见楼渊，两人八成得吓死。

排了大半宿队才等到位置，两人都饿了，埋头猛吃，谁也没工夫说话。好在大厅人多嘈杂，气氛倒不显冷，直吃到七八分饱，董董恩才满足地停下筷子赞道："还是我们大安城的菜好吃，你都不知道我跟我老板出差，客户请我们吃的什么。"

楼渊："请你们吃什么了？"

董董恩："生猪血、生猪肉、炸虫子、牛胃草熬的汤。"

楼渊："当地特色吗？想来应该好吃。"

董董恩："下回带你去尝尝，你就知道好不好吃了。"

楼渊抬起头，两眼晶晶亮，看向董董恩。董董恩吸着饮料，被他看得莫名其妙。

楼渊指指她："你嘴巴上有油。"

董董恩："……"手忙脚乱捞纸巾。

楼渊笑得很开心。

回去的路上，董董恩又睡了个四仰八叉，一边瞌睡一边想，还好明天是周末，不然照这么连轴转，真是伤不起。睡意蒙眬间，好像有个人在跟她说话，嗓音低沉，混杂在轻缓的电台音乐里，仿若有，又仿若无。那个声音轻声问："你觉得我好不好？"

董董恩心想，你好不好的，跟我有什么关系呢？

那声音又问：“你喜欢什么样的人？”

董董恩想，我喜欢什么样的人，跟你又有什么关系呢？

等清醒过来，楼渊已经停车等她很久了。

董董恩很不好意思：“我好像一上您的车就想睡，一定是您车开得太好了，您可以叫醒我的。”

楼渊哪舍得，温柔地看着她，说：“别在别人的车上睡。”

董董恩更不好意思了，以为都是因为她胡乱睡，耽误了别人回家的时间，因而连忙地保证道：“实在对不起，我保证不在您车上睡了，对不起，对不起。”

楼渊很怄气，恢复冰山脸：“我是说，只能在我的车上睡。”

董董恩还在瞎保证，随口接下一句：“好的好的，我只在你的车上睡。”话是说完了，脑子还很糊涂，总感觉哪里没对。

楼渊得了保证，心满意足地走了。

Chapter 07 人生总是坎坷多

随着新的一周开始，董董恩又像蚂蚁般勤勤恳恳为五斗米折腰了。

回洛克斯的第一天，茶水间八卦圈传出一条新消息，董董恩回来了，活的，被抢救活的。众人再见她，都有些不敢直视，毕竟这年头，一夜情多夜情是常见的，长情专情才少见，“殉情”这个词上回听见还是在林俊杰的《江南》里。

董董恩一回来，感觉众人对她的目光是既崇拜，又无奈。

好好好，从今天开始，我们宣布，董贱党才是大房。毕竟黄贱党这一派只见传闻，不见实质。

黄秘书就此落败，从此不见东山再起。

当然，这个中曲折，董董恩全不知情，开完晨会路过楼渊办公室还乐呵呵往里瞄了一眼，见楼渊桌上也有一盆微景观盆栽，有一秒钟想的是：“哎哟，还不错哦，跟我送贱哥那盆好像。”再定睛一看，就是她送给贱哥的那盆。

老实说，那一刻，董董恩心里很受伤，原来贱哥不喜欢。

董董恩这人藏不住事更藏不住话，见到贱哥就问他：“您是不是，不喜欢我送给您的盆栽啊？”

贱哥闻言赶紧把楼渊拽过来：“是他硬抢过去的，你问他。”

楼渊挥开贱哥，向董董恩解释：“他养不好，养什么死什么。”

贱哥泫然欲泣道：“小乖，我对不起你，我没有守护好你给我的宝贝。”

董董恩哪受得了这一套，马上举手投降：“好好好，如果你喜欢，我再做一个给你啊。”

楼渊脸色像屎一样臭："你为什么老要送东西给他？"

董董恩崩溃："您不是已经有一个了吗？"

楼渊："那不是你送的。"

董董恩："……"

结果复工之后的第一件事，就是处理甲方的执行小组对捌二创工接二连三的投诉。

"物流太慢，我们把上新的时间腾出来了，结果到了时间点什么也没有，拖一天，就是一天的损失啊，谁来承受这个成本？"

"新品运到后是碎的，都碎成渣了，怎么用啊？"

"出货量是不是太少了？别的区全上新了，只有我的区还在等，是不是瞧不起我们这个片区？"

…………

楼渊召集人来开电话会议："来吧，都有哪些问题，罗列出来，好有针对性地让供应商解决。"

执行小组七嘴八舌，每个人都觉得自己组遇到的问题最大最惨。

董董恩："这样，换一个方法，每个小组，遇到的最多的问题，罗列三条，然后，把所有小组问题汇总起来，我们拣最大的几条来说。"

执行小组："其他问题也是问题啊，难道其他问题就不用解决了吗？"

董董恩："您误会了，我的意思是，先拣重要的，急切需要得到解决的问题来说。我们自然是每个问题都要处理，但凡事有轻重缓急对不对？其他问题，大家可以编个号，一一罗列出来，按区域划分，发到我的邮箱，我的团队也好按照问题的优先级别来逐一处理，诸位看怎样？"

执行小组思考了一分钟，接受了董董恩的建议。

最后汇总上来的问题一共有五条。

前三条跟物流相关，物流慢，物流送货流氓，或者干脆不送货。

看来需要跟老柯商量，换一家物流合作商了。

最后两个问题则是施工遇到的现象。

一是，捌二创工要求所有入场的工人，施工完毕，要把施工现场打扫干净，要请客户打分验收，签验收单，但某些施工队，装完就撤，执行小组投诉说：“不清理现场就跑，单子也不来签字，是不是不想收款了咋的？”

二是，施工过程中，涉及消防，或者占道问题，执行小组问：“到底是哪一方的责任？是由我们去协调？还是施工方去协调？我一个精品网点，围拦四天了，还没动工，说是占道没有办下来，这损失谁承担？”

对于第一个问题，董董恩很头痛，老万腿没好，管理不了现场，工人就偷懒成这样，工作做不好，炸弹都往客服部头上飞，她还不能不接招，不能跟客户说，你把他们打一顿啊，打一顿就好。她只能非常抱歉地跟各执行小组道歉：“打扫施工现场，和请客户签字验收，是我们的硬性标准，如果工人没有做到这一点，请您把网点名字报给我，我会通知公司对他们做出经济制裁处理。”

工人不去请客户签字验收还会引发第二个问题，如果客户对该点施工不满意，工人又跑远了，要勒令他们回去整改，成本会超出原有预算，客户方迟迟不能复工，施工队的车旅差费又是一大笔。

这个问题，董董恩没办法处理，只能上报老柯。

至于第二个问题，董董恩想了一下，跟楼渊商量：“每个网点所在的地区和街道都不同，你们的人长期活动在第一线，对当地情况肯定十分了解，我们可不可以打个配合？由您的人去政府部门沟通协调，产生的所有费用，由我方承担？这样一来，我们的人不至于到一个新点，像无头苍蝇似的摸不着这些街道办的门路，二来打配合，效率快，我们哪些点即将入场，进度表上都标得非常清晰明了，您的人提前三天去办证，我的人一到就可以开工，这样双方可以节约不少时间，您觉得呢？”

楼渊想了想，认可。

董董恩诚恳地向执行小组道：“我马上将会议记录发给我老板，这五个问题，前四项，我会在明天晨会的时间里，给到大家一个答复。”

没什么可说的，老柯接到这份会议记录，把负责物流的同事叫到办公室，劈头盖脸骂了一顿，又去联系新的物流供应商，最后给董董恩打电话：“告诉楼渊，我们马上改新的物流供应商，速度一定会提上来，工期已经延了的点，让他们多多包涵，那啥，因为延期而造成的损失，我们不要承担，你多跟他们说好话，施工哪有百分百顺利的？至于有新品损坏，我们马上补货过去，这是我们的问题，要积极承担。哦，还有，工人不去找客户签字验收，我已经骂过工程部了，不验收，就不付款，不付款，就不给钱，他们会改进的，至于客户那儿，你看着说吧，只要不扣我们的钱，赔礼道歉啥都好说，哈哈。”

董董恩整理了一下，总之这通电话的中心思想就是，只要不赔钱，什么话都好说。

谁去顶锅呢？

自然是董董恩了。

董董恩揉了揉额头，觉得这份工作做完，她就可以去修炼忍者神龟了。

当了一个星期的消防员，处理了一个星期的投诉与救火，每天神经绷得跟弓弦一样，这样下去，人准得疯，于是周末，董董恩背着“老柯”，吭哧吭哧去羽毛球场，试图放松放松。自从楼渊给了一张羽毛球俱乐部卡，但凡压力山大，董董恩总会来挥两下。“老柯”怎么说也市值两百多块，董董恩很爱惜，给它配了一个不输其身份的大包，骄傲地背在身上，努力使其表现出足有两千块钱的尊荣来。

俱乐部共有六块场地，几乎每个时段都满场，必须提前预约。董董恩没有搭子，又是个菜鸟，原本没人带她玩，好在运气不错，第二次来的时候，一对看似上初中，穿黑白运动装的小男生在旁边等场地，董董恩看他们年纪不大，应该不属于那种一上场就把人秒得找不着北的杀手，跑去问俩人要不要加入？结果挥了一局，董董恩被打蒙圈了，怎么年纪这么小？杀气这样大？懂不懂什么叫尊重老人家？

白衣男孩问董董恩：“你是不是刚开始学打？”

董董恩：“是啊是啊，我是菜鸟，你们不要这么凶啊。”

两个小伙子干脆停下来，对董董恩讲了半天打球规则及得分要领，听得她满头大汗。讲解的时候旁边过来一老头儿，背着手不住点头，董董恩以为他也是来蹭课听的，还好心让出位置。

俩男孩儿见了老头，弯腰问好：“教练好。”“教练好。”

董董恩抚额，我运气咋那么好呢？一找找了俩职业杀手。问：“你们练了多久？”

白衣男孩：“我七年。”

黑衣男孩：“我八年。”

董董恩“扑通”一声栽倒在地。

不过两男孩也不白杀她，他们答应带董董恩玩。董董恩把订场的时间挪来和小男孩们靠在一起，待她走后，俩男孩再继续专业练习。对此董董恩很高兴，如此一来，她既有两个专业老师，又省了请陪练的钱。

跟老柯混久了，别的没学会，抠门到家是得真传了。

董董恩兴致勃勃冲到俱乐部，两个羽毛球界的流川枫已经到了，看年轻人炫技真是一件赏心悦目的事情，董董恩一边花痴一边恨，恨自己为什么早那么多年出生。

黑衣男孩在对场看到董董恩，跟她打招呼：“菜鸟姐你来啦。”

董董恩宽面条泪回答：“是的，菜鸟姐我来了。”

背后传来一声笑。

董董恩回头，只见某个穿浅蓝短袖球服、黑色短裤，额头箍了根吸汗发带的男子，正倚墙发笑。

怎么哪哪儿都有这人？

楼渊：“你怎么才来？”

董董恩：“你怎么在这儿？”

异口同声。

董董恩：“你先说。”

楼渊：“你先说。”

董董恩有点傻眼，这卫生，这条件，这给简陋得。

楼渊拿起菜谱问她："喜欢吃什么？"

董董恩咽了口口水，问道："这什么地方？怎么这么多人？"食客不少，路上停的全是车。

楼渊："城中村一家小店，做的东西还行，主厨叫张叔，八宝酿鹅肉和紫苏椒盐鸡是他的拿手名菜，我还喜欢他的白玉酿豆腐和脆锦鱼，你都尝尝？"说着把沾有不明物体的菜单递过去，"再看看其他？"

董董恩赶紧摆手："这地方我来都没有来过，你点吧，我怕点不好。"

楼渊也不客气，又点了一盘炸小鱼，对董董恩道："他们家分量大，不用怕不够吃。"

董董恩暂时适应了小饭馆的氛围，同意楼渊的建议："先吃，不够再说。"

董董恩小时候曾想当个美食家。她觉得吃是一件极其幸福的事情，以吃为职业，世上大概没有比这更幸福的工作了。长大后才发现，要从事这份职业，首先你得有钱，有钱才能到处吃，才能有好的吃，有钱才能食不厌精，烩不厌细，没钱吃个屁啊，你见过有人把西北风写得色香味俱全吗？

况且，就董董恩这条舌头，除了盐多到能把人给齁死，或者辨一辨是酸还是甜，之外问什么东西好吃，什么东西不好吃，她能统统告诉你，都好吃。就这种舌头。

但是今天，董董恩要为自己含冤多年的舌头抱一声屈，她不是吃不出好歹，而是以前就没吃过好的。

白玉酿豆腐，鲜香嫩滑，既有豆腐清香，又有浓厚的土鸡味。

楼渊介绍道："这是用鸡汤点的豆腐，豆子起泡的时候就是用鸡汤泡的，所以味道很浓。"

董董恩想起《红楼梦》里用鸡做的茄子，有点惊："那怎么在这儿卖啊？完全可以去五星级餐厅里摆摊了。"

楼渊："老板不乐意吧，就这小馆，每天定量，卖完收工。"

又尝八宝酿鹅肉，八宝也不知具体有哪八宝，董董恩吃出了龙眼、红枣，还有山楂，鹅肉已经不怎么品得出肉味来了，而是果香浓郁，满口清香。

董董恩问楼渊："你就是那传说中的，老饕吧？这么村的地方，你也能找到，还能找出这么好吃的手艺，看你一副熟门熟路的样子，没少带人来吧？"

的确是没少带人来过的楼渊努力解释："以前，我有个朋友，住这附近，那时候年轻，到处乱跑，发现的。"

董董恩吃了顿好的，对周末加班这么苦的事情也不计较了，大大方方道："谢谢楼哥，回去我也请您。"又补上一句，"别挑太贵的，太贵请不起。"

楼渊："这只是工作餐，我还没有请，不过既然你要求，那走吧，我请你。"

董董恩丈二和尚摸不着头。酒足饭饱，不是应该各回各家，各找各妈吗？我单身狗我是不怕啦，你拖家带口也不怕？

楼渊不管，带着董董恩离开城中村，直奔富豪广场。每个城市，总有一两个非常傻的地名，好像不起譬如富豪、金玉、天上人间这样的名字，这个城市就不算个城市似的。

楼渊把车停好，对董董恩道："如你所愿，我请你看电影。"

董董恩内心狂摆手："就我们两个人？看电影？不太好吧？"我可是一个有道德、有情操，且正直的人！

然而楼渊已经排队买票去了。

董董恩表情紧张："楼哥，还是算了吧？"各回各家啊，我怕挨打啊。

楼渊误以为她是怕开工被抓，贱兮兮地安慰道："偷偷看，没关系，如果有人打电话，就说我们还在扫街。"

董董恩一下子："呃……"

这是，要偷奸耍滑、浑水摸鱼的意思吗？天哪，这种借送发票去逛店，借访客户去吃下午茶，借出差去旅游的德行，还以为只有他们这些小虾米才有，没想到连楼老大也有借扫街偷看电影这样平易近人的毛病，真的是，人生何处不偷奸？董董恩不禁想仰天哈哈哈，原来都是同道中人啊。

革命的友谊真是说来就来，董董恩笑得很开怀。

楼渊看董董恩一脸嘚瑟，背心略有些凉："你那是什么表情？"

董董恩开心地打开钱包："来来来，用我的卡刷，专门为看电影办的，刷了有半价。"

楼渊："我认为，看一场电影，我还请得起你，刚才也说了，我请你。"

阶级突然平等之后产生的奇怪自来熟瞬间把董董恩打回原形，她极为江湖气地跟楼渊说："咱俩谁跟谁啊？不用客气，来来来用我的。"

楼渊还是坚持要付钱："说好这次我请你，下次你再回请我。"

董董恩："行行行，你仗义，下回我请你。"

进影厅前，楼渊又问："你还想吃点什么？爆米花？"

还吃？当我是猪啊？董董恩拒绝了："看电影的时候不想吃东西。"

楼渊研究性地看着她："不喜欢爆米花？"

董董恩不想跟他讨论这个问题，假装深沉道："我认为看电影吃东西，不太尊重别人辛苦弄出来的这么一个艺术作品，你认为呢？"

楼渊："你竟然能思考这种问题？值得重新评估啊。"

董董恩："……"

在你眼里我到底是有多爱吃？

电影是个悲情片，开场不到半个小时，董董恩就开始摸纸巾，旁边正好递来一张纸巾，没多会儿，她又伸手摸第二张，第二张也如约递来，直到一场电影看完了，才发现纸巾还好好地装在兜里呢。

完了，他为啥要关注我啥时候擦鼻子，是不是怕我甩他身上啊？这人怎么这么恶趣味？董董恩无语了。

出了电影院，楼渊见董董恩闷闷不说话，问她："要不要吃寿司？"

董董恩摇头。

下了一层，他又问："要不要吃冰淇淋？"

董董恩还是摇头。

楼渊暗道不好，小仓鼠不吃东西了，该怎么办才好？

董董恩一面揩眼屎，一面沉浸在电影里，根本没注意楼渊说什么，出了大门，还习惯性地来一句：“楼哥再见。”

楼渊立在寒风中：“难道我的利用价值就只有这么一点？”

董董恩竟然认真地闷头想了一下，对哦，我还可以再蹭一下他的顺风车。

周一晨会，自然要交流一下周末的扫街情况。

贱哥问董董恩：“怎样？跟老大一起扫街，还愉快啊？”

董董恩刚要答，楼渊突然横插过来抢话：“每个组都扫完了吗？有没有上传系统？你有没有走访到什么特殊的情况？”

贱哥原想打趣一下的，闻言立马进入工作状态，开始汇报问题。

董董恩暗道好险，差点暴露扫街的时候开小差，如果被贱哥知道，大头目开工也会浑水摸鱼，这以后让楼渊还怎么带团队？回家还怎么做男人？让楼渊跟贱哥解释，我跟董董恩只是纯粹的革命友情，你猜贱哥他信不信？一想到此，赶紧向楼渊抛了个“放心，我是个死人”的表情。

楼哥对此毫不领情，赏了董董恩一个“你是个白痴”的眼神。

Chapter 08 奇葩桃花一朵朵

当洛克斯的新品广告铺满大街小巷的时候，圣诞节来了。

董董恩加班加点熬了两个星期的夜，终于把所有网点需要的新画面监制完成，现在，她跟着朱莉满城检查各网点的圣诞专品陈列情况。

轮转到十里屯时，甲方的现场小组正在布置圣诞树。十里屯是安城的商业中心，矗立在这儿的圣诞树自然是又高大又闪亮，树身高达五米，各种需要装饰的彩球、雪花和铃铛整整五个大箱，还不算树下需要堆积的众多礼物盒子。促销季需要抢时间，每个人忙得前俯后仰，董董恩见状，也上去帮忙。

天气既阴冷又潮湿，董董恩扛着东西跑来跑去，热得脱了大衣。老柯打此地经过，见董董恩的小身板旋转得像只不停歇的陀螺，颇有些欣慰，隔老远跟她打招呼。董董恩正在爬扶梯，一回头，脚踩了空，人一下子从梯子上摔了下来。

老柯吓得魂飞魄散，膝盖着地滑出六米远想去接，可惜差了一个手掌的距离，董董恩“咣叽”一声栽倒在地，并且是脸着地，当即昏了过去。老柯痛苦地收回手，抽了自己一巴掌，捞起人就跑。

一年发生两次摔人事件，老柯觉得自己真的很有必要领全体人员去寺庙烧个香，拜拜佛了。

董董恩醒来的时候，觉得世界略有些颠倒。人脸怎么都是横的？眼睛怎么都是竖的？哎，怎么会有这么多张脸？她闭上眼又再睁开，果然是有很多人。

有个声音高叫道：“医——生——”喉咙都给扯破了。

进来一护士，什么情况也不问，张口就训：“号啥呀号？不懂按铃是吗？影响到其他人休息是会挨打的你知道吗？”

喊医生的那个破嗓子兴奋道：“医生，她醒了。”

护士小本子一翻，留下俩字儿：“等着。”

不多会儿，进来一个医生，翻了翻董董恩的眼皮，问她想不想吐，头昏不昏。董董恩摇头，医生便说：“没事儿，就是一时摔蒙了，休息休息就可以走了。”

可是董董恩觉得脸很痛，问：“真没事儿吗？我咋觉得我脸好痛。”

医生：“脸痛很正常，因为你脸皮蹭地上，蹭裂了，一会儿开点药回去涂。”说完走了。

脸皮，蹭裂？这是个什么情况？董董恩一屁股坐起来。

众人围过来，一副想笑又不敢笑的表情。都是制作部的汉子们。

董董恩：“咋你们在这儿？”

老柯：“我们在十里屯旁边布展……就，都来了。”

董董恩简直不想看到老柯。

老柯也很愧疚：“这事儿吧，都怪我，给你请几天假吧？医药护理都我出。”

董董恩：“光出钱就可以了吗？我吓死了你知不知道？要是我摔死摔残了，你是不是要生个女儿还给我爸？”

老柯：“这个，有点难。”

董董恩气得不想说话，伸手去摸脸，脸皮摔裂是个什么样？问人：“有没有镜子？”

有同事摸出一个反光镜给她，是摩托车上掰下来的，还没来得及装回去。

董董恩拿过镜子，只看一眼，就赶紧放下了。

整张脸，从额头到下巴，像被钢刷刷过似的，血槽一条一条，额头表皮全蹭掉了，露出浸血的肉，鼻头变成酒糟鼻，此前流过两管血，被护士处理了，现鼻孔塞着两团棉，左右脸颊东掉一块皮西裂一条缝，下巴也伤得不轻，全是卷起的油皮。

此前是痛得想死，现在只剩下两个字，想死。

老柯："开药，开药，开最贵的药，咱去做美容，做最好的美容。医生说了，没摔到骨头，就是皮裂了，过几天就好，我给你报个美容会所，天天让人给你按摩。"

正安慰着，一股旋风刮进来一个男人，一进来抱着门柱一通狂咳，肺都飞到隔壁兄弟脸上了。

董董恩撩起被子要遮脸，但是医院的被子太硬，蹭得她"嗷"的一声叫。

楼渊顺半天气才缓过来，胆战心惊地望着床上的董董恩。

老柯在一旁搓手道："你也来看董董恩？"

楼渊见董董恩端坐在床上，只是没抬脸看他，赶紧问："怎么回事？"

老柯："意外，纯属意外。"

楼渊问："脸上都涂什么了？咋这么红呢？"

董董恩双手挡着脸："什么也没涂，摔裂了。"

楼渊心脏缓跳了两秒钟："摔一脸血了？"

董董恩："也差不多了。"

楼渊："没事儿，让我看看。"

董董恩："您可快走吧。"又对公司同事道，"好歹给我整个口罩来啊，这样怎么出门？"

一个小伙子赶紧跑去要医用口罩。

楼渊接到电话说董董恩从装饰圣诞树的梯子上摔下来了，整个人当即蒙圈，朱莉跟他说了半天，除了第一句，其余啥也没听见。这会儿见董董恩能说会说，知道脑子没摔坏，终于放下悬了半天的心，只问："其他地方检查过了吗？"

老柯："都查过了，没事儿，她就是摔蒙了。"正好楼渊在这儿，老柯跟他商量道，"我刚给她准了几天假，你看？"

楼渊："行，休息两天，让上次那位女同事过来顶两天吧。"

老柯："我就这意思。"

要知道董董恩作为一个长期被忽略性别，混在男人堆里当牲口使的女汉子，连生理期来都不曾请过假，湿着裤裆送货，红着屁股下厂，红糖水都没多喝过一杯，生平第一次在业务最为繁忙的时候讨得一个星期的护脸假，外加老柯双手捧上的美容卡和护理卡，说不激动那是假的。可一想到这样的待遇是以牺牲一脸美貌，以身赴险才搏来的，又不禁有些唏嘘。

制作部的汉子们见董董恩没事，又赶回十里屯继续布场去了。老柯和楼渊一人一边护着她到停车场，一人往左，一人往右，异口同声道："车在这边。"

老柯看看楼渊，楼渊看看老柯。

两人又异口同声："我送吧。"

董董恩："……"

老柯问楼渊："对，刚才没问，你怎么也跑来了？"

楼渊："我就在网点上。"但很鸡贼地没说是在哪个点，其实离得很远，车都飚成飞机了。

老柯："那你接着忙？"

楼渊看向董董恩，快挽留我。

董董恩毫无感知地拒绝了："我老板送我，楼哥您回去吧，谢谢您来看我。"

楼渊松了手，万分遗憾，"哦"了一声，看老柯扶着人，一步一步走远了。

楼渊站在停车场，感觉浑身冰凉，后怕的冷汗此时才一阵阵地淌。

老柯一边开车，一边回想楼渊的神情，好似有点不太对，问董董恩："楼渊那个人，好像脑子有点什么问题？"

董董恩："你干吗要这样说别人？"

老柯："我看他情绪不大对，他平常也这样？"

董董恩："没哪儿不对啊？关心关心下属，不挺正常的吗？"

老柯摇头："你这个女人，根本不懂什么叫察言观色，他脸都青了，该不会认为，你出事，他们公司得赔工伤吧？"上次他也没赔啊，但上次老万是帮自家公司做事，这次董董恩是帮洛克斯扎花灯。

这才是重点吧，董董恩一拍脑门，疼得"咝咝"叫："对，我这得算工伤吧，你们两家公司，谁赔？先说好，大家熟归熟，该赔还得赔，别欺负弱势群体啊。"

老柯："姐，我送你那美容卡，知道多少钱不？副总是那儿的会员，知道一年要败我多少钱不？我赔你那两个子的工伤费，根本连人大门都进不去，你知道不？"

董董恩赶紧摸出刚才随意插在屁股兜里的卡，这么金贵？那得放好。

老柯又道："至于楼渊公司要不要赔，我看，这个咱就别想了，你又没真摔傻，要真傻了……"老柯打了个寒战，他可能真得生个女儿赔给董董恩家了。

董董恩不懂法务，自己也没摔出啥什么大毛病来，又得了老柯一张年卡，便甚是心大地放过他，和他聊起楼渊的八卦来。

董董恩："那你说楼哥他紧张个啥？"

老柯："难道他是担心你？"

董董恩还没来得及哈哈哈，老柯看了董董恩一眼，整张脸跟西红柿摊大饼似的，赶紧自我否定了："这个，是不太可能的。"

董董恩看穿老柯那退避三舍的心思，顿时出离愤怒了。我摔成这样都是谁害的啊？

董董恩到家，三花猫"喵喵喵"从角落里钻出来，尾巴竖得老高，缠着董董恩两脚绕。三花猫现在肥了不止一圈，董董恩给它取了个大名叫抱抱，嗨妹喜欢抱抱，一见它抱着就不撒手。

董董恩："要不送你得了？"

嗨妹："可是我难得在家，不好养啊，没有时间陪它，会得抑郁症的吧？"

董董恩："我也没什么时间陪。"

两个都没什么时间但又爱心泛滥的人便不断给抱抱买礼物，猫爬架、猫抓板、各种口味的小鱼干和妙鲜包，抱抱才养没几个月，体重已开始向猪的方向发展。

董董恩放下包，撸了抱抱两把，她人还有点晕，两个星期没休息好，难得回来这么早，决定上床再睡一觉。

刚换上睡衣，电话响了。

是楼渊。楼渊问：“到家没有？”

董董恩想到这人刚才见过她的脸，自我厌弃得连声音也不想听，随口答道：“到家了，想再睡一会儿。”快说再见吧。

楼渊：“头还是昏吗？还有不舒服吗？”

董董恩：“没有没有，就是想睡。”

楼渊小心翼翼问：“有人来照顾你吗？”

董董恩不想跟他多纠缠：“有的有的，一会儿就有人来了。”

楼渊：“……我怕死了……”

董董恩：“不用怕，我没摔出什么大问题，不需要你们赔医药费。”

楼渊：“……”

董董恩：“我睡了。”

楼渊：“哦。”

楼渊的确是快怕死了。他一颗狂跳不已的心一时半刻平复不下去，在医院看到董董恩满脸血的那一刻，他的血也几乎瞬间冷下去，一时间手脚都感受不到知觉了，要不是病房里人多，他多半就要跪在董董恩面前了。

这位大姐，麻烦麻烦你，你活的不仅仅是一条命啊，你还，还……

楼渊坐在车里，忽然浑身打起冷战来。

我什么时候开始觉得，她的命，跟我的命，联系这么紧了？

他突然想起董董恩对他说过的一句话：你在我心上，一直是第一。

楼渊无力地叹了一口气，觉得自己一介情场老手，约会过的姑娘不知凡几，身边妖娆的有之，职业的有之，贤惠的有之，却怎么也想不明白，自己怎么栽在了这么一个貌不惊人的人身上？

情之一字，不知所起，不知所栖，不知所结，不知所解，不知所踪，不知所终，真是要命哪。

董董恩挂断电话，倒头便睡。其实也没睡多久，大概两小时左右，醒来抱抱已不在跟前，听声音好像在客厅里扑腾。

董董恩以前和人合租，三室一厅住三家人，合用一个卫生间，一个厨房。大家对卫生条件要求不一样，譬如爱做饭的那家人，认为厨房有油渍有脏碗不算不讲卫生，另外一对小情侣，洗完澡从来不管头发是不是会堵塞下水道。那会儿董董恩刚在小红楼上班，每每回家近半夜，想弄点吃的，进不去厨房，想洗个澡，得先清理半天管道。后来工资一涨，业务提成一多，马上换了个一居室。房子很老，胜在安静，且采光很好，客厅一面全是落地窗，董董恩终于不用再追着人屁股给人洗碗擦地，现在她就洗一双筷子，多数时候吃外卖，连一双也不用洗。

客厅有声音，不是她闹的那就只有抱抱。董董恩披着乱发踩着鞋，刚到客厅，只见一个黑影迎面飞来。什么东西？她条件反射往后仰，下腰扎了半个马步，那黑影刚好擦脸飞过，没待回身，一坨肉球伴着一声怒吼，追着黑影“咚”一声踏上董董恩的胸，随即翻滚在地。

董董恩被抱抱这身踏雪寻梅的功夫给镇住了，缓缓揭开睡衣，胸上赫然印出一朵红梅，多么实在的一脚，董董恩一口老血当场喷涌而出，被一坨七斤重的肉球从高空垂直砸下，真的好痛。

抱抱还在追，满屋子上蹿下跳，董董恩跟过去一瞧，好家伙，这玩意儿正在捕鸟呢，客厅窗户没关，一只麻雀误闯了进来。董董恩跟过去，抱抱正神勇地蹿上桌，硬生生把麻雀擒住。

董董恩生怕抱抱把麻雀给摁死了，赶紧拉开一猫一雀，把猫按住，把麻雀解救出来，放归窗外，麻雀得了救，连个谢字也没道，蹿得比流星还快，一眨眼不见了。董董恩做了一件好事，心情愉快，然而被抢了鸟的抱抱心情就不那么愉快了，它两腿蹬着地，前腿扒着窗，凶着一张脸，愤怒地冲董董恩号，叫声之凄厉，令人泪满襟。

那两天抱抱怎么都不肯离开落地窗，小鱼干诱惑不行，撸猫也撸不回来，从天黑号到天亮，以至楼下大叔站自家阳台上仰头问董董恩：“你家猫这春叫得，时间不太对啊？你该送去兽医站看看，别是吃进了骨头卡住了嗓子，我听它声音也不大对。”

董董恩给嗨妹打电话，说要送抱抱去做手术：“我前天把它的鸟给放了。”

嗨妹拿着电话大惊：“你亲自动的手啊？”

董董恩：“是啊，它就不高兴了，叫了一天。”

嗨妹一串惊叹号：“我的天！你牛啊！都敢亲自动手阉猫了，你是把它给割坏了吧？我的天！那还不赶紧上医院？你什么条件啊？你啥也没有你就敢动手阉猫了！”

这都什么跟什么啊？

董董恩：“我这才准备带它去医院呢，你都听些什么啊？”

嗨妹：“你不讲你把它鸟给整了，号了一天吗？”

董董恩：“它逮了一只麻雀。”

嗨妹不惊了：“哦，你把我给吓得，那行，我下午来跟你汇合，带它一起去医院？”

董董恩：“我这就带它去，中午咱见面吃饭吧。”

嗨妹：“来吧宝贝。”

董董恩戴着墨镜口罩出门阉猫。

兽医一看就道：“你这脸过敏是挺严重的，可我是兽医啊，就算是猫惹出来的过敏，我也没法治。”

董董恩万分艰难道：“……不用治我，治它。”

抱抱不知道，它只是抓了只鸟，结果鸟没玩到，自己鸟也没有了。抱抱从麻醉中清醒过来，拖着舌头勾着头，努力看自己长小唧唧的部位，看半天不见唧唧回来，傻眼了。

嗨妹过来接董董恩，一看董董恩的脸，也跟着叫：“这唱的哪一出？几天不见，你改扮红脸的关公了？”

把董董恩给气得，她不是全副武装只差没武装到牙齿了嘛？咋还这么明显？早知道不出门了。嗨妹又看了眼耷拉着耳朵的抱抱：“小伙子委屈了，亲娘一秒变后妈。”

董董恩：“谁跟它亲娘后妈啊，我跟它就是一同居合伙人。”

嗨妹：“没听说哪个同居合伙人狠心成这样，一言不合把隔壁老王给阉了。”

董董恩哈哈哈。

两人出门吃饭，董董恩说不能去太远，一会儿还要回来接猫，也不想去人多的地方，她现在这脸不方便见人。嗨妹便带她去吃九公碗社菜。

董董恩：“感觉我一天到晚都在吃。”

嗨妹：“快过年了，养点肥膘好过年。”

董董恩问：“今年你回家吗？不回咱俩过吧。”

嗨妹：“我要回，怎么，你爸又不着家？”

董董恩：“说要和跳广场舞的阿姨们去海南岛避寒。”

嗨妹：“你爸这晚年过得，热闹啊。”

董董恩：“还行吧，不一天到晚在我面前逼婚，是挺好，上次他来电话，旁敲侧击问我有没有男朋友，说有的话，把名字报给他，他修族谱要填名字呢。”

嗨妹：“你们家还有族谱呢？”

董董恩：“听他瞎吹，纯套话呢。”

嗨妹：“然后你咋回的？”

董董恩智商真的一马平川，喜洋洋道：“我把你名字报给他了。”

嗨妹：“……”半天才说，“你爸该不会以为咱俩搞拉拉吧？”

董董恩这会儿反应过来了：“不会吧，他见识没有那么广。”

嗨妹：“跟你搞对象也不是不行，但家务事得先说好，谁做饭？”

董董恩还真思考了两秒：“这，是个问题。”

嗨妹又问：“还有，谁负责赚钱养家？”

这个问题一秒也不用思考，董董恩说：“新时代新女性，谁还不会顶半边天啊？”

嗨妹：“也是，自己赚钱自己花，实在，想买包买包，想买唇膏买唇膏，就这做饭的问题吧，咱俩合不来。”

这些年来，一旦放假，两个女人就会陷入三餐不继，要么零食，要么干脆不吃，连个外卖都懒得叫的境地，各自深刻地自我反思了一秒后，两人决定，这么又懒又馋的德行，还是去祸害别人吧，就别为难自己人了。

嗨妹：“我不是瞧不上你啊。”

董董恩连连点头：“我知道我知道，我也瞧不上你。”

嗨妹：“……”

吃饭的时候嗨妹问：“圣诞节有没有约？没约我先约了，我一潮汕客户要过来，你也出来吧，到时候人多热闹。”

董董恩：“看情况吧，脸好就去，脸不好就继续宅家里。”

嗨妹：“反正大晚上，看不见，大不了再给你整点道具。”

董董恩：“……”

圣诞节。

经过一个星期的休养，董董恩的脸终于好了不少，该结痂结痂，该长疤长疤，长发一披，还是那么吓人。嗨妹约在老据点，董董恩去的时候，气氛很热闹，台上乐队正在表演，台下舞场人声鼎沸，有人披床单，有人插鸟毛，有人戴个独眼龙的斜眼罩。

是个盛大的化装舞会。

嗨妹看到董董恩，变戏法似的掏出一条干浴巾舞在手上：“快来，道具都给你备好了。”

董董恩拒绝：“大姐，这是化装舞会，不是睡衣派对，OK？”

嗨妹：“先把装换了再说。”

董董恩：“换毛？不换。”

嗨妹又摸出一顶浴帽：“那要不然把这个戴上？你看，粉红色。”

董董恩简直想上去打她一顿。

洛克斯自然也是有活动的。朱莉他们要去唱歌。

贱哥收到邀请，问："圣诞节，不是应该和男朋友一起过吗？"

朱莉："这是要给我介绍男朋友的意思？"

贱哥："我有还介绍给你？除了唱歌，还有什么活动？该不会还要一起吃晚饭吧？"

朱莉激动得跳："对对对，还可以一起吃饭，我团个券去。"

贱哥一脸想死的表情："你要能把楼渊拉来，我就去。"

朱莉兴奋得握拳："没问题。"

嗨妹的朋友潮州叔，四十来岁样子，脸圆圆，眼睛圆圆，肚子也圆圆，整个人都非常圆，为人很是热情。嗨妹跟大家介绍后，潮州叔就表示今晚他埋单，让大家随便喝，众人婉拒了几次，大叔都不同意，众人只好愉快地接受了。

一圈朋友顿时分为好几拨，能喝酒又特能嗨地拿起色子做游戏，潮州叔在这个小群里；喜欢听歌跳舞的朋友站在一起，端着杯子跟着乐队晃来晃去，董董恩在这个小群里；剩下的朋友紧围着桌子八卦聊天，因为人多声音杂，聊天得靠吼，是以团得特别紧，嗨妹在这里。

董董恩听了两首歌，屁股兜里电话震了。

楼渊来消息，问她："在家？"

董董恩："没，在酒吧。"

楼渊："又去酒吧？身体好了？来唱歌吗？"

董董恩："谢谢关心，不来了，跟朋友一起。"

楼渊："在哪家？"

董董恩刚写下酒吧名字，突然反应过来，为什么要跟楼渊说在酒吧？这里曾经发生过的事难道还不够糟心和尴尬吗？为什么不清醒？为什么要提及？

楼渊半天没接到消息，索性打了个电话。楼渊："是不是不方便？"

董董恩："不是，就是……"怎敢讲就是在原来吐你一头的那家？支吾半天，很尴尬。

楼渊："我们想要转二场，没想到去哪里，你在哪？"

董董恩："就是，就是原来……您可能不太想来……哈哈，就是以前那一家……"

楼渊多聪明啊，一下就明白了，空中远远飘来三个字："你等着。"

董董恩瞬间就慌了，这是要新仇旧怨一起报的意思吗？咦？旧怨不是已经消了吗？又哪来的新仇？董董恩想不明白，为保万一，还是跑去跟嗨妹讲："你记不记得我跟你讲过，那个被我吐了一头的客户？"

嗨妹说："记得啊，咋了？"

董董恩紧张得飞起："他马上要过来了。"

嗨妹第一反应是"哧溜"一声滑到桌底："在哪儿了？看见我们了？要不要先找个地方躲起来？现在撤还来得及吗？"

董董恩把嗨妹拽起来："你躲个什么劲儿啊？他知道我在这里，让我们等着呢。"

嗨妹："这人报复心咋这么强啊？都过去多久了，还打上门来呢？"

董董恩："应该不是来打架的。"

嗨妹："很难说，所谓呕吐之仇不共戴天，我看他这辈子都不可能忘得了，还是喊人来帮忙算了。"

董董恩："喊什么啊？把客户打了，那接下来我也别想活了。"

董董恩这厢惴惴不安、七上八下，完全没有注意到嗨妹跑去把这个事跟潮州叔那帮人讲了，大家都不玩游戏了，安安静静握着瓶子，各处潜伏着，单等人上门。

场景颇为熟悉，仿若旧事重演。

当洛克斯那帮以楼渊为首的人出现时，嗨妹"啪"地甩手一指："就是他。"潮州叔以迅雷不及掩耳之势，"咣当"一声站起来，余人紧随其后，每人拎着俩酒瓶，有文身的露文身，没文身的把内裤翻出来扎头上，把董董恩和嗨妹像小鸡崽似的护在中间。

潮州叔气场十足，朝楼渊大声喊话："靓仔，有话好好说。"

楼渊脚步一滞，身后诸人跟着一个急刹车，摞在一起的脑袋上飘的全是黑人问号。

董董恩则是两眼蚊香圈。

经过一番牛头不对马嘴、鸡同鸭讲的解释之后，大家终于在莫名其妙的欢乐气氛中，化干戈为玉帛了。接下来的场面真是惨不忍睹，原来潮州叔才是那个真正的人来疯，夹着楼渊的头要和楼渊拼酒，压着贱哥的肩要和贱哥猜拳，座中诸位男士皆不敢与他对眼，生怕一不小心被拣出去单挑，画风凌乱得是个人都想逃跑。

朱莉呆若木鸡："所以，老大一直嚷着要走，就是为了来见这位神奇的朋友？"又问董董恩："你又是怎么跟他认识的？"

董董恩吓得赶紧摆手："不不不，不是我的朋友。"指着嗨妹分分钟出卖道，"是她的朋友。"

嗨妹撑着额头，感觉好丢脸。

丢脸算什么？对董董恩来讲，这才是实打实的新仇加旧恨啊，这让她以后还怎么面对大客户？她才是真的——好——想——死。董董恩没眼看，索性不再看，端着杯子去舞池，一门心思欣赏歌。

乐队为了营造气氛，花样百出，唱两首歌，送一份礼物。贝斯手相当敬业，嘴里含朵玫瑰，一曲电摇刚奏完，跳下舞台继续表演口赠玫瑰，追光灯跟着全场直闪。

舞场人实在是太多，董董恩站得比较靠前，没来得及躲开，贝斯手已经出现在面前，示意要把玫瑰送给她。

董董恩笑笑，大方伸手去接。

贝斯手摇摇头，示意董董恩得用嘴来接。

董董恩："……"

乐队在台上尖叫，全场人跟着尖笑，灯光打在头上，荷尔蒙在燃烧。

董董恩没法逃，只得踮起脚，仰头去接，贝斯手为配合她，微微低了低头。

鼓点声、电乐声、鼓掌声、叫好声，主持人在疯叫：“谁是今天晚上的幸运儿？”

董董恩取下玫瑰转身要走，刚一转，撞进了一个人的怀抱。

董董恩欲往后退，嘴里道着歉：“对不起。”

对方揽过她的腰，以防她摔倒：“又喝酒了？”

为什么要说“又”呢？她已经很久没沾过酒了好吗，再说这杯也不是酒，苏打水而已。

董董恩抬头。

楼渊把她拢在怀里，给她隔出一个小小的安全的空间，听声音有点不爽：“为什么又喝酒？”

董董恩：“这不是酒啊。”

楼渊护着她，把人从舞池护到一处安静的角落。

董董恩：“？”

楼渊还在气刚才见的那一幕：“他为什么要送你玫瑰？”

董董恩开玩笑：“我好看呗。”

说得也是啊。楼渊低下头，与她眼对眼，声音好像低沉的管弦乐：“你是挺好看的。”

因为生存环境恶劣，董董恩早已习惯了以厚颜无耻为己任，习惯了在打击中成长，从来没有遇见过这么和颜悦色的捧场，一时间有些不习惯，但是嘴巴很倔，还能回话，说：“你也挺好看的。”

楼渊冰山脸崩得很彻底，眉间眼梢皆是笑：“是的，我也挺好看的。”

接下来该怎么接？董董恩傻眼了，只能呆呆地看着楼渊。

楼渊伸出手，盖住她呆滞的眼睛，附到她耳边：“别这样看我。”

董董恩耳朵一阵酥麻痒，有一秒钟，心神荡漾，觉得楼渊看她的眼神，仿佛万水千山，只此一人。

董董恩怔在原地。

关键时刻，一个小人拽着她半只耳朵，董董恩！快醒一醒！你从小缺钙，长大缺爱，太久没有谈恋爱，别人稍微亲昵一点，就禁不住胡思乱想。快醒一醒，对方不是你能随便肖想的人！

“你所有的表现，我会随时通报给你老板听。”初到洛克斯报到时的楼氏警语拯救了董董恩。

她后退两步，看着楼渊，对方举止正常，并没有什么多余的热情或亲昵，她刚才怎会鬼迷了心窍，以为大客户在对她撩骚呢？楼渊何许人也？身边美女无数，帅哥如云，撩谁也不会撩自己头上。一瞬间，迷糊闪退，智商复位。

董董恩捂着胸，承认现实心好痛，但是心理强化建设之后的好处是，她又一次认清了自己的位置。

《客服守则》第三十六条，一个好的客服，一定是能认清自身定位的客服。人贵在有自知之明，很多客服定位不准，弄混了与客户的友谊与合作关系，导致工作无法进行下去。

董董恩自省了一番，觉得近来自己也有弄乱的趋势，还好醒得快。试想一想，如果某天老柯接到楼渊的投诉，说你们那个驻现场客服，成天对我色眯眯，她还能不能继续混了？到时候别说离开客户现场，离开公司都是有可能的，一个不能保持专业的人，又如何能做金牌客服呢？

正本清源之后，董董恩果然理智了不少，开工后除了必不可少的开会和见面，其余时候能不见面就不见面。楼渊被潮州叔夹头夹得有点凶，也好长时间没有出现在董董恩面前，时间一长，两人之间那点莫名其妙的暧昧总算是翻了篇儿。

董董恩对此十分满意。

她不喜欢改变，改变代表未知，未知代表风险，而风险常常是不可控的，“不可控”三个字对董董恩这种凡事都要做计划、列表单的人来讲，跟世界末日一样。

元旦过后，天气愈发的冷，安城这种地方，室外固然比不上东北，室内却已经冷过东北了。最有名的段子是，安城的朋友说：“我们这儿三度了。”

东北的朋友："我们这儿零下十三度。"

松花江的朋友："我们这儿零下二十三度。"

安城的朋友："说的都是室内温度吗？"

董董恩一到冬天，哪怕穿得跟熊一样，手脚也冰冷，坐一会儿就得站起来左三圈右三圈甩甩手来跺跺脚，跟其他人恨不得宅上一冬相反，她特别愿意出门，出门可以走动，走动走动人就暖和了。所以老柯问要不要去供应商那儿看给洛克斯新备的材料，董董恩一口答应了。

两人从供应商处回来，路过洛克斯西水路上一处网点，老柯在门口停车，说进去看看。

老柯跟董董恩一样，都是典型的干哪行爱哪行。

老柯停车交费，董董恩在茶色玻璃幕墙前等他，顺便撩刘海，挤痘痘。那玻璃幕墙是单面的，从外面没法儿看到里面，从里面看外面却是贼清楚，董董恩知道大马路上应该注意形象，但这幕墙镜子真的有够高清，照得她下眼睑处一颗痘痘分外明显。董董恩最不能忍脸上有东西，见状立马贴过去，龇牙咧嘴开始战痘，顺便抠了下鼻屎。

老柯停好车过来，董董恩已火速回归淑女，小包一甩，迈着碎步屁颠屁颠往里走。

这网点是个新点，刚装修没几天，人流量还没有起来。两人进去目标挺明显，一个声音招呼过来："小乖。"

是贱哥。

贱哥挥着一只彩色标签贴，冲董董恩招手："这边。"

老柯走在前头，闻"小乖"二字，吓得不轻，又见贱哥朝他挥手，只好僵硬地举起手回应："你也乖。"

紧跟其后的董董恩寒冬腊月里被人强行喂了一桶冰淇淋，冷得她浑身骨头咯吱咯吱响。

贱哥无视老柯，径直附到董董恩耳边："你爆痘的样子，真的是酷毙了。"

董董恩顿时一脸黑线。

这不算啥，贱哥让开后，董董恩看到，后头还跟着楼渊。

原来两人躲这儿来约会了，董董恩心想。

楼渊跟老柯打完招呼，又问董董恩："怎么探班探到这儿来了？"

最近董董恩躲他躲得很明显，竟然也有主动探班的一天？楼渊内心升起一股小喜悦。

老柯说："我们这不是想你了吗。"

楼渊只看着董董恩笑："真的吗？"

董董恩直替老柯捏一把汗，大哥，正牌就在眼前，你不要随便乱说话知不知道？

老柯没察觉到自己在董董恩眼里已属于命悬一线，掐着楼渊到一旁说话。贱哥围上来，缠着董董恩："小乖，要不要去一下洗手间？"

董董恩非常不能理解这个要求，又不是女生，上个厕所还要手拉手，遂拒绝："不要。"

贱哥不高兴，贴了一张标签，又来问："去吧，去一下，就一下。"

董董恩："都说不要啦，我不想去。"

贱哥啪又贴出去一张："你陪我去，我给你说一个秘密。"

董董恩："……"没有见过这么黏人的客户。

最后禁不起哀求，还是一起去了，没办法，谁让客户就是上帝呢。到了厕所，董董恩想，反正来都来了，便去放水照镜子，一照，妈呀，请问这个厕所的镜子是镜子吗？怎么照出来的人跟鬼一样？下眼皮怎么肿那么大？怎么还出血？怎么还往下滴？

董董恩努力扶住洗手台，好怕下一秒会昏倒。

就刚才战痘过的地方，如今正凝成一团青紫，不仅痘没有挤干净，还附赠了半眼睑的血，刚才掐得有多带劲儿，现在心里就有多懊悔，还让贱哥提醒那么多次，董董恩简直要崩溃。这种事拜托你直接讲啊，羞羞答答是要闹哪样？倘若她死扛着就是不肯来，那岂不是整个下午都得顶着这张鬼脸招摇过市？董董恩一边掬冷水一边愤恨得想打人。

敷完脸，拿出一管软胶，涂好了，才出去。贱哥抱臂环胸等在外面，一脸贱笑。

董董恩既羞且怒，不想理他。

血虽然处理干净了，但肿仍在，也不知道刚才有没有被楼渊看到，董董恩想死，全程用手撩着刘海，像女星拍封面那样，手看似无意实则有意地搭在脸上，凹出个风情万种的造型来，再尽量用 45° 角侧颜，来面对这个掐个痘都会掐出血来的世道。

老柯和楼渊也没聊多久，见董董恩从洗手间出来，便互相挥手道再见。

董董恩垂着头，走到楼渊面前，手支在额头上，遮住略青肿的眼，不好意思地笑笑："楼哥，我先走了。"

楼渊关切地问："怎么了？"

董董恩："没事儿，就是，略头疼。"

贱哥在一边毫不识相地发出两声怪笑："嘎嘎。"

董董恩翻他一个千斤重的大白眼。

楼渊："没事就早点回去，外面冷，小心吹了风更头疼。"

董董恩："哦。"

一出来，董董恩又恢复正常了，老柯开车扭头一看，叫起来："啊！你这个眼睛，怎么啦？怎么一下子肿这么大？不会是长针眼了吧？"

董董恩拿出纸巾按住："不是的，一会儿就消下去了。"

老柯仍然穷追不舍："你是不是偷看了啥不该看的东西？"

董董恩气死了："都跟你说了，不是！"

气了一路。

因为董董恩撒了个头疼的谎，临下班前，推送完当日工作进度邮件之后，楼渊就一副"我这样做一切是为了大局"的表情向组员训话："董董恩这几天不舒服，大家多帮忙分担一点，辛苦一下，周末我请大家去我家做客。"

组员们不懂帮董董恩跟上楼渊家做客有什么必然的逻辑关系，但老大的话不能不听，于是纷纷敬礼，“是”。

董董恩内心暗爽，没想到撒个谎也能谋来这般福利。之后几天混得果然很爽，少了很多屁事儿。

一晃到周五。

下班前，楼渊发来群组邮件：“这周末请大家去我家做客，不过各位也知道，年末将近，事情颇多，所以还请把个人电脑带上，我们劳逸结合。”

所谓的劳逸结合，说白了就是换个场子加班。洛克斯的小伙伴们早习惯了，去老板家吃饭，还得自己动手，然后留下来开工。即便如此，众人还是热情高涨，比到公司开工还要兴奋。

董董恩以为这是甲方加班，跟她扯不上关系，看完邮件便向甲方的小伙伴们挥手致意：“周末愉快，下周一见了。”

楼渊出来截住她的话：“你也去，这几天大家有多帮助你，你看不出来吗？”

什么啊？都是各自分内的事儿啊。董董恩倔强道：“我老板并没有通知我加班啊。”

楼渊摸出电话：“想让他现在通知你吗？”

董董恩痛哭：“楼哥，我错了。”

周六一大早，董董恩不情不愿杀到楼渊家，朱莉等人早到了。

董董恩脑袋有屎，拎不清状况，进门之后，眼睛看到的是楼渊，嘴上却在问候贱哥：“贱哥人呢？”

楼渊一脸不爽：“你找老剑干什么？”

董董恩连忙改口：“楼哥好，楼哥好。”

楼渊难得向她解释：“老剑买菜去了，一会儿就来。”

哇哦，这浓浓的居家感！两人在厨房里，相依相偎你切菜来我做饭的画面瞬间击中董董恩，还没痴笑完，贱哥果然拎着几袋菜来了。

董董恩赶紧识趣地闪开。

暂时无工可开的贱哥钻去厨房，择菜洗菜。时不时听他喊一声：“老楼，我上次买的那个调味料呢？”“老楼，花椒你放哪儿了？”“老楼，你问他们要不要吃香菜？”“老楼，老楼……”

楼渊原本跟众人一起同甘共苦，经不住贱哥声声唤，声声嗲，硬撑了两秒，实在忍不住，只得起身去厨房。

楼贱党兴奋得血槽已空。CP 发糖，太幸福了。

午饭是火锅，因为人多，所以分成两锅，一口红锅一口清汤。董董恩的大头工作还没到，处理完邮件，主动提出去厨房帮忙，和贱哥一起，剥蒜剁姜切辣椒，忙得不亦乐乎。原以为火锅很简单，调料包一放，加点水一烧就成了，进厨房看到贱哥左手剁鱼，右手敲骨，这才知道，她对做饭想得还是太过简单，连门都没摸到。

贱哥做的火锅，红锅用大骨熬汤底，猪大骨熬在砂锅里，拍上老姜，放上大葱和萝卜，熬得又白又浓，然后炒红油，大蒜、花椒、辣椒加上买来的火锅底料混在一起炒，最后再把猪骨浓汤放进去。清汤也不简单，熬的是鲫鱼菌干汤，菌干先发泡，鲫鱼双面煎酥黄，然后和菌干片一起下锅，熬到汤色浓白，再把鱼骨捞出来，放入西红柿和大葱。

厨房比较热，贱哥一件白衬衫，外罩一件青灰色 V 领毛线衫，腰上拴一条厨用围裙，既杀鱼，又碎骨，手起刀落，丝毫不减他半分贵气，颠锅铲锅甚至还颇为艺术。所谓藏龙卧虎，大概就是指这种文能制变态表，武能耍大菜刀，上得厅堂，下得厨房的美男子吧？

董董恩星星眼，快要崇拜死他了。

有美色佐餐，一顿火锅自然吃得肚皮溜圆。饭后大家一起收拾，董董恩本也挤在其中，奈何想要表现贤惠的姑娘实在太多，她人小劲又弱，三挤两挤，就被挤出了厨房。

董董恩摸了摸鼻子，识相地把舞台让给了众姑娘，跑出去参观楼渊的房子。楼渊家跟贱哥家完全是两种截然不同的风格，标准三室一厅，楼渊一个人住，一间作为卧室，另外两间一间是书房，一间是工作室，不管客厅还是书房，高至天花板的书橱都是唯一配置，各种中文或外文的专业或不专业书籍从上到下堆得乱七八糟，大概只有主人才看得明白分类。房间色系和陈设相当硬朗，没有什么居家感，一看品位就十分寡淡。

跟贱哥甜甜美美的闺房相比，差得不止两条街，这两人品位差距这么大，到底谁住谁家好呢？

正当董董恩抠头在猜那两人暗戳戳的关系时，听到楼渊喊她："接下来是你的工作，把这些数据审完，然后发给你们的人制作，春节前要铺街。"

董董恩也想快点弄完快点闪，于是祭出自己清理数据全能王的必杀技，我是数据全能王，整理数据很疯狂。董董恩属于静如瘫痪，动如癫痫那类人，一旦手上有事，心中能马上奏起大慈大悲清心咒，一秒进入无我忘我的精神世界。四周有人走来走去，她在敲电脑；有人问要不要吃水果，她在敲电脑；贱哥又开始跟姑娘们普及护肤小知识，她在敲电脑。自数据表打开那一刻，她就不悲不喜，不动不摇，沉浸在二次元世界的代码里，外界一切与她都没有关系，真正的泰山崩于前而色不变，麋鹿兴于左而目不瞬，骤然临之而不惊，无故加之而不怒。

是以当她从二次元的表单中清醒过来时，发现屋子里空荡荡的，一个活口都没有，连主人都消失不见了。

董董恩喊了一声，无人回应。

没有人，连鬼也没有。董董恩转了一圈，四周静悄悄，只卧室里好像有什么声音，她站在门口，床上一眼可见没人，床底下、衣柜里……董董恩随手抄起一本大部头，嘴上喊："我已经看见你了，快出来。"

又是一声风过树梢的叹息。

她判断了一下，朝着衣柜过去，附耳细听，好像有声又无声。她一手举起书，一手快速拉开衣柜门，大概是用力过猛，一件衬衣掉下来，罩在她脸上。董董恩吓得闭着眼睛一通乱揍，揍完才发现，衣柜里并没有人。她吓出一身冷汗，床底也不看了，慌不择路逃到厨房，抽起一把大菜刀，才略微有些安全感。

她慢慢走回客厅，沙发上有两张废纸，其中一张写满了字，另一张画了些奇怪的线条，明明没有开窗，两张纸却在无故翻飞。董董恩看了一眼，其中一张是某个网点的平面图，上面还涂着一个大大的，黑色的墨点。

安静。

很安静。什么声音也没有。

人都到哪里去了？

董董恩搓了搓手，客厅很明亮，也很暖和。角落里的柜式空调暖气很足，主人调得高，28℃，火锅味儿还没有彻底散去，细嗅还有草莓、酸奶的甜腻气息。太阳自西向东，斜斜照在玻璃几柜的金属把手上，映出几点淡淡金光。

这本该是一个美好的周末下午辰光，然而此时给人的感觉却是不对劲，很不对劲。门窗皆关得严严实实，除了两张稿纸，还有半幅窗帘亦是无风自飘，好像后头藏着一个人。董董恩举起菜刀，慢慢挪过去，越是靠近，越是感觉冷得慌，好像有风在吹，又好像有鬼在窜，董董恩摸了摸耳垂，手很冰凉，耳朵亦是。

突然，大门传来一声轻轻的，金属碰撞的声音，董董恩还没来得及看，门“嘎吱”一声豁然打开了。

楼渊保持着钥匙插门的姿势，站在门口，问高举菜刀的董董恩：“这是个什么姿势？”

董董恩脸色刷白，手僵了，菜刀放不下来：“你们去哪里了？”

楼渊：“我送他们下楼，顺便买点东西，看你那么认真，就没有叫你。”

董董恩上下牙打颤，缓了一下，胳膊才慢慢放松下来。

楼渊：“来，把刀给我。”

董董恩把刀递给他，问：“你有没有觉得，屋子里，好像藏着一个人？好像还有股阴风。”

楼渊走到飘窗那儿，把帘子拉开，关上隐匿在后的一扇窗：“我开了扇窗，原是想散散火锅味儿的，你冷吗？冷就关起来。”接着哄董董恩，“怎么这么胆小？”

董董恩："我一回到三次元世界，所有人都不见了，你屋子里好像不干净，有脏东西。"

楼渊："胡说，我每个星期都打扫。"

董董恩："不是，我意思是，你需不需要去请两道符？"

楼渊："都二十一世纪了。"

董董恩又下意识问了一句："贱哥呢？"

楼渊抱着双臂，心里好气："怎么？你跟老剑是雌雄双煞吗？非得在一起才自在？"

这明显是个误会啊，董董恩说："我就关心一下，你们周末也不在一起吗？"

楼渊："天天都在一起，周末还要在一起？"

董董恩想了想，说得也是啊。

此时此刻，董董恩还没反应过来，她已被小伙伴们无情抛弃了的事实，要过很久才会想起。MD，说好的团队精神呢？一个个撤得这么快，独留一花样美男与一单身女子面对面，真的不怕美男子被扑倒，被辣手摧花？另一方面，她又感动贱哥对她的信任，换作是她，肯定做不到把男朋友单独留下给他人。

所以一听贱哥也不在，董董恩赶紧拎上电脑包，说："那我走了，我工作做完了。"

楼渊看出她又想跑，不满意了，问："邮件推送出来了？"

董董恩："是的。"

楼渊："再等会儿，我检查完没问题你才可以走。"

不能你一个人检查着我先走吗？有事再联系啊，孤男寡女很容易给人留下口舌啊……奈何楼渊坚持，董董恩只好无力放下包，百无聊赖地等啊等。

楼渊："我这里有很多书，你可以随便看，也可以看电视。"

董董恩不想开电视打扰他，起身去拿了本大部头。

其实，此时若不是在楼渊家里，若不是甲方乙方这种不对等的关系，若不是还肩负着工作，若不是怀疑这屋子里闹鬼，单凭窗外那棵超大歪脖子榆钱树的风景，都很值得摆出两盏清茶，来聊聊人生，谈谈理想，看看手相，侃侃捉鬼。

可是，没有可是。

也不知是此前精神太过集中，又或是窗外风景太过迷人，现在一下子松懈下来，以至于让人心驰神往，饱暖思睡，董董恩小翻了两页书，眼皮就不停往下耷拉。她支着脑袋又强撑了一会儿，还是敌不过困意，心里一边提醒自己，我就小眯一会儿，一边倚着沙发，提醒楼渊道："楼哥，检查完了叫我啊。"

楼渊"嗯"了一声，埋首电脑批文件，敲了一会儿，停下来，没有听见翻书声，连呼吸声也几乎静不可闻，再一看，董董恩倚着沙发，一手按着书，一手支着头，睡着了。他坐在原地，静静地欣赏。想起圣诞节那天，他的情不自禁显然是把董董恩给吓到了，楼渊自我反省，只怪平日里被董董恩看似大大咧咧的个性给迷惑了，哪知她如此敏感胆小，这一次，可不能再把人给吓到了。楼渊起身去卧室取了一条毛毯，小心翼翼地给她盖上。

董董恩心有多宽呢？她能在任何地方都睡着。教室里能站着睡，酒吧里两只凳子拼起来能睡，火车硬坐她能睡到货架上。有一年安城上游发洪水，那会儿她还住校，半夜洪水溃堤，洪水从学校侧边呼啸而过，整个学校人都吓醒了，只有她裹着被子睡得欢，那洪水裹着朽木巨石撞得大楼咚咚响，她一次都没有醒过来。次日别人说起那夜多凶险，她一脸迷茫，有这么严重吗？我怎么一点没感觉到？就是这么心大。

现在小暖风吹着，太阳晒着，她睡得更是人事不知，嘴巴一张一合，口水流出来又吸进去，大概是头太重，胳膊肘支得不稳，头一点一点的。楼渊拿起一个抱枕，轻轻卡在她脑袋边，把她手肘解放出来，又把那手握在掌中，把玩了一会儿，还真是小啊，不到自己手一半大，指甲肉粉色，修得整整齐齐，圆润小巧，十分可爱，无名指指尖有一道小小的痕，像一道陈年掐下的伤口。

楼渊握着这只细软的手，捏了捏，又小心翼翼放回毯子里。

董董恩本想小靠一会儿，孰料这一靠，就靠得深入了点，醒来时发现，窗外已是万家灯火。

楼渊早结束了工作，此刻窝在客厅一角一个单独的沙发里，手上同样捧着一本书，跷着腿，慢慢地翻页。腿边小几上有一盏茶，头顶上方有一只暖黄色读书灯，茶水在夜色里腾起一股袅袅白雾，把楼渊笼在雾里，整个人显得既神秘，又温暖。

董董恩看得有些迷。

楼渊翻了一页书，轻声问：“你醒了？”

董董恩一骨碌跳起来：“不好意思不好意思，这两天有点没休息好，邮件您都看完了吗？有没有问题？”我真是太敬业了，居然陪客户加班加到睡着，可以向老柯申请三陪奖了。

楼渊不紧不慢地放下书：“没问题，我都看完了，你可以发给你们制作部。”看看窗外天色，又道，“这么晚了，中午还剩下很多菜，帮个忙，吃完再走吧，我一个人吃不完也是浪费。”

这话说得很有技巧，董董恩原本一听有吃就迈不动腿，再听“帮忙”“浪费”，心里那点不好意思立刻变成“小意思”“这忙我帮定了”，只是嘴上还在客气：“这怎么好意思？”

楼渊垂下眼，抿了抿嘴，起身去厨房。

董董恩在后面问：“贱哥要不要过来吃？”

楼渊一个踉跄，这女人，对老剑真是贼心不死啊，气得楼渊咬牙切齿，“他为什么要来吃？他自己也会做啊。”

董董恩心想，得了吧，在我面前还掩饰，不诚实。

饭菜都是现有的，蔬菜下锅炒一炒，肉类就着中午的大骨浓汤烫了个砂锅。

楼渊挽着袖子，系着围裙颠锅的架势跟贱哥一样好看，董董恩又禁不住星星眼了。

董董恩：“真的是毫无天理，为什么你们帅哥做什么事都那么好看？开会霸气就不说了，连炒个菜都那么霸气，简直是不给我等凡人留活路啊。”

楼渊实在要绷不住严肃脸了，嘴角翘得老高：“谢谢夸奖。”

董董恩一时八卦精附体，问楼渊：“我看贱哥下厨也蛮熟练的啊，做的火锅也好吃，你干吗那么嫌弃他？”

楼渊心里不爽，却逮住机会一边解释一边暗捅老剑：“老剑那个人吧，跟他做朋友，或者同事，都挺不错的，挺逗人开心，也能顾及别人的心情，但是，”楼渊看了董董恩一眼，继续道，“但是，他不适合做对象，他不会照顾人，”尤其是你这种智商缺一半的大迷糊，这话楼渊没有说，“他自己处理生活上的事务都一团糟，更不要说照顾别人，你不要看他既会这样，又会那样，好像很优秀，”说到这儿，楼渊停了一下，顾忌了一下同事之情，没有捅太深，只对董董恩下结论道，“如果你俩在一起，大事都没有方向，小事一起糊涂，日子会过得比较难。但是我不一样，我历来都是拿主意的那个人，而且我很会照顾人。”说到这里，楼渊只差没有冲上去摇董董恩，老剑到底有什么好？我才最棒最棒最最棒，快点答应跟我在一起。

哪知董董恩的反应是：“哦哇！真是超配呢。”这么苏的语气，这么傲娇的剖析，单身狗又遭到了一万点暴击。

楼渊看着董董恩，总感觉哪里没对。

董董恩接着问：“那你俩咋不住一起呢？”

这个问题真的是很神奇了，楼渊完全不懂董董恩的脑回路，直直地问她：“我跟他？我们为什么要住一起？我俩各有各的房子啊。”

董董恩看楼渊说话有点急，以为自己没有把握好度，触到大客户不愿意暴露的隐私问题了，赶紧自我圆场：“不住一起也挺好，各有一个空间，既能够让对方喘息，尊重对方的嗜好，也可以保留自我独立的意识，”她说着乱七八糟、胡编乱造的生活小哲学，“嗯，这样挺好的，挺好的。”

楼渊停下手中搅拌的汤勺，问：“你真是这样想？觉得这样好？”

董董恩：“是啊是啊。”一万个真心真意啊。

楼渊不高兴了，“啪啪”倒菜装盆：“端菜，吃饭。”

晚饭只有两个人，不能像平常那样，趁人多胡吃海塞，董董恩很是注意形象，夹菜扒饭都很斯文。

楼渊给她夹了一筷子木耳，问："怎么？嫌我做得不好吃？"

董董恩："哪里啊？特别好吃啊。"

楼渊："那怎么吃得不香？"

董董恩扒了两大口饭："很香啊。"结果被呛到，呛得直咳嗽。

楼渊赶紧给她倒水，呛得差点憋气的董董恩接过来大喝一口，喝完看见杯子上贴着只小强，吓得差点没把杯子摔出去。

还好楼渊抓得紧："这是我最喜欢的一只杯子，你别给我砸坏了。"

董董恩才发现那小强是一只非常逼真的装饰，赶紧尴尬地转移话题："这是你常用的杯子？"

楼渊："是啊。"

董董恩又是一阵剧烈地咳嗽。

艰难吃完这一餐，楼渊把碗一推，不客气道："你去洗碗。"

为了顺大客户的毛，让董董恩做什么都好，她二话不说端着碗筷屁颠屁颠往厨房跑。洗到一半，楼渊进来了，手里拿着一副耳麦朝她耳朵里塞，同时问："你能不能听出来，这是什么歌？"

董董恩两手泡沫，一脸困惑。

楼渊开始放歌，一首英文歌。

"Picture perfect memories

Scattered all around the floor

Reaching for the phone cause, I can't fight it any more

And I wonder if I ever cross your mind

For me it happens all the time

……

I just need you now

Oh baby I need you now"

男声女声慵懒地交互唱和，董董恩此前从没有听过。

楼渊："能听懂吗？"

董董恩快速判断了一下，装X肯定被雷劈。她要说没问题，万一楼渊让她帮忙把歌词给听写或者翻译出来，那可就糗大发了，于是谦虚地摇摇头："我也不是全懂，只懂一部分。"

楼渊问她："懂哪部分？"

董董恩："就副歌部分，I just need you now。"

楼渊弯下腰，视线与董董恩平视，说："我也是。"

音乐还在继续，董董恩又听到一个单词，赶紧吐出来："Oh baby。"

楼渊伸出手，终于胡噜到董董恩一颗毛茸茸的头，说："你也是。"

董董恩成功蒙逼。

洛克斯的公司文化，非常国际化，男女之间，女士可以拍男士的肩，男士就不行，万一拍出个性骚扰，于人于己都不好。楼渊深受该文化影响，尽管不在公司，也不在任何公事场合，他也非常注意，明明很想再进一步，也一定先把话说清楚。

他胡噜了一下董董恩的头，仍旧弯着腰，望着董董恩的眼，说："是你说的需要我，而且还喊了我 Baby，我觉得，我有义务配合你。"

再迟钝的人，这下也明白发生了什么。董董恩"嗷"一声举起一个满是泡沫的盘子遮到胸前："什么乱七八糟？谁要你配合？"董董恩气得发抖，"我跟你说，我是不可能做小三的。"

楼渊赶紧安抚她："我跟曹雅早就分手了，我告诉过你。"

曹雅是谁？董董恩两眼一瞪："胡说，今天你们还在打情骂俏。"

楼渊眯起眼，问："今天？跟谁？"

董董恩："贱哥啊。"

楼渊嘴角一阵抽搐："老剑？跟他有什么关系？"

董董恩声泪俱下控诉他："你为什么要辜负贱哥？贱哥多好的人啊，为了你缝衣叠被，做饭洗碗，你怎么忍心？怎么不珍惜他？我瞧不起你们这些勾三搭四的人。”

楼渊咬牙切齿：“为我缝衣叠被？为我做饭洗碗？珍惜他？董——董——恩——你给我把话说明白了。”

董董恩：我还想你把话给我说明白呢。

楼渊向前一步，把她逼到洗碗池边。楼渊：“谁都没有，只有你，只有你。”说着揽住她的腰，“是谁跟你说的那些乱七八糟的事情？我跟老剑，从来只有严肃的同事关系，到底是哪里让你产生了这么大的误会？”

董董恩结结巴巴想把人推开：“那个，茶水间，茶水间……”

楼渊再一次向她澄清：“没有别人，只有你。”

董董恩不敢相信，跌跌撞撞冲出楼渊家门，一边跑一边念：误会误会，都是误会，幻觉幻觉，都是幻觉。

嗷——救命啊——

楼渊赶上来抓她：“被我喜欢就这么让你难过吗？”

董董恩恳求对方：“楼哥，我最近可能是没有休息好，头有点痛，您让我先回去睡个觉，清醒清醒再来说话啊。”

楼渊：“……”

见董董恩还要走，楼渊：“等等，我送你。”

董董恩：“嘘，别说话，别出现在我面前，我现在幻觉有点重。”

楼渊不懂中二病该怎么治，吃什么药好？想了半天，只能给董董恩发消息：“我是认真的。”

董董恩坐在出租车上，看到短信，手像被开水烫到似的把手机抛出去老远。

师傅大喝一声：“妹子真是神功盖世啊，把我挡风玻璃都要砸破洞了，一块挡风玻璃一千五百块啊。”

董董恩连忙道歉，把手机捡回来，然后生平第一次违反了“身为客服不得关机”的原则。回到家，抱抱蹭上来，缠着董董恩要吃的，董董恩一边给猫加水，一边给它添猫粮，抱抱见铲屎官抓起一把猫粮，高兴得喵喵喵，高兴完了才发现，铲屎官把猫粮塞她自个儿嘴里去了。

抱抱顺着董董恩的裤腿爬上去，照脸就是一巴掌。

董董恩被扇醒了，赶紧跑去漱口。一边漱一边想：楼渊这家伙，到底想要干什么？你们Gay你们的，我只是打个酱油路过，这也有罪吗？好吧，你不Gay了，你不Gay身边还有那么多美女啊，专业如朱莉，大胸如黄秘书，长腿如行政小妹，所以这厮到底是吃错了什么药？要来撩她董董恩？慢着，他们之间，还有甲方乙方的合作关系，跟她纠缠，是会涉及商业性丑闻的啊。这家伙真的是精虫……不不不，他要那么短视，就不可能爬上大区总管的位置了，又或者，这其实只是一个，相当漫长曲折的报复？就因为她在酒吧，吐了他一头？

董董恩被自己脑补的内容给吓傻了，一把拉高被子，结果不小心拉到抱抱，盖了一脸猫毛。抱抱被铲屎官抓掉一缕毛，十分不爽，又狠狠甩出一巴掌，董董恩不得不爬起来，把祖宗大爷放到它的猫架上，往自己脸上涂软膏。

夜半三更，董董恩做了一个很是迷幻的梦，梦见她还在读书，正在赶作业，课桌上堆了一大摞书，同桌和她吵架，说她的作文写得很狗屎，一定是抄的。董董恩很生气，自己作文年年得优，怎么可能抄别人？对方吵不赢，干脆揪着董董恩，不停扇她巴掌，左脸扇完扇右脸，右脸扇完扇左脸。

董董恩“啊”一嗓子，自己把自己给喊醒了。

醒来发现脑门上压着一团猫，正用蓬松的大尾巴不停抽她大耳光。董董恩有点魔怔，分不清现实和梦境，也不知今夕是何夕，只一个劲儿想，刚才那位敢扇她耳光的同桌是谁？她究竟是在读初中？还是高中？抑或是大学？想了半天，没半点头绪，只好放弃，转头去看旁边的书桌，桌上当然一本书也没有，那是房东留下来的梳妆台。董董恩以为悟到了真相，抽她耳光的一定是大学同学，因为只有大学生，桌面上才不用堆满书。

原来我已经读大学了呢，推理到这里的董董恩长舒一口气，逮着猫尾巴咬了一口，然后习惯性地拿起手机，看一眼几点了，一按，手机才开机。直到这时候，离家出走的灵台才清醒过来，不对，我已经工作了，还工作好几年了，而且，我好像还违反了《客服守则》第一条，身为一个客服人员，根本没有关机的权利。

嗷！楼渊误我！

好在没有什么夺命连环 Call，要紧的短信也没有，消遣的信息只一条，来自楼渊，内容是："晚安，宝贝。"

宝贝？

董董恩跟见了鬼似的，惨叫一声，抛开手机不敢看了。

然后，也不知道是夜里惊吓过度踢了被，还是在楼渊家小靠浅眠着了凉，总之当天夜里，董董恩发起烧来，一发而不可收，体温直逼四十度，次日根本爬不起来。好在迷糊间还知道给公司和朱莉去电话告假，又把电话设置了来电转移给包子，这才继续昏昏睡去。

董董恩这场发烧，前前后后足足烧了三天，起伏不断地烧了又停停了又烧。一个人住的好处是没人打扰，坏处是很有可能会孤独冷清地死掉，直到尸体臭不可闻才被热心市民发现。好在现在养了猫，抱抱虽然小没良心，看铲屎官长睡不醒，多少也知道有什么地方不对劲，因此没事儿就跳上床，踩踩董董恩胸口给她做心压，用尾巴探探她的鼻息，看她有没有死掉。经此骚扰，董董恩也间歇性地醒过几次，给自己熬过一顿白粥，给抱抱倒过几次猫粮。

这场发烧同时也摧毁了董董恩向来引以为傲的自控力，她陷在那些曾被强行压下的梦境里，时而痛苦，时而抽泣。

她梦见自己还是八岁时的样子，穿着姐姐不能穿的旧衣裳，握着一块玻璃碎片，躲在一座废弃的老楼里。老楼很破了，门窗只剩下黑框，夜风呼啸而过，残破的木头碎片呜呜作响。

她在老楼等啊等，等啊等，没有任何人来找她。她握着玻璃试着朝自己手腕划去，一下，两下，有血珠慢慢渗出，她胆子太小了，又很怕痛，怎么割也死不了。

然后她一下子拉长到十二岁，仍旧瘦得像竹竿，不合身的衣裳套在身上，跟麻布口袋一样。她看见自己去追一个长头发女人，直追到长途汽车站，女人坐在车上跟她挥手，说："回去吧，快回去吧，妈妈没办法带你走。"她虽然已经十二岁了，但个头看起来还不足十岁。这是她最后一次看见那个女人，其实她早已明白发生了什么，只是她一直忍着，自她懂得伪装得那一刻起，她的童年就再没有了。

女人走了，汽车扬起漫天灰尘，她在路边摘了一朵狗尾巴花，夹在耳朵上。她怕如果自己表现出任何难过，会有人比她更难过，他们都不会表达情感，唯一的表情是麻木。

董董恩时昏时醒，真实和梦境，分辨不清。

她看见自己拎着一只超大的行李箱，坐在一辆开往机场的车上，电台音乐正在放《有多少爱可以重来》：“有多少爱可以重来，有多少人愿意等待，当懂得珍惜以后回来，却不知那份爱，会不会还在？”董董恩看见自己被撕裂成两个灵魂，一个在车里，哭得像条狗；另外一个飘在上空，哭得不比车里那条轻松。

梦里的她哭得涕泗横流，现实中的泪水也可算是洪水滔天，差点淹没整只枕头。

第四日清晨，烧终于退了。

董董恩睁开眼，发现枕边蹲着一只大猫，两只骨碌碌的大眼睛十分担忧地望着她，抱抱伸出舌头，舔了舔铲屎官满是汗水的脸。董董恩伸出手，手背青筋狰狞，撸了两把猫，才慢慢爬起来，额发背心全是汗，被子也是湿漉漉、黏糊糊的。窗外天色微蓝，有鸟在叫，董董恩推开窗，闻到一股沁人心脾的泥土馨香，她大吸一口气，心脏蓬勃地跳动起来，同时还有一股可以吞下三万头牛的欲望在高声喧闹。

真好，我胡汉三，又回来了。

董董恩本人可以说是非常健康了，除初中那年进过一次医院割阑尾，其余年头无灾无病，虽然风雨不能免，到底是有惊无险地长大了。工作之后，大概是压力山大，内分泌偶有失调，除此之外一年有一两次感冒，频率很正常。

这场发烧来得很好，要再迟一点，就要耽误过年了。董董恩爬起来，灌了两大杯白糖水，稍微恢复了一点力气，这才爬去洗澡，洗完照镜子，只见两眼又大又圆，亮晶晶还颇有神采，加上些微绿光，看起来倍儿精神，难怪 T 台模特们都喜欢保持饥饿。董董恩得出这个结论耗尽了她最后一分力气，只得扶着墙爬去厨房。直到狼吞虎咽完一份加了三个鸡蛋的方便面，方才勉强恢复点元气。

吃完饭，整个人又活过来了。撸了一会儿猫，清理了猫屎，顺道看了一下手机，电话被转出去了，剩下的全是语音和短信。

大部分朋友保持着你发消息我点赞，不发消息就不打扰的模式，董董恩也没有发个烧也要贴个自拍的爱好，故而很多人都不知道她生病。只有几个同事发来几条慰问，让她多喝热水，让她不要老睡。

嗨妹发过三条消息，一条是报告目前出差中，问她喜欢什么手信；一条问董董恩是不是出门撩汉子了，怎么不回消息？后面估计是打过电话，因此还有一条是问死了没有？

董董恩给嗨妹回过去："没死，又满血复活了。"

剩下来全是楼渊的消息，语音有，短信也有。"好点没有？""还没有好？""住哪一栋？""出来。""我走了。""东西放门卫那儿，记得拿。""吃了没有？""快回个话吧，别吓我了。"

最后全是两个字："宝贝。"附带一个号哭的表情。

董董恩没有想好该怎么面对这个神奇的人，烦躁了半天，决定不回，把消息删了个一干二净。

这些年，董董恩的烂桃花，开得很是奇葩。

她的第一个追求者，根本算不上追求，把她堵在食堂门口，没留电话姓名和班级，只往她胸部塞了一封情书，转身就跑了。彼时还是高中生的董董恩双手端着饭盒，还没看一眼情书长啥样，就被同样来打饭的老师逮个正着，不仅情书内容被宣之于众，董董恩还被迫做了不下三次检讨，一次比一次深刻，一次比一次觉悟高，从"我根本不认识那个人"，到"我不应该收情书"，到最后，"我恨我是个女生，如果我不是女生，就不会引起别人的注意，如果没有引起别人的注意，就不会收到情书，如果没有收到情书，就不会给老师带来这么多麻烦……”

董董恩写的检讨书后来成为风靡全校的模板，她在作业本上深刻底写道：“我认为，两性交往根本就是个错误，作为希望得到交配机会的男性，他们的思维、语言、行动，具有如下缺点……作为一直处于支配地位的女性，她们面对的是一个男权社会，不会真实表达自己，因而会让男性产生如下的误解……”

这篇后来被署名为《浅论男女吸引性弊端万言书》的理论分析被校主任拿去刊到校刊上，大家都忘记了它的真实面目只是一篇检讨书。老师放过了董董恩，然而塞情书的人再没有出现过。

她的第二个追求者出现在大学，是隔壁系一名爱打篮球的运动健将。在正式约会前，两人也曾有过眉来眼去的美好时光，直到那一天，运动健将主动来约她，说请她去校外吃个饭。

董董恩打扮得美美的去了。

到了校外，两人点了满满一桌菜，运动健将说他运动量大，吃得多。董董恩想，这倒是跟我挺配，大家都一样，气可吞山河、嚼可咽山川，相信不会浪费食物。

等菜的间隙，运动健将说：“我还想再买一笼虾饺和生煎。”

你请客你是老大你想啃蒸笼都可以啊。董董恩点头：“去呗。”

运动健将伸出手，理所当然地问她要钱：“那把钱给我吧。”

董董恩满脸问号，谁请客？今天谁请客？大哥不是你说要请客吗？

没带钱，都没带，跑吧。

跑之前，运动健将对董董恩说：“我希望，你能为了我，留下来。”

董董恩一脸黑人问号。

直到毕业，董董恩才又一次见到运动健将。那时候她背着装有棉絮的大麻袋往学校东南门去，走到门口自动贩卖饮料机那儿，见到了运动健将，运动健将正在猛踢贩卖机，大概早已忘记了坑过董董恩的糗事，只知道被人瞧见了眼前不道德的行为，觉得很有必要解释一下，便指着机子说：“它吞了我的币。”

董董恩点头，不想多说什么。扛着麻袋要走，麻袋却不知为何偏偏在此刻寿终正寝，而且摔个底朝天，棉絮掉在地上，砸起一团灰。而自动贩卖机也终于不堪重负，跟失了禁似的，饮料稀里哗啦往下掉，摔出十好几瓶。

两人各自愣在当场，都觉得对方看起来很矬，自己更矬。

第三朵烂桃花出现时，董董恩已经开始工作了……

回想起来，真是情路坎坷，人生晦涩。

正沉沦往事中，嗨妹回电话了。

嗨妹问："烧了三天？没烧傻吧？"

董董恩："还成，你放心，我智商很高，一场高烧烧不掉。"

嗨妹："一听你还这么厚颜无耻，我就放心了。"

董董恩："……"

董董恩自感智商高，然而情商却很低，看不穿别人对她是真心还是假意，这个社会丛林法则太血腥，稍不注意，就可能摔个粉身碎骨。

嗨妹是这么分析的。

嗨妹："你别想太多了，他八成只是想睡你。"

董董恩心里哇凉哇凉的："我在他眼里，就只是个肉欲的存在？"

嗨妹："要不然呢？你也不是什么绝世美女，而且当初还吐过他一头，你说他为什么要点你去做甲方代表？是个人遭此不幸，再次见面，难道不应该是把你给掐死吗？你说他把你要过去，天天抬头不见低头见的，过得该有多糟心？除了睡你，我想不出别的理由。"

董董恩："啊呸，我这么技术型的人才，去哪儿开工都是以一顶十，他点我去现场，肯定是看在我拥有强大技能的分上。"

嗨妹："你摸着自己的良心，你说谎的时候良心不会痛吗？"

董董恩："你为什么就不能朝好的方向想，也有可能是我魅力大，他被我深深地迷住了呢？"

嗨妹："如果你不装 X，我们还可以做朋友。"

董董恩怒了。

内心的困惑诉求无果，加之临近春节，连续休工四天，老柯定是要疯了，董董恩决定先给公司去个电话。

老柯果然疯，一接电话就开号："快点给楼渊去个电话，好家伙，只差没有掘地三尺找你了。"又问，"现怎样？好了的话就赶紧回来销假，补请假手续。"

董董恩小心翼翼地问："楼哥他，有没有说找我干什么？"

老柯："还能干什么？年下事情那么多，不找你开工，难道还能请你吃饭？"

董董恩一听，知道老柯屁事不知，心里既是宽慰又是焦心。宽慰的是，原来老板什么都不知道，焦虑的是，一开工又得和楼渊面对面。她何德何能，为什么要和他纠缠不清？楼渊人长得不差，脑子也好使，捌二创工和洛克斯还有四年合约期呢，他怎么可能在合作期间跟乙方人员纠缠不清？

若被人知道，站真爱的绝对只是少数天真善良见识少派，大部分肯定认为他俩有着不可告人的交易，捌二创工为什么会中标？真的没有黑幕吗？落选的公司可能会这样想，然后默默举报。楼渊为什么要点董董恩来驻扎现场？工程费用真的清白吗？具有竞争关系的同事，可能会暗中申请高层前来审查他的费用。

难不成，他真喜欢我，喜欢到没法控制，喜欢到没有我不行，喜欢到能为感情而不顾世俗舆论？

想到自己很有可能会立即开始一段惊天动地的感情，董董恩激动得又去照了照镜子，镜子很诚实，抱抱挠的爪痕清晰明了，左脸三道杠，额头还有一巴掌，除此之外，两眼浮肿，脸色蜡黄。

董董恩立即冷静地收回了这个想法。

话又说回来，即便楼渊真心喜欢她，她也没法全情投入啊。虽说昨日之日不可留，只是人非草木，那些曾经的欢笑和痛苦、甜蜜和忧伤，仍旧历历在目，岂是说忘就能忘得了的？

这些年，她唯一遇见过的一朵稍好一点的桃花，就是凉皮，尽管这段感情，几乎要了她半条老命。

董董恩曾经以为的真爱大过天，最后都败在了世俗面前。她是外地人，家里无权也无势，自已肤黑人矮貌不美，无论是从家底，抑或是从基因方面，都得不到凉皮爸妈的赞许。凉皮妈给凉皮下最后通牒，如果不分手，她就自杀。

临近分手的最后两个星期，董董恩跟凉皮两人眼睁睁看着对方暴瘦下去，凉皮一百多斤迅速跌到一百零几斤，董董恩则从九十来斤跌到七十斤左右。那个夏天，两人出门都挺美，真正的穿衣显瘦，脱了更瘦。

分手那天，凉皮送董董恩去机场，说好就此一别，再会无期。那场面，堪比白素真挥别许仙之于雷峰塔。

凉皮握着董董恩的手，一步三回首："恩恩，你比我妈坚强，你还可以遇到最好的，我对不起你，我先走了。"

被误会是猪坚强的董董恩蹲在地上，哭得水漫金山。

机场来来往往的人都以为他俩在拍苦情戏。驻足围观者有之，四下寻找导演机位在哪儿的有之，也有人问要不要报警，还有人说是行为艺术。只有机场打扫卫生的阿姨，见多识广地拎来拖把和水桶，且害怕一只桶不够，很快又去找了第二只。

分手后很长一段时间，董董恩失魂落魄，吃两人吃过的东西会失神落泪，做两人做过的事情会刨地大哭，脆弱到根本受不得一丁点委屈。春花委婉地指点她一句，这个工作没有做对，董董恩就在春花办公室里抱着桌腿哭到黄河泛滥，哭到屋顶掀翻，哭到全公司都挤过来围观，哭到春花摊着手追打着跟人解释："我真的什么都没有干，她就哭成这样了，你们相信我啊，相信我。"

真的是无比的惨烈。

事到如今，董董恩必须快速冷静下来，自我分析：

——拒绝他，会不会死？不会。于公，他不会因为示爱失败就把我踢出现场；于私，我对他没有强烈的爱，虽说还算欣赏。

——接受他，会不会死？会，被人发现，要被举报，被举报，就有可能工作不保，工作不保，你说会不会死？年关将近，马上就能领年终奖了，这是个大事，我不能跟钱过不去。

方向敲定，董董恩旋即轻松不少。嗨，不就是被客户示个爱吗？包子还遇到过向她明确提出发展一段纯洁的包养关系的客户呢，最后既赚了客户钱，还没跌客户面子，别人都能做到，我智商又不比她低，有啥可为难的？

想到这里，董董恩又有点气愤，楼渊这个人，到底是哪根筋不对？身边要美女有美女，要帅哥有帅哥，不明白他为什么要来撩自己，很想狠狠拽着问："你到底看上我哪儿了，我改还不行吗？别影响你大爷赚钱啊！"

Chapter 09 五十个 AV 男主角

次日，董董恩回公司销假。

包子一见她，焦头烂额道：“这位大婶，我拜托你，以后可不可以不要突然请假？知道年关有多少事吗？为了你我生理期都推迟了，就怕一个人顶两份工，没有时间跑厕所，你知道吗？”

几天不见，包子的句型表达又高了一个台阶，对此董董恩是拜服的。她羞愧地问：“我那边的客户有没有说什么？”

包子：“我建议你去复工的时候，穿一身铠甲，他们极有可能会把你活撕了吃了，这几天你的大客户，每天问我八百遍你有没有回来。”

董董恩强行为自己挽尊：“这说明他们非常重视我，没有我在现场，他们都不知道该怎么进行下一步的工作了。”

包子：“客户是不是需要你的指导才能进行下一步工作，这个我不知道，我只知道，由于你请假突然，现在你范围内的区县网点，出现了广告画面材质和尺寸不符的问题。工程部同事说，他们报给你的材质和尺寸，是正确的；制作部说，你下单内容就是现在发下去的，而现在发下去的广告画面，客户投诉说是有毛病的，好了，接下来是你的舞台，请开始你的表演吧。”

这个消息真是平地一声雷，董董恩觉得她真的很有必要再昏一昏。

不多时，春花也来找董董恩。

董董恩非常自觉：“我马上查找原因，看问题出在哪个环节。”

春花：“好，就两个问题，一、成本损失由谁负责？二、在客户规定完成的时间内，重新赶制还来不来得及？你要跟制作部和工程部协调。”

董董恩先是自查。

工程部报上来的数据单，是不是百分之百的正确呢？有没有可能原始数据就有错误呢？董董恩调开工程部传来的每一页有客户签字确认的图纸检查。这是一项大工程，因为出事涉及两个区，每个区有N个网点，每个网点图纸有N张，需要的广告画面有N幅，每一幅的尺寸跟她下单的尺寸对不对得上？董董恩得和小组成员一一核查。

其次，董董恩打开电脑，她需要将工程部的原始数据，和客服部录入系统内的数据进行核对，这一项尤为关键，如果数据录入有错，那一步错，步步错，罪魁祸首就是她，没跑了。

如果数据录入没有错，接下来是查派给制作部的制作表单有没有问题。

董董恩一查就是一个下午，没办法，数据真的太多了。

临下班前，董董恩发出当日工作进度表。这个表总的来说是给甲乙双方催进度用的，一般不会有人在这封邮件下面做直接回复，然而，这次楼渊用它做了直接回复。

楼渊把表单里几个出问题的区县用亮色标注出来，邮件正文就一句话："明早电话会议，请乙方代表就画面出错的问题具体说明解决时间和方法。"

董董恩一看邮件回复，立时瘫倒。

前脚刚被人示爱，后脚就栽个跟头，董董恩掐着额头，从来没有如此丢脸过。如果说以前，她还能仗着异性身份，向客户撒个娇，求个饶，如今这招数，在楼渊这儿，是完全没有活路。

不能恃宠生娇，只能比别人更加专业。

于是，董董恩感冒刚好，就到公司熬了一个通宵。

楼渊发出这封邮件的本意，想法很单纯，他就是好几天没有见到董董恩，突然有封从她邮箱发出来的邮件，知道这人终于复工了，赶紧顺着邮件回句话。

好在他智商没有彻底掉线，还知道克制，没有在公事邮件里回复他最想知道的“你怎样？”“身体有没有好一点？”“为什么不回我消息”。

殊不知这公开邮件一回，董董恩这一组立时陷入了加班彻查的漩涡。

老柯把董董恩叫到办公室：“先表态吧，给客户回邮件，说我们连夜彻查，明早一定答复。”又看看董董恩蜡黄的还没复原的脸，问她，“给你的美容卡，你没拿去用吗？”

董董恩：“去过两次。”

老柯：“咋脸色还是这样差？”

你去生一场大病看看，看看脸色会不会差？然而老柯根本不需要董董恩回答，他自己已有了答案。

老柯说：“难怪副总弃卡不用，原来是这家店产品不咋样啊。”

原来你拿来作赔偿的卡，是副总都不想用了的弃卡？还把我的脸推上去？董董恩一头栽地上，等拿到年终奖，我就辞职，绝不留恋。

老柯想明白了春花为什么弃卡，对董董恩说：“等洛克斯新一季度费用下来了，我给你办张好的，效果一定比这家好。”

董董恩又拼命挣扎着起来：“老板，我这就出去发邮件。”

晚上六点半，楼渊从洛克斯一回到市区，便给董董恩来电话：“下班没有？”

董董恩：“下班？”她把脸从电脑里拉出来，看看时间，“噢，都下班啦？”

楼渊知道了她还在公司。

楼渊问：“走不走？”

董董恩又呆滞地回复：“走？”她看看和小组成员一起才核查到四分之三的数据表，说，“不走。”

楼渊：“你不吃饭啦？”

董董恩：“噢，对，吃饭！”

刚说完，小金鱼大喊：“吃饭啦，加班的同事都过来领盒饭啦。”

董董恩：“我同事喊我吃饭啦。”

楼渊还不放弃，问：“几点能走？我来接你啊。”

刚说完，老柯走出来：“你们这组出错的人，今天不把原因找出来，谁也别想下班啊。”

楼渊：“……”

董董恩和经手洛克斯广告新画面的人核对了一下午的数据表，终于得出一个结论，单从表单来看，她们和工程部都没有问题，工程部的数据是得到客户签字确认的，客服部的数据录入和派单制作也没问题，那么问题只有一个，制作部出了问题。

问题查到这里，董董恩原是可以不管了，接下来交由制作部内查即可，但是一来，这批画面催得紧，二来，明天一早她还要去答复楼渊。大家商量了一下，决定帮制作部一起查。

于是又耗了两小时。

最终问题找到时，是人都快累瘫了，谁也没想到，这症结居然出在一个谁也没有想到的节点上。大家都以为是哪方数据出了错，查来查去几个部门都没错，直到最后去开制作部控制生产的电脑，才知道问题出在接单制作的同事身上，他把两个区域的名字，给写反了，甲名被标成了乙名，乙名被标成了甲名，发货也是，甲地所有画面，被发到了乙地，乙地所有画面，被发到了甲地，自然是货不对版，对不上号。

老柯跟着陪了大半夜，气得鼻孔朝天：“这个衔接，肯定是有问题的，为什么甲乙两个名字标错，没有人发现？”

问制作部：“画面出来之后，你们直接就发货了吗？不核查你们到底都做了些什么吗？”

制作部：“要的要的，要检查的。”

老柯：“你们检查个屁，看看这是怎么检查的。”

又问客服部：“你们呢？也不去核对是不是？万一制作部啥也不给你们做，你们也不去看是不是？”

客服部：“要看啊，每批次都要去检查的，只是，只是这次没有核对得太仔细。”

画面生产出来之后，会立即用卷筒纸包装起来，卷筒外用记号笔标明制作尺寸、材质和画面单号，核查都没有问题之后，才会通知物流。

大概近来工作量大，时间又赶得急，客服部的同事没有亲自拿实物核查，而是直接跟出货单对，一对，都对得上号，便挥手放行了。

不用说，这是管理上的漏洞。

当然，元凶肯定被骂得最惨，老柯：“让两个点，把所有画面给对方对调发快递，所有费用由你承担，有没有问题。”

出错的制作部同事蔫蔫点头：“没问题。”

老柯：“别以为年关将近事情多，就可以随便敷衍工作，同志们，你们这种工作态度，是不行的，是会影响到年终奖的，年终奖不发，过年你们要哭得稀里哗啦，年终奖没了，过年你们要被亲朋好友嘲笑，别人年终拿套房，你们年终得顿骂，扪心自问一下吧，就这种工作态度，该不该骂？”

各部门都低下了委屈的头颅。

不过总的来说，造成的损失不大，也不需要重新赶制，董董恩大大地松了口气，终于可以回家了。

次日去洛克斯复工，董董恩做了很久的心理建设又怂了，全程不敢跟楼渊对眼，一直假装忙碌到疯。任何问题抛过来都是这样回复：“请说。”“好的。”“谢谢。”“OK。”

贱哥很困惑，转着笔头问董董恩：“小乖，你咋啦？几天不见，变二字版唐僧啦？”

董董恩：“……”

开会时也这样，先是站起来，向甲方小组诚恳地鞠了一躬，说不好意思，“是我们制作部的同事出了错，现在已经通知物流将画面对调，货一到，两个工作日就可以搞好，非常抱歉。”

楼渊：“你看着我眼睛说。”

董董恩："非、非、非、非常抱歉。"

贱哥："又变小结巴了。"

董董恩："……"

中午更是不敢随大流去食堂，而是消磨着时间，等人都走光了，楼渊肯定都吃完了，才起身。刚站起来，就看见楼渊也没下去，正朝她直直过来。

董董恩来不及思考，椅子一推，人哧溜钻到桌子底下去了。躲到桌底的董董恩后知后觉反应过来："咦？我为什么要躲？"

不过既然已经躲了，索性就躲彻底一点吧，于是数了两分钟，想着楼渊已经走远了，才慢条斯理像条狗似的爬出来。刚探出个头，就见一张放大版的脸，凑在董董恩眼前，凑得特别近，都能看见对方瞳孔里她的身影。

董董恩："……"人吓人真的会吓死人。

楼渊面无表情，问："怎么回事？看到我就躲？"

董董恩磕磕巴巴道："笔、笔掉了。"

楼渊："笔呢？"

换作以前，董董恩肯定反手一指，指着自己脸对他道："看，在这里，傻笔。"现在不行了，她拿不出笔，又没有心思开玩笑，一脸呆滞的模样。

反倒楼渊坦然，伸手揉了揉她的脸，把她弄出来："走吧，我饿了。"

董董恩又炸起一身毛，你哪位啊？跟你很熟吗？

楼渊知道董董恩又缩回壳里去了，不敢逼她，只尽量像没有告白之前一样，不与她过多接触，没有暧昧的眼神，也没有嘘寒问暖的短信，该凶的照凶，该对接的照对接，专业度不输从前。董董恩忐忑不安了好几天，发现楼渊和贱哥依旧打情骂俏，心里顿时涌起一股极大的不爽，不是昨天还喊人家宝贝的吗？今天转头就撩别人去了。

真是贱、渣、男，撩妹竟然撩到姐头上。

然而不爽只是一瞬间，转头仍然尽职尽责地扮演她的金牌客服。如果照这样下去，那这个事多半也就算了淡了，反正董董恩被坑多次，再来一次也无妨。

不料天不遂人愿，很快又发生了一件事。

楼渊在江湖上有个朋友人称安城浩南哥，在安城以南操着一家不大不小的公司，年关将近，该公司要拍一个文化主题类宣传片。楼渊把业务介绍给老柯：“都是你们广告公司的范畴，看能不能年前给他搞出来？”

捌二创工虽然是广告公司，但主营并非拍摄，俗话说术业有专攻，捌二创工专的是设计和制作。

老柯接到这笔业务，觉得楼渊其人真是既耿直又让人恼火，耿直的是有生意就往自家好朋友这里带，恼火的是做他供应商这么久，竟然还分不清自己的专业范畴。痛苦了两天，老柯还是决定把这笔业务接下来，毕竟楼渊帮捌二创工挺多，中间又夹着楼渊对朋友的情面，无论赚与不赚，首先得帮他把场子撑下来，不让他在朋友面前失面子。

为此老柯召回董董恩，表示：“你跟楼渊讲，这笔业务我们接了，不仅接，还要帮他做好看，恩恩哪，这个事呢，是楼渊惹来的，你一直跟着他，就归到你手下吧，事不多，去找一家专业拍片的公司，跟他们对接，把这个业务外包出去，得记住，要跟外包公司讲好，不要用他们的名义，得用我们捌二创工的名义，就说是，子公司吧。”还专门抽调马姐姐来协助，把控宣传片的格调。

董董恩找到专业拍片的公司，谈好价钱，把这笔业务外包了出去。三方会谈那一天，天很冷，时不时飘点雨夹雪。

楼渊作为中间人，开车带着董董恩去见浩南哥。

两人路过富豪广场，楼渊说：“去年，也是这个时候，这儿还在搞活动，记得当时天气还蛮不错的，现在是一年比一年冷了。”

董董恩点头：“是啊，去年这个时候，我还没穿羽绒服，就穿件毛衣，在这儿帮一个饮料新品做推广，是比今年暖和。”

楼渊：“还有人光着大腿在这里大跳爵士舞。”

董董恩：“对，那是艺术学院的学生，真心不怕冷。”

楼渊扭头，看董董恩。

董董恩也扭头，看楼渊。

董董恩请了几天的病假，回来后整个人较之前小了整整一大圈，圆脸变成了瓜子脸，两只大眼睛嵌在脸上，又大又圆，跟难民营里的小难民一样。

楼渊看着这张尖了下巴的小脸，心肝略微有点颤，想要说点什么，一时又难明了。他咳了一声，温柔地问："那个活动是你做的？你不是客服吗？"

董董恩有点不太好意思，干笑两声："哈哈，哈哈，私单，私单，有时候没钱了，也会接点私活。"

楼渊："怎会没钱呢？"

董董恩："我们客服部的工资，很大一部分是靠提成啦，没有业务，自然就没有提成。"

楼渊了然点头，又说："我不知道那个活动是你做的，那个品牌的市场部经理，跟我是朋友，那天我正好有空，过来看了一眼，推广做得不错，你主要做什么？"

董董恩："落地执行。"

楼渊："执行得不错，你的执行能力一向很强。"

董董恩笑眯眯地接受了表扬："谢谢夸奖，我也觉得我不错。"

楼渊又想胡噜她的头。

董董恩说："当时人很多，没有看到你，哈哈，不然可以早点认识。"

楼渊："后来我也去参加了他们的庆功酒会。"

董董恩："我也在啊，我也去了酒会的。"

两人都有些激动。

楼渊："你穿什么衣服？当时。"

董董恩："你见过的，就那条削肩的黑裙子。"她有点尴尬地解释，"我需要正装出席的酒会不多，职业一点的衣服就那么一两件。"

楼渊想起她一半小肩露在外面，发髻半垂，耳朵上戴颗小水晶，比平日成熟，却还是很白兔的样子，心里就有些软软的。

楼渊："那我应该见过你，你是不是喊杨哥为杨总？"

董董恩哈哈大笑："是的是的。"

楼渊口中的杨哥，是饮料品牌的第一销售部大佬，那个新品推广活动，董董恩只接落地执行，只跟市场推广部门的人打交道，杨哥旁听了一场会议，因此跟董董恩见过一面。

庆功宴上，董董恩再一次见到这位杨哥，却怎么也想不起他叫什么名字，回忆半天，想起大概是销售部大佬，战战兢兢地喊："杨，杨总？"

杨总调侃她："没做活动之前，你可是叫我杨哥的，活动一做完，就改口叫人家杨总了。"

董董恩："……"

楼渊："我当时站你们背后，正跟我那哥们儿说话，没有回头，要不然就看见你了。"

董董恩又是一阵哈哈哈，其实内心有点后怕，如果当时见上面了，之后再吐人家一头，那她能尴尬得砸墙。

两人说着，很快到了浩南哥约定的咖啡店。

安城浩南哥，名字很霸气，人却很艺术，跟马姐姐一样，留着一头乌黑油腻的长发，只是这一位把头发挽在脑门上，不知情的还以为他刚下终南山。浩南哥来得早，正没有公德心地在咖啡店大肆抽烟，董董恩一照面，被呛得七窍喷烟。

楼渊一脚踹过去："知不知道公共场合不允许抽烟？"

浩南哥："不好意思，这几天陪客户熬夜打麻将，抽两根烟提提神，我这就灭。"

灭完烟后进入正题。

浩南哥："我们这个MV呢，定位一定是小资、洋气、有格调，一定要拍出高端大气上档次的感觉。"

浩南哥一开口，董董恩和拍片公司的代表顿时一脸菜色。这定位到底是小资洋气有格调呢？还是高端大气上档次啊？麻烦能不能先自我确定一下？还有，这些哥们儿只知道遣词高级，一点也不考虑执行者的难度，人与人审美不同，情趣各异，什么是小资？什么是洋气？敢不敢给个统一标准？

浩南哥在楼渊面前不敢抽烟，只好把玩着烟盒，翻来覆去，大谈特谈："我们这个 MV 吧，不仅仅要代表公司形象，还要代表我们大安城，代表我们伟大的祖国，这是一部恭祝祖国新年好的 MV，懂吧？"

拍片公司承接片子，最怕这种含糊不清、大放厥词的表述，直白地摇头："不懂，您是想拍一部贺岁电影吧？"

浩南哥："不是电影，是 MV，是公司宣传片，但你说得很对，我们的 MV，拍出来一定要有电影的质感，甚至比电影还要更具有美感，我已经想好了，我们要写一个大气的三生三世的故事，要把我们公司的前世今生全囊括进去，色调由你们专业公司来把控，一定不能……"口若悬河、滔滔不绝地说了两杯咖啡的时间，终于成功地把拍片公司说蒙圈了。

拍片公司的代表神智昏聩，嘴上却答得嘎嘣脆："好的好的，好的好的好的，好的好的，好好好我懂了。"

董董恩头疼脑抽，你懂什么懂？我还没弄懂呢。

拍片公司向董董恩眨了下眼，悄悄耳语道："放心吧，这种自己都搞不清楚要拍什么的客户，我们公司经常遇到，对付他们我们很有一套。"

董董恩："……"

浩南哥手指一屈，烟盒弹得砰砰响："行吧，看样子你们懂我的意思，那来提问吧，对这支 MV，你们有什么问题，摆出来，咱们沟通沟通。"

董董恩跟拍片公司不一样，她有抠细节的毛病，再华丽的辞藻，再有逼格的情调，在她强大的分析之下，能逐一拆分成各种可供执行的、冰冷的细节。只见她拿起笔起本，说："那我们来讨论一下这支 AV 的细节吧。"

众人一愣。

董董恩没有注意到，兀自打开手里一本厚厚的笔记问："脚本是你们公司已经写好了？还是由我方提供？”“领导团队要不要出现在AV里？”“产品要不要植入AV中？”“AV片长要求多长？”“这支AV需不需要特邀主角？”

…………

再糙的爷们儿也被震住了，看董董恩在接下来的谈话中，严谨认真且专业地满嘴巴AV乱跑。

浩南哥都忘记手里还有东西了，“啪”一声烟盒掉地上，好个小娘们儿，活得比我还糙啊。

拍片公司的小伙子则面若死灰，不是说好了来拍MV吗？咋一秒钟MV变AV啦？要是拍AV，那咱不专业啊。最后不得不强行打断董董恩：“姐，你说的这个AV，是不是就是MV的意思啊？”

董董恩被问得一脸蒙圈，我不是一直在讲MV吗？然而环视四周，在座的老少爷们儿皆一副死人脸，抠鼻屎的忘记抽出尾指，喝水的水已打湿裤裆，可没一个收回动作，全都惊在原地，不知道憋了多久，也不知道对董董恩的彪悍有多甘拜下风。

董董恩终于反应过来，老脸一红：“你们听我解释，事情不是那样的。”

浩南哥蓦然醒过来，猛一拍大腿：“好家伙，我还以为碰到了拍小电影的地下摄制组，楼渊，你这哪里找来的这么一个宝贝？”

楼渊强行一通“哈哈哈”，给董董恩倒了一杯热水，说：“的确是很不容易才找到的。”

浩南哥肃然起敬：“请允许我问一个略微私人的问题啊，这是不是就你前两天说的，倔强的小大嫂啊？”

楼渊抿着嘴笑，承认兄弟猜得对。

董董恩还在困惑谁是倔强的小大嫂，浩南哥已重新端正了态度，站起来，左手按在腰腹，右手伸过桌，谦逊地跟董董恩握手：“小大嫂，对不住，不知道是你亲自上场，失礼失礼。”

董董恩一个踉跄。

浩南哥转脸望向他身边几位弟兄：“这是我耗子的大嫂，现在我们小大嫂说是AV，那就是AV，不是AV也得改成AV，好，现在我们公司要拍的，就是一支AV。”

几位弟兄：“大嫂好。”

董董恩：“……”

人生没有最难，只有更难。

浩南哥一走，董董恩顿时怂得只想抱着本子跑。被楼渊一把拉住她，董董恩还想挣扎，楼渊不让，说：“只要你说出50个AV男主角名字，就让你走。”

董董恩表情皲裂了。

楼渊逗完她，牵着人一路哈哈畅怀而去，留下一店莫名其妙的客人。

回到洛克斯，两人又恢复了“你不认识我，我不认识你”的相处模式，但楼渊突破了牵手大关，心情大好，回到办公室仍然两眼含春，满脸带笑。

所有人都不知道老大这是怎么了，窃窃私语是不是吃错药了？

只有朱莉知道楼渊是跟董董恩一道出去的，汇报完事情回到格子间，问董董恩：“老大他怎么了？”表情从来没有如此奔放过啊。

董董恩：“不知道啊，走到一半他就发作了，大概是含笑半步癫吃多了？”

朱莉：“……”

好不容易挨到快下班，董董恩从洗手间回到格子间，只见楼渊倚在她办公桌前，手里捏着小海豚，见董董恩回来，某人又是一脸迷之微笑。董董恩默默用手遮住眼睛，此前丢脸太甚，现在还没有缓和过来，怎么有脸见人？

楼渊见此，嘴咧得更大了。

董董恩很着急，你不是冰山鬼畜脸吗？跑我这儿来演什么智障？

楼渊盯着董董恩默默地笑了半天，终于满足，小声问她：“今天送你回家，好吗宝贝？”

董董恩被“宝贝”二字惊得肝疼。

楼渊不等她答，又假装一边捏海豚，一边小声道：“我在你转地铁的地方等你。”说完潇洒离去。

董董恩伸出尔康手，不要啊，大爷，别玩我了行不行？

大爷没听见，转身进了茶水间。

董董恩放下了垂死挣扎的胳膊。

下了地铁，董董恩根本不敢直接去找楼渊，生怕被其他同出站的同事看到，只得在地下通道漫无目的地瞎逛，直到收获了五张房地产广告，试喝了一杯酸奶样品，听了两支流浪音乐人弹的吉他曲，才做贼心虚、悄悄摸摸地出去。

楼渊发了他停车所在的位置，见到董董恩，鸣了两下笛，朝她挥挥手。

董董恩像闪灵一样钻进车里，上车就吼：“快走快走。”

楼渊：“怎么了？”

董董恩：“别让人看见。”

楼渊递给她一个食袋：“不用怕，要出站的人不会到这儿来，吃完再走。”

董董恩打开，食袋里有一个精致的浅紫色纸盒，装着传说是安城从不外卖的富豪大酒店甜品。

董董恩瞬间忘记被人发现的风险，脑筋变成单线条，问楼渊：“不是说这家酒店的甜品不外卖吗？”

楼渊：“是不外卖，我这也不是外卖，是点多了，吃不完，打包带走的。”

董董恩不相信：“可以这样？”这漏洞也太大了吧？

楼渊递来一张纸巾：“你管怎么来的呢？有得吃就好。”

这倒也是。有吃在手，天下我有。

楼渊说送董董恩回家，就的的确确是正儿八经地送她回家。到小区楼下，楼渊熄火停车。

董董恩：“谢谢楼哥的甜品。”

楼渊甩着钥匙：“还没送到家。”

董董恩："？"

楼渊："我看你住哪栋楼。"

到了楼下。

楼渊："不请我上去坐坐？"

董董恩："没，没打扫，不方便，下次吧。"

楼渊："我送你回家，还请你吃甜品，你请我喝杯水，不过分吧。"

董董恩："真没打扫……"

楼渊已经给她按电梯了。老小区的电梯，一路晃得吭吭响，两个人在电梯里，谁也不说话。到了所在楼层，董董恩见躲不过去，只得掏出钥匙。

房子虽小，但五脏俱全。一眼扫去，该有的家什都有，墙面粉刷过，靠窗一角几株绿植，地板中央铺着一大张地毯，地毯上蜷着一坨毛，听见人开门，那毛兀地动了起来，是董董恩捡的那只三花猫。

董董恩尴尬地看着楼渊："我这儿没来过客人，没有准备多余的拖鞋。"

即使没有被请进门，楼渊心情也很好，问她："猫呢？叫什么名字？"

董董恩："抱抱。"

楼渊："？"

董董恩以为他没听清，又重复了一遍："抱抱。"

楼渊喉咙紧了紧，控制住力道，上前一步，抱住董董恩。真是，问个猫名也要撒个娇？早知道会有如此甜蜜又折磨人的要求，他早问了。

董董恩僵了大约三又二分之一秒，反应过来，知道闹误会了，试图把人推开："我说这猫的名字，叫抱抱。"

楼渊："……"

不管了，先抱了再说。

抱抱蹲在门口，原等着铲屎官给它拿小鱼干，结果那高个子男人抱着铲屎官不撒手，它有些困惑，歪了歪头，伸出爪子去薅男人的裤脚，男人没反应，抱抱干脆沿着裤脚吭哧吭哧往上爬，爬到两人合抱处，见铲屎官一脸绯红，再下去估计要口吐老血了。

抱抱挥起爪子就是一掌，挠在男人胳膊肘上，董董恩得以死里逃生。

抱抱跳到地板上，竖起颈毛，冲楼渊呜呜咆哮。

楼渊按住被挠疼的地方：“这猫还挺护主的？”

董董恩大口喘气：“废话，我是它娘。”看在舍生救主的分上，升个级吧。

楼渊：“那我要申请做爸爸。”

董董恩目瞪口呆，半晌才吐出一个字：“滚。”

抱抱也鄙视他，就你也配？

因为抱抱强烈反对，楼渊只得在门口跟董董恩挥泪道别。楼渊见过了董董恩的闺房，也见过了董董恩的儿子，自发开启了喜当爹模式，随时给董董恩发消息，有时候是“儿子今天开心吗？”有时候传张照片，“我给儿子买了个球。”有时候对她穿着打扮进行点评，“宝贝今天好好看。”开车出门要发路边见闻，譬如“看到甜品屋，你想吃什么？我买给你啊。”更多时候就俩字，“宝贝”，配一个笑脸。

董董恩有时候回，有时候不回，日日看太阳升起，看月亮西落，掰着指头数还有多久可以放新年假。

殷切期盼之下，新年终于不负厚望地来了。

Chapter 10 几多欢喜几多愁

年假之前，还有个年会要办。

小金鱼呼叫董董恩，问她年会要不要出一个节目？

董董恩：“我表演徒手吃大虾，行不行？”

小金鱼：“滚。”

董董恩利落地滚了。

捌二创工的年会，一般安排在过年前一个星期。因为公司有很多驻外人员，平常难得回来，临到春节这种大假，更要考虑到交通，所以一般是早聚早散，以免耽误大家回家过年。董董恩回公司的时候，驻外组员已到场了，这些人平常回公司汇报工作，时间都是错开的，难得相见，欢聚一堂，气氛很是热烈，连打扫卫生的阿姨都激动起来：“哇，人好多，哇哇，地板又给我踩脏了。”

老柯一看人齐了，大手一挥：“孩儿们，我们走。”

浩浩荡荡一排车，杀到一处度假村型的高级会所。

进会所前，老柯告诫道：“高级会所，别乱跑，你不知道这里哪个不可貌相的人其实就是某个方面的大佬，得罪了，跑不了。”

这话不说还好，一说众人嗷嗷叫，都想出去邂逅大佬。有说去大厅，在大厅搔首弄姿，不管大佬是出场还是离场，都可以搭上。

胖子站起来现身说法：“前两天我去一个会场，就我这身材，够壮实吧，结果分分钟被对方保镖给撂倒了，想要邂逅大佬，你得先撂倒大佬的保镖。”

众人集体回他一个“嘁”。

也有人提议去洗手间，万一大佬喝醉了想吐，洗手间发挥正好，帮一帮，扶扶鸟，效果最棒。董董恩一听这主意就很糟，暗道那是你没见过吐人一脸的酒鬼，否则铁定不会想出这一招。

有人提议去温泉，有人去了跑马场，还有人去了 K 歌厅，麻将爱好者以及三国杀军团也很快组建起来，董董恩转了一圈，参了一个三国杀的团。就这，她也玩不好，拿到一张主公牌，游戏都快结束了，还分不清谁是忠臣谁是奸。

气得忠臣摔牌道："为了救你我血都掉光了，遇到这样的主公，真是倒了八辈子血霉。"

被嫌弃了的董董恩只得一个人在旁边刷手机。

刷着刷着，刷到嗨妹一条消息。

嗨妹："我收到个新闻，不知道当讲不当讲？"

董董恩："说话说一半，没有小唧唧，知道不？"

本来也没有小唧唧的嗨妹："……是关于凉皮的事儿，不知道你有没有兴趣听？"

分手之后，董董恩便把凉皮的所有联系方式全删除拉黑了，不是不痛苦，她爱得果敢，也分得决绝，不给他人留机会，也不给自己留退路，爱憎就是这么鲜明。

嗨妹："我怕你在别处听到他的消息，一个人难过，不如我告诉你，我听说，他正月初八就要结婚了。"

董董恩瞬间蒙了一蒙。她想过要彻底放下这段情，可能得五年，也可能是十年，届时她成了一个黄脸老太婆，对方也成为谢顶大叔公，曾经美好的甜言呀蜜语呀都消失在风中，那些为爱痴狂过的岁月回想起来都是梦，或许那时候她能够做到笑看云淡风轻不再痛。绝非现在，绝非她的痛楚还没有消，别人已要迈入新生活，决然把她抛弃了。

董董恩不知道自己更多是不甘，还是痛苦？或许每一个被分手的人，受到的伤害都比主动分手的要深。对方要迎接新生活了，她还陷在旧情伤里，一动就痛。

董董恩："还是感觉好痛苦，想杀人，想杀他全家。"

嗨妹："姐们儿，理智点，忍住，你这种反应吧，不是痛苦失去了那个人，你是痛苦失去了少奶奶的位置啊。"

董董恩："听你这么一说，我好像更痛苦了。"

嗨妹："行了，过来喝酒吧。"

董董恩："过两天吧，今天公司搞年会。"

她转去自助吧台处，猛灌两杯酒，想想还是很可气。

没想到凉皮这么快就要结婚了，转念一想，也很必然，凉皮妈绝不会给凉皮机会，让他再一次脱离掌控。好不容易逼儿子和董董恩分手，接着必定会把她中意的姑娘介绍给凉皮，或许凉皮自身也没有了反抗他妈的勇气。他那点脾性，恐怕在坚持要跟董董恩谈恋爱，选择跟他妈对峙，却仍旧是输的时候，就已经耗得一干二净，点滴不剩了。

如此一想，董董恩又为凉皮万分难过。纵然她没能和凉皮在一起，也还是希望他能过得幸福，希望他能自由自在地做自己，而不是如同行尸走肉，成为他妈手中的提线木偶。

董董恩端着酒，一杯接一杯。春花看她情形不对，上来按住："你怎么回事儿？节目还没开始，可别整醉了。"

董董恩："你管我干吗呀？这里那么多人都在喝，你咋不去劝他们？"

春花："我就管你。"

董董恩把胸一挺："凭什么？"

猴子站在一边，双眼直愣愣："哇哦，你们两个……"

董董恩马上含胸："流氓。"

小金鱼出来拍着惊堂木："表演节目了，表演节目了。首先，请老板讲话。"

掌声响起来。

老柯压压手："又是一年新春佳节时，我在这里携副总，先祝大家吉祥快乐福满多，感谢各位旧的一年帮衬相扶，希望我们新的一年再创辉煌。今晚大家吃好喝好，红包拿好，抽奖开心。”

又是一阵鼓掌。

老柯长话短说完，然后问：“副总在哪里？”

董董恩一个指头指向旁边：“这里。”指完发现，人不见了。

春花这会儿藏在沙发后头，正拼命比“嘘”呢。董董恩刚想替他掩饰，随即有四五只手指向他所在的藏身之地：“在这里。”

春花：“……”

老柯：“躲那儿去干吗？快过来跳开场舞。”

春花抵死不从，死死抓住沙发惨叫：“不要啊。”两个好事者把他从沙发背后抠出来，押向老柯。

春花一边挣扎一边号：“你们这帮叛徒，叛徒。”

吃瓜群众哄起来，有喊：“贴面，贴面，跳贴面。”

有喊：“钢管舞，钢管舞，让老柯当钢管。”

甚至还有人喊：“猪八戒背媳妇。”

老柯按住春花，又点了胖子和二师兄，四个人组队，跳了一支《天鹅湖》，好歹将春花哄安静了。

只是苦了吃瓜群众，看完一场野鸭子甩腿，眼睛辣得生疼。

开场舞毕是自由表演，陆续有人到场中去表演合唱、独唱、气功、魔术。

自由表演结束是大餐和抽奖。

董董恩全程不专心，瘫在椅上剥大虾，差点把一只虾捣成肉糜，听见抽奖才勉强打起精神来。心想我情场这么失意，钱场应该弥补一下吧？于是双手合十，鞠躬作揖，将各路神仙都请了一遍。

胖子：“你也太虔诚了，都死这么久了还替它超度呢，算了，我不入地狱，谁入地狱，我替你处理了。”说罢一把夺过董董恩捶成酱的大虾，塞进自己大嘴巴里。

董董恩眼泪一下就飚出来了，世道要不要这么艰难？

正好小金鱼在场中报号：“9527，9527，谁是 9527 ？快点上来抽奖。”

胖子捅捅董董恩："你的票号，9527，快点上去抽奖。"

结果奖品是一袋洗衣粉。

董董恩抱着洗衣粉，抑制不住地难过，蹲在地上，撒泼打滚。

所有人都看着她。

董董恩没法解释她这么难过到底是为了什么，只得将脏水往胖子头上泼："我剥了一晚上的虾，一个也没吃，肖爸就给我抢了，还有没有天理了？"

全场人转头鄙视胖子。

胖子着急道："什么啊？说得我好像吃了你很多虾似的，我只吃了一只啊。"

董董恩涕泪横飞："我就只剥了那么一只啊。"

春花："大年会的，为一只虾吵起来，丢不丢人？快点下来，我给你剥。"

董董恩得寸进尺："我手气也好差，辛辛苦苦努力一年，就想着年会上能抽个大奖，好好犒劳犒劳自己……"那些抽到圆珠笔、卫生纸的同事颇有同感，心酸不已，纷纷慷慨地把奖品送给董董恩，劝她不要哭了。当然，抽到马来西亚双人豪华游、笔记本电脑、手机、洗脚桶的同事，则不在此列。

董董恩收到一大堆垃圾，不好意思再胡搅蛮缠下去，抹干眼泪，去找春花吃大虾。

春花一边剥一边笑："抽奖算什么？小菜而已，还没发年终奖呢，也值得你号成这样？"

董董恩不好告诉春花真相，只得任由对方误会她为点蝇头小利而哭鼻子，十分痛苦。

老柯酒喝得有点多，摇摇晃晃站起来演讲："今晚没抽到大奖的朋友，可别学董董恩哭鼻子啊，过两天发年终奖，那个公平，人人有份，还有，今年公司效益好，每个部门都有奖，你们自己决定吧，是旅游还是领现金，决定好了告诉副总。"

场中一半人清醒一半人醉，欢呼声稀稀疏疏此起彼伏，董董恩听到"年终奖"三个字，好歹鼓了两个大巴掌。

老柯："撤吧，都撤了，回家数钱去。"

春花："还没发呢。"

老柯："哦对，走吧，回家发钱去。"说着把关公脸往春花怀里蹭。

春花给他一巴掌："站好了，满脸酒气。"

董董恩没眼看下去，抱着洗衣粉，抢先出了门。寒冬夜，冻死人，董董恩打了一个哆嗦，正想系紧围巾，一只大手伸出来，替她系了个紧。

她吃惊地望着来人："你怎么在这儿？"

楼渊："我来接你。"

董董恩惊恐不已："你快躲起来，别让我老板看到了。"

可惜来不及了，老柯被春花扶出来，一眼瞧见楼渊，跟着问："你怎么也在这儿？"

董董恩一脸死灰。

楼渊："应酬。"

老柯："那这是散场了？"

楼渊："对。"然后也不管其他人目光，径直问董董恩："我送你？"

董董恩："不用，我……"

楼渊挑眉望着她，大有你敢拒绝，我就现场亲死你的气势。

董董恩瞬间胆寒，手足无措地向老柯鞠个躬，向楼渊敬个礼："那啥，谢谢你们，今晚我过得很开心，好了我先走了。"

老柯望着两人奇怪的身影，问春花："董董恩被老楼下降头啦？"

春花："……"

老柯又说："从来没有见过这么臭屁的老楼，好想打他一顿。"

春花："……"

董董恩问楼渊："你真是来应酬的？"

楼渊："你认为呢？"

董董恩："总不会是来接我的吧？"

楼渊："为什么不是？就是来接你的。"

董董恩一根指头在玻璃窗上涂涂画画。这么晚又是腊月天，街上都没什么人了，只有一辆接一辆的大卡车、小汽车、摩托车，正往回家的路上赶。董董恩没有回头，继续涂着玻璃窗，她想问，你都喜欢我些什么呢？我自己都不太喜欢我自己，你又喜欢些什么呢？

楼渊空出右手，握住董董恩冰凉的左手，他手很大，很干燥和温暖。楼渊说："一整天没见到你，就想来接你。"

董董恩没有挣扎，看着窗外阴冷潮湿的世界，问："你真的喜欢我？"

楼渊打了个方向，"嘎吱"把车停在一家关了张的店铺前。

董董恩转过脸。

楼渊握住董董恩同样冰凉的右手，把她两只手合在掌中，来回暖着："我是真的喜欢你。"

董董恩："你们男人，都这么快，就会重新喜欢上另外一个人吗？"

楼渊以为她在意自己的情史，无奈解释道："我不能向你撒谎，说我没有喜欢过以前的女朋友，我们没有走到一起，因为中间发生了很多事情，慢慢磨灭了这一份喜欢，到后来，分歧越来越大，怎么沟通，都弥合不了。我和她分手，双方都要付一半责任，我是累了，她是怪我不愿意配合。"

董董恩："你难过吗？分手之后，你难过吗？"

楼渊："当然会难过，你曾经和一个人走得那么近，幻想和她有一段美好的生活，最后除了疲惫和累，没有得到其他结果，当然会难过。"

董董恩："你知道吗？我今天听到一个消息，我前男友，就快要结婚了。"她顿了顿，继续道，"就是因为和他分手，我才在酒吧里喝醉，吐了你一头。"

楼渊："那我真应该早点过来，打他一顿。"

董董恩笑出声，旋即又难过道："我以为我已经不难过了，但是乍听到他要结婚的消息，还是很难过。他真的，是一个非常，非常好的人，以前我跟他，还没开始谈恋爱，还处于好感期，夏天，衣服穿得有点清凉，被他无意看到我肚子上有道阑尾疤，问我怎么回事儿。你知道我有多傻吗？我跟他说：'这是剖腹产留下来的疤。'当时我以为这个玩笑开得很成功，要过很久才明白，他一个大男生，要去哪儿看真正剖腹产疤长啥样。”

董董恩说到这里，有点说不下去，太傻，太丢人了。

楼渊摸摸她的头，没有打断她。

“后来，大概过了有两个星期左右，他来找我，说：‘我们来谈一谈你那个小孩子啊。’我当时都忘记那个蠢得要死的玩笑了，问他：‘啥小孩子？’他说：‘就是你那个剖腹产的孩子啊，我想了很久，觉得，既然是要跟你在一起，就得接受你的全部，我都不知道，你每天笑这么开心，背后竟然有那么多过去，不过我都想好了，我会照顾你，还有你的小孩子。’

“你知道吗？那时候我们还没有正式确定恋爱关系，他分分钟是可以放弃的，但是他一个人默默地纠结了很久，得出一个想要照顾我和小孩的结论来……可是，最后我们还是分手了，他家人不同意我们在一起……如果说，我们是因为彼此的原因，譬如说他犯贱出轨，或者我有什么毛病令他不能容忍，是因为伤害过爱情而分的手，或许今天我也不会这样难过……我以为他会跟我一样难过，今天却听说，人家都快要结婚了……

“我知道我很蠢，但是，真的，还是好难过，好难过好难过啊。”说到这儿，董董恩忍不住泪流满面。

楼渊揽着她，喜欢的人为前男友痛苦，他这个排队追求的人，也是很痛苦啊。

哭了很久，董董恩才慢慢停止，两只眼睛肿得跟核桃似的，胡乱抹着楼渊衣服上被她糊成一团的鼻涕和眼泪。

楼渊递来一张纸巾，问：“有没有好一点？”

董董恩点点头，觉得很不好意思。

楼渊没有说其他，又问：“有没有饿？想不想再吃点东西？”

董董恩摸了摸肚子，点了点头。

楼渊启动车子：“前面有一家卖红肠牛肉粉的，就是不知道这会儿还有没有开门，我们去看看。”

好险，老板刚要关门。

楼渊："还可以再煮两碗吗？"

老板没说什么，转身去开火："大家都辛苦，快过年了，到处都关门了，难得找到东西吃，我要不是住得近，我都早关门了。"

楼渊一边感谢，一边问："不回老家过年吗？"

老板说："回不去了，大人孩子都在这边了，老家土地都卖光了，没有老家了。"

火很快旺起来，水沸腾开，老板团了两把米粉，朝两个碗里各扔了一把卤牛肉，一把熏红肠，一边配料一边问："吃得辣不辣？"

董董恩："重辣。"

楼渊："我，一点点吧。"

老板汆起牛肉汤，两碗滚烫奇香的红肠牛肉粉很快端上来。董董恩抄起筷子，只见碗里米粉雪白柔韧，卤牛肉醇香浓厚，红肠每一片肥瘦得宜，汤面上浮着红的辣椒绿的蔬菜，红绿相交，令人倍有食欲。

董董恩："不好意思，要耽误你收工回家了。"

老板："没事，慢慢吃，你们也是辛苦啊，这么晚才回家？"

董董恩点点头，嘴上已经吃起来了。她此前心情不好，年会上基本没怎么吃，这会儿喝了一口热乎乎的牛肉汤，再两口米粉下肚，沮丧一下子散去，感觉人又重新活过来了。

楼渊见她嘴边沾了一点辣椒油，抽出纸，小心翼翼给她擦去。

董董恩愣了一下，有点不好意思地往后仰。

楼渊："别动。"又擦了两下，才放下纸巾。

董董恩红着脸，也不知道是被辣的，还是被烫的。

米粉雾气腾腾，迷住了彼此各怀情意的眼。小店本就不甚宽敞，堪堪只放得下四张桌，老板收拾完台面，起身去抬门板，灯光甚是昏暗，在这寂寥寒冬夜，将三人的身影投在地上，拉得老长老长。

董董恩吸了一口米粉，努力将涌到眼眶处的湿润一起咽下。

米粉很好吃，某人的情意也很烫人。

回到出租屋，屋里冷得像个大型冰窖。抱抱蜷在被窝里，一动不动，董董恩打开电热毯，胡乱冲了个澡，趁热钻进被窝里，把抱抱夹在胸前。

夜夜道晚安的楼渊难得没有发来短信，董董恩举着电话等半天，发现自己有点贱。此前人家给她发消息，她爱理不理，现在决定要好好开始这段感情了，对方又没有反应。

她望着天花板，有一下没一下地撸着抱抱："虽然我今天还在为前男友痛苦，但是我已经决定要忘记过去啦，他怎么可以在这时候退缩？他是不是不想喜欢我了？"董董恩奋力地捶了捶床板，"可是我才刚准备要喜欢他呢！"

第二天一早，春花发来消息："我中午过来办事，一起午个饭？"

董董恩："好。"

春花过来的时间略早，大概十一点半左右，离中午收工还有半个小时。董董恩检查了手上的工作，该处理的都已进入排序状态，便跑去跟朱莉请假："我老板在这边办事，约我一起午餐，我能不能走一个先？"

朱莉想了想："去吧。"

春花请董董恩吃猪大肠快餐，这家连锁店在安城很有名，老板名叫朱大畅，被人谐音成猪大肠，导致很多人以为这家店卖猪大肠，实际上并不。董董恩到店的时候，人已经很多了，好在春花到得早，占了两个位置。

春花看见董董恩，跟她挥手："我点了两个招牌菜，你再去看看有什么想吃的？"

董董恩又去点了两个小菜。

春花假装不在意地跟董董恩闲聊道："你在洛克斯这几个月，气色变好不少啊。"

董董恩："那当然啊，少了那么多加班熬夜还有二手烟，气色能不好吗？"

春花看她一眼："怕是不止如此哦。"

董董恩："不然你以为呢？"

春花八卦精附体："听说，有爱情滋润的人，气色也会变得很好。"说完骄傲地摸摸自己的脸。

董董恩内心一凛，脸上却努力不显，她跟楼渊，目前还不宜让太多人知道，成了，她要何去何从？不成，那更没必要宣之于众。

春花见董董恩不愿意说，也不勉强，只道："你这个年终大红包，我可是花了大力包的，你可别小没良心，丢下我跟人跑了哦。"

董董恩："有点自信，好吗？你是小红楼第一美男子，我不会抛弃你的。"

春花："我真的是第一美男子吗？"

董董恩："……"

吃完饭，春花送董董恩回洛克斯，两人散步到大门前，春花伸出手，点着董董恩的脑门告诫她："收敛点，别总想搞个大新闻，知道不？"

董董恩："你好像我妈。"

春花："……"

回到办公室，人都吃饭去了，办公区空旷无人。董董恩想看一下邮件排序的结果出来没有，结果发现邮箱里躺着一封公开邮件。邮件是楼渊发的，正文乃是对一件工作进度的正常回复，结语却是，年节当前，希望乙方现场执行人员专业一点，不要消极怠工，擅离职守。

董董恩蒙了。

公开邮件，抄送的都是各方大Boss，措辞一般比较严谨，在这种邮件上公开指责，代表甲方对该行为十分不满。

果不其然，董董恩还没坐定，老柯电话就来了。

老柯："你在干啥啊？成天心不在焉消极怠工，不是让你安分守己地待在老楼鼻子底下吗？怎么让他发出这种邮件来？马上报告，你都擅离职守到哪儿去了。"

董董恩十分委屈："我就提早走了半个小时，跟副总去吃个午饭而已啊，还跟他们请了假的，哪来的消极怠工、擅离职守？"

老柯：“不要拿副总当挡箭牌，对方既然发了邮件，就代表对你很不满意，老早就跟你说过，在甲方的地盘，就得守甲方的规矩，别说是副总，就算我来见你，不到下班时间，也不能提早走，你分不分得清什么是工作？什么是朋友？工作的时候就得铁面无私，私人时间咱们再称兄道弟，兄弟情深……”

董董恩被训得像个孙子，不断点头。

老柯还在继续：“……情深似海……”

董董恩一愣：“啊？”

老柯发现自己乱用成语，赶紧悬崖勒马，拉住半句尾音不撒手：“……那个情深似海，就不用了。”

董董恩抹去一头冷汗。

此事没完，因为楼渊发的是公开邮件，还得再公开道歉回去。不消说，肯定也连带了朱莉，所以还要单给朱莉道歉。

董董恩一边写道歉信，一边抽自己大耳刮子，叫你一叶障目，叫你识人不清，叫你交友不慎。

邮件发送出去，不到一分钟，楼渊回复：“不够真诚。”

世界如此美妙，我却如此暴躁，这样不好，不好。董董恩一边深呼吸，一边冲向楼渊办公室，她要去请教请教，要怎样道歉，才叫真诚。

楼渊：“你不觉得你应该解释一下，为什么你老和你公司的副总在一起？连工作时间也要偷溜出去约会，你们是有什么不可告人的秘密吗？”

董董恩莫名其妙：“我哪有跟他偷溜出去约会啊？就中午一顿工作餐而已啊，再说了，我跟我老板在一起，这难道不是一件很正常的事吗？”

楼渊脸色十分难看：“你到底是因为他，还是因为你前男朋友，才不肯接受我？”

董董恩后退一步，大吃一惊，这从何说起？这人成天都在想些什么啊？

楼渊：“还是说，两者都有？”

董董恩无奈道：“我跟我老板，真的是，纯洁的跨阶级友情。”

楼渊：“怕不止如此吧，我见过你们单独在一起，不止一次，你是不是，也在他怀里哭过？就像昨夜那样？”

董董恩气笑了：“你在胡说些什么？”

楼渊：“我没有胡说，昨晚上你还在我面前哭，今天就和他手拉手，董董恩，我不懂，你到底、到底……”

董董恩：“拜托你，他是我老板娘，我也没有和他手拉手，就，他那人小动作有点娘，喜欢挽着人。”

楼渊转不过脑来了：“……老板娘？”

董董恩：“怎么？对我老板有意见？”

楼渊抵着董董恩：“我不信。”

董董恩：“要不要我去找他俩来给你证明啊？”

楼渊：“不用，我现在就要证明。”说完一步过来揽住董董恩，捧住她的头。董董恩两手原是抵在楼渊胸前，不知道什么时候，挂到了他的脖颈上。

最后楼渊依依不舍放开她，两人气息不稳，喘在一起。

楼渊舔了舔董董恩被咬成香肠的嘴唇，露出奸计得逞的笑脸：“好，我相信你。”

董董恩捂着脸，简直不知道自己是怎么冲回位置的。直到气息平稳，脸也不那么烫了，才反应过来，哎？我不是去找碴儿的吗？怎么被占了这么大一便宜回来？但这会儿有人上来了，她不好意思再过去，干脆发消息质问：“你为什么要公私不分，打击报复？”

楼渊：“哪里有？”

董董恩：“你公开邮件都出来了，还在里面骂我。”

楼渊：“那可不是公私不分，打击报复啊，那是非常纯粹的提醒，提醒你不要忘记职责所在，不过你说得很对，面对你我很难公私分明。”

董董恩：“……”还有理了？

楼渊：“如果你早一天答应我，我也不会这样忐忑不安。”

董董恩“啪”地放下手机，不看了，好在楼渊也没有再发来。当然，这个时间，仅限于下班前。

下班时间刚到，楼渊又发来消息："我在老地方等你。"

她不知道要怎么回，或者干脆不回？朱莉侧过头来问："走不走？"

董董恩赶紧把手机揣进衣兜里。

朱莉："你有事儿？"

董董恩："没有啊，下班了，激动，走吧。"

朱莉别有深意地打量她。

董董恩深吸两口气，昂首挺胸走出去。

朱莉："你同手同脚了。"

董董恩："……"

楼渊仍旧等在地铁口。

今天他的确是没有控制好情绪，等到董董恩后，楼渊主动道歉："今天是我不对，我太患得患失了，你原谅我。"

这人态度一软，董董恩也没脾气了，只好说："走吧。"

楼渊把车拐向董董恩家，问："晚饭想吃什么？"

董董恩："你想做什么？到我家做饭吗？"

楼渊："去我家也可以。"

董董恩："那还是去我家吧，不然抱抱要闹。"啊呸，我都答应了什么？

于是，当楼渊一手拎鱼，一手拎豆腐，招呼董董恩快点走的时候，场景真的十分滑稽好笑，说好的追求呢？怎么这么快就发展到一起做饭了？我谈过的恋爱少，你别欺负我不懂啊。

两人拎着菜，一开门，抱抱黏了上来。不知道是不是猫的忘性大，上回见楼渊还炸起一身毛，这会儿一来直接瘫倒在楼渊脚上，跟碰瓷一样。楼渊还真是有备而来，不仅摸出一双拖鞋，还相继摸出毛巾、杯子，甚至还有一把剃须刀。

董董恩蒙了："你这是要住这儿的意思？"

楼渊："也不是不可以啊。"说着去厨房。抱抱团住脚面不撒手，没办法，只好拖着毛球一起走。

董董恩在心里默默地挥了挥拳，这人说话咋这么贱?

当从来不曾热闹过的小厨房开始响起炝锅声，菜刀剁着砧板，鱼头豆腐烧起来，姜葱蒜撒上去，董董恩和抱抱一大一小倚在门口，探个脑袋往里瞧，看楼渊左手甩菜刀，右手抡铲勺，还是挺感动的。尤其当鱼汤浓白鲜香要出锅时，抱抱激动得小爪子挠门咔咔响，要不是董董恩眼疾手快踩住它尾巴，那锅汤估计就没有两个人类的份了。

两人一猫，三菜一汤，鱼头清汤豆腐烧入口滑嫩，凉拌海蜇头又鲜又脆，两份小菜也是各有滋味。董董恩原本还想再考察考察，楼渊这手艺一露，果断把她镇花了眼，连抱抱也叛逃了，抱着鱼尾啃得口水飞起，啃完了又来缠楼渊，完全拜倒在他的西装裤下。

唉，人心散了，队伍不好带了。

饭后董董恩洗碗，楼渊从身后抱住她，董董恩僵了一下，没有再反对。楼渊帮她挽袖子，然后顺着往下握住她满是洗洁精、滑不溜秋的手，两人手上沾满了泡沫，在水池里滑来滑去玩"抓住你了，你没抓住，又抓住你了，还没抓住"的弱智游戏。

抱抱蹲在橱柜顶，看这两个玩泡泡玩得不亦乐乎的人，不屑地甩了甩尾巴，幼稚。

董董恩租的这个房子老，家电也老，空调跟上了年纪的大爷一样，有时灵有时不灵。安城的冬天很漫长，但又不足够漫长到能让人进化出一身毛来或者干脆冬眠过去，因此每到隆冬，董董恩都过得很痛苦。去年她终于入了一个电暖器，放在桌底下，铺一条四面垂地的桌布，腿往里一伸，倒有点农村围灶而坐的感觉。

两人洗完碗，端着水果出来，围桌而坐，抱抱跳到楼渊肚皮上，踩了一圈，感觉这个肚皮很暖和，于是眯起眼睛蜷成团，趴在上头打起小呼噜来。

楼渊撸着猫，问董董恩：“你过年回家票难买吗？”

董董恩：“回家？我今年不回，我爸也不在家，他这会儿大概已经到海南岛了。”

楼渊：“你爸潇洒，那去你妈那儿吗？”

董董恩：“我妈？还是算了吧，别人重组家庭和和美美的，别大过年去扫兴了。”

楼渊腾出撸猫的手，摸了摸她。

董董恩笑：“别同情我，我挺高兴的，虽说没有得到太多他们的照顾，但有失必有得嘛，我也不用违背自己的意愿去承受很多来自父母的压力，尤其最近几年，看太多身边朋友被各种花式相亲、逼婚、生子，就感觉自己还蛮幸运的，一个人过，想上天上天，想入地入地，再自由不过了。”

楼渊：“正好，我也不回。”

董董恩：“你可别跟我比，我可是一人吃饱全家不饿。”

楼渊：“我说真的，我父母都在国外，我一般是夏天才去见他们一次。”

董董恩：“我还不知道你们家有多少人。”

上次董董恩不感兴趣不打听，楼渊怄了个半死，现在董董恩主动问起，楼渊高兴得赶紧介绍起来：“我爸跟我妈，早两年移民出去了，我爸在一家公司做顾问，我妈全职太太，我有个姐姐，比我大七岁，是无国界医生，长期在偏远地区，行踪不定，底下还有个妹妹，是药剂师，结婚在布鲁塞尔，有两个儿子，一个七岁，一个三岁。

“我爸妈非常的开明，也相当的尊重我们。他们常常告诉我们，你是一个成年人，你要为自己的决定负责任。当初我姐要去当无国界医生，我们都很担心，怕她遇到危险，可是除了帮她准备更多的物资，我们也没有别的办法，好在直到现在她都挺安全的。我也一样，当初我爸妈问我要不要一起走，我想留下来，他们也尊重我的选择。”他握住董董恩的手，“你也是我的选择，只要你决定跟我在一起，我不会让任何人为难你的。”

这样幸福满满的家庭，董董恩从来不曾感受过，听得很是羡慕神往。

说到后来，猫都睡熟了，小呼噜扯得很响，小肚子一起一伏，电暖炉烤得两人暖暖和和，老房子隔音不好传来的喧嚣终于静了没了，两人说话的声音也低了浅了，甚至不说话也行，像两只埋头取暖的傻鸟，互相看一眼对方都感觉很好。

董董恩问楼渊："那你有没有想过，如果我们两人在一起，有一天曝光了，别人会怎么看？"

很多公司都不赞成办公室恋情，是有一定原因的，裙带关系怎么搞？以权谋私如何了？吵架了，同事要遭殃，秀恩爱了，同事也要遭殃，谁忍得了？更何况他们不仅仅是办公室恋情，他们还有供应关系，单涉嫌不正当竞争的流言，就足以令两人灰头土脸、身败名裂。

试想一想，届时各种"教你如何睡服甲方——浅淡某广告公司与某集团竞标黑幕""不得不说的广告公司客服人员上位史""是谁，动了我们的大蛋糕""被睡？还是被利用？不堪入目的商业潜规则"等等桃色八卦在坊间流传，董董恩就真的要改行去用身体写作了。

但是楼渊认认真真对她说："我会对你负责的。"

董董恩："……"这句话，现在说，会不会太早了？这不是床戏完了的台词吗？大哥你是不是拿错了剧本？走错了片场？你这样跳戏，我会很尴尬的知道吗？

楼渊与她四目相对，道："我想过了，如果你喜欢广告，想继续留在老柯的公司，那么我离开洛克斯，做其他的职业安排，如果你有别的计划，也可以告诉我，我们商量着来，就算一时做不到，我也会努力去达到，我想和你在一起，我会为我们的未来负责任，我会对你负责任。"

董董恩有点感动，不过为了让楼渊看清他付这么大代价能得到一个什么样的人，董董恩决定把自身条件说清楚。她说："你要考虑清楚，我家是县上的，家中无权也无势，单亲，本人皮肤黑，个子矮，"胸还没有你前女友的大，这话她没好意思说，"脾气还不好，你都喜欢我些什么呢？"

楼渊："你还记得吗？有一次我问你，为什么你成日里那么开心？你说，跟我在一起，你就很开心。其实我也是一样啊，跟你在一起，我也很开心。有句话说的是，好看的皮囊有千千万，但是有趣的灵魂却万里挑一，你就是那个万里挑一。”

董董恩抹了一把冷汗，当时只道是兴起，随手拈来个马屁啊！

楼渊：“叔本华说，假若你遇到一颗有趣的灵魂，一定要爱护她，珍惜她，不要放走她。”

董董恩惊：“叔本华说过这样的话？”

楼渊：“当然。”当然不知道，现编的，“反正跟你在一起，整个人都很愉悦，很舒坦，没有压力，不用去在意形象，很轻松，你自有一方小世界，你在你的世界里自得其乐并且感染着每一个人。你还很善于发现别人的发光点，每个人在你眼中都是有趣的，哪怕他们本身并不那么好，我有几位助理以前很严谨严肃，在我面前跟老鼠见了猫似的，现在也被你带成了嘻哈风，说话大胆了，走路自信了，在我面前也敢开玩笑了。你影响了他们，你也影响了我，你是我的开心果。”

“开心果什么的，难道不是说这个人很蠢很没脑吗？”

楼渊：“胡说，开心果在我这儿，是明媚小太阳的意思，没有开心果，整个人都开心不起来，气压很低，心情值徘徊在谷底。没有拥有过明媚小太阳的人，不知道被阳光照耀的美好，而一旦拥有了，就不乐意再回到阴沟去。”

董董恩颇为吃惊，这可是三棍子都砸不出一个屁来的人啊，现在情话一套一套的，真的是被她给带坏了吗？

董董恩有点尴尬地解释：“主要是，我前男朋友的爸爸妈妈不太喜欢我，觉得我不是本地人，家里又没有什么权势，不能够帮衬他们，说我这样那样，我是被说怕了。”

楼渊：“我知道这样说很不好，但我还是想说，我真的，很庆幸他们没有喜欢你，不然我就没有机会了，相信我好吗？我跟你前男朋友不一样，我是个男人，我有我的坚持，我已经过了单纯只知道听父母话的年纪了，男人和男孩是有区别的，我知道我在做什么，也必将捍卫我自己的选择。”

董董恩："可是，如果我们的关系曝光，有一个人将不得不走人，你真的舍得放弃一切？你爸妈不会反对？毕竟灵魂碰撞这种事多悬乎啊，他们不一定能理解得了你这奇特的品位，说不定会打死我。"

楼渊："我答应你，公事上，由你做抉择，你想走想留，我都支持你；但是私事上，你听我的，我说没有问题，就绝对没有问题，相信我。"

半晌，董董恩点了点头，既然要迈出这一步，总得要学着相信他，不是吗？于是坦白地把自己的担忧讲出来："我不想有人议论我是陪睡上位的。"

楼渊："不会的，我是一个很挑剔的人，大家都知道。"

董董恩："但是我不挑剔啊。"

楼渊看着董董恩，董董恩看着楼渊。

两人都觉得对方的言辞很有问题。

楼渊解释自己："我的意思是，我一般不接受商业上的捆绑型床伴，大家都知道。"

董董恩也自觉承认："我说我不挑剔，其实我还是很挑剔的。"

说完，又是一阵沉默，两人都觉得，还不如不解释。

楼渊决定做一个陈词总结："我不会让你被非议的。"

董董恩："我不想被非议，也不想改变现状，你现在正处于黄金年龄，职位又很好，是你们公司的管理骨干，我不愿意因为跟你在一起，就让你放弃这些努力，这样的自私，我做不到，我也不想放弃我现在的工作，我们这才合作第一年，履历表上才刚记录服务了你们这样牛的公司就辞职走人，很不划算的。所以我想，我们要不要先各自退回原位，等合作期结束，再进一步？"

楼渊立即拒绝："还有四年，不行，我不能等。"

四年，能发生多少事啊，动作快一点，孩子都能上小学了。

董董恩也没想这个建议能成，只得说："那就只有先不宣之于众了，可是，今天你这样公私不分，我实在不敢相信你。"

楼渊向她保证道："我答应你，一旦我们的关系确定，我绝对不会在办公室里做有违原则的事情。"

董董恩想不出还有什么可再逃避的。

楼渊高兴得想要捶天捶地捶自己，为免吓着董董恩，他勉勉强强站起身，说：“好像有点晚了，我就，走了吧。”

董董恩伸手去接赖在他身上的抱抱。

楼渊：“就这么盼着我走呢？”

不是你自己说要走的吗？

楼渊：“你好歹挽留我一下啊。”

董董恩：“……”

抱抱被两人卡在中间，一人要抱，一人不肯撒手，两人都在使劲，结果把它给掐疼了，“喵”的一声横空挠了一爪子。

楼渊赶紧撒手，讪讪道：“那，我走了。”说着去换鞋，换好之后，又不肯走了，非要董董恩再亲一个。

董董恩打开门，把他往外推：“再见吧，再见。”

楼渊：“……”

Chapter 11 身为女友的权利

过了两天，终于全民春节，楼渊欢欢喜喜来接董董恩，两人正式住一起。董董恩把抱抱装进猫包里，抱抱想起上次出一趟门就少了两颗蛋，惨况非常，因而叫得十分凄厉。

门卫大叔问："这是不想养了，要扔掉吗？"

董董恩："不扔，带去我男朋友家过年。"

大叔："哎呀一只猫也要过年，好好好，过年好。"

楼渊听得心生欢喜，这是董董恩第一次明确承认他的合法存在。男朋友，没什么词比这个更美更甜了，心里一激动，对这个便宜儿子又多了几分热情。

换了新屋，抱抱一时不适应，刚打开猫包哧溜一下藏不见了。董董恩在阳台上放好水和沙盆，又把猫爬架挂起来。这屋跟她第一次见有些不同了，客厅那张大办公桌铺上了桌布，摆上了果盘和鲜花，茶几上摆满了糖果盒子，花花绿绿摞在一起，十分喜庆，柜式空调机上垂下一盆绿萝，四周还有几盆高低不一的绿植，发财树、金橘、紫边碧玉和一盆龙血树，原本冷冰硬朗的客厅一下子多了不少居家的味道。

楼渊在厨房里做菜，虽说是两个人的大年夜，团圆饭一样不能少。董董恩收拾完猫居，洗好手过去，见楼渊正在炸豆腐丸子，豆腐拌上鸡蛋和肉馅，下油锅炸得色泽金黄，外酥里嫩，见董董恩过来，楼渊夹起一颗，非得让她尝尝。

董董恩一边嚼着烫口的丸子一边问："这个要做成什么菜？"

楼渊："一会儿和白菜粉丝一并做成个砂锅。"说着另一口锅开始炒虾仁。

董董恩提醒他："别做太多，就咱俩，太多吃不完浪费。"

楼渊："你还有吃不完的啊？"

董董恩瞥他一眼："我又不是饕餮，怎么就会没有吃不完的？"

楼渊："主要你战斗力惊人，我怕做少了不够吃。"

董董恩想起焦爷因为担忧她吃太多而晚景凄凉，笑着问楼渊："你会不会担心我吃太多而把你吃破产了？"

楼渊直起腰："不会，相反更有动力赚钱了，不好好赚钱养不起你。"

董董恩："我感动了，就凭你这话，我决定了，少吃点，不让你太辛苦。"

楼渊油腻腻的手也不好主动出击，因此央求道："过来宝贝，让我亲一下。"

董董恩过去踮起脚，主动亲了他一下。

楼渊顿时乐得找不着北，一面喊着放盐，一面拿起一瓶醋。

热热闹闹一桌菜，豆腐丸子粉丝煲、蒜蓉扇贝、清蒸鳜鱼、咕咾肉、醉虾，还有几盘绿叶菜心，董董恩不小心把舌头都吞了。

楼渊还有点不好意思："看起来不太像团年饭啊，太家常了。"

董董恩："你知道我小时候在老家，过年吃什么吗？腊四样，就是腊肉、香肠、猪舌，还有猪尾巴，最后加一锅海带煲鸡汤，当然了，也有一些青菜小菜，一年，就这么一顿好的。"现在回忆起来，感觉还是很不错，大概是年少不知苦，董董恩一边回忆一边笑，"可能那时候的海带不一样，也可能是那时候的鸡跟现在的鸡不太一样，总之谁家做海带煲鸡，那味儿，全村人都能闻到，开饭的时候，前后左右的小孩端着碗，排队上人家门口蹲着，问，'你们家是不是吃海带煲鸡啊？'大人也不好意思不给，舀两勺汤，'给，泡饭吃。'鸡汤泡饭也香啊，你不知道那味儿，我现在想想还馋。我们小孩子花样也挺多，过年的时候做竹筒饭，砍一截竹子，从家里偷点米，再削一截香肠，带到山上去，把米装进竹筒里，放在火上烤，香肠也一并烤上，一会儿就熟了，几个小伙伴一起分着吃。烤蚂蚱也香，但冬天不太抓得上，蒲公英烤着好吃，跟烤韭菜味道一样，我很馋那个味儿。"

两人从桌上转移到沙发上，联欢晚会也没看，光顾着聊天了。楼渊搂着董董恩，仿佛穿过岁月，看到了一个在田野里欢快地跑来跑去，然后一个人走出家门，一个人坚强地面对生活的小姑娘。在楼渊和父母出门旅游，和同学嘻哈打闹，享受着属于年轻人们应有的美好时光时，他面前这姑娘，已经早早开始了独立，一个人生活，一个人读书，一个人工作，一个人为自己加油打气，一个人面对这个世道。

董董恩忘性大，过去那些累的苦的，她都忘记了，偶尔说几段难堪的，也带着诙谐的口气，可是楼渊听得心里滋啦啦地疼。电视里新年的钟声敲响那一刻，窗外鞭炮响彻云霄，烟火一丛一丛腾空炸起。

楼渊从怀里摸出一只大红烫金红包递给董董恩，说："宝贝新年好。"

董董恩笑起来："我都没有给你准备红包。"

楼渊："你可以准备点其他的。"

董董恩看着他不说话。

楼渊咳了一声，问："不打开看看吗？"

董董恩打开，里面是各种卡，信用卡、储蓄卡、VIP 卡，甚至还有电费卡、燃气卡，每张后面都用便贴纸附写了金额、作用还有密码。

很实在的一个大红包。

楼渊说："这些都是家用，交给你保管。"

董董恩把红包退给他："你还是自己收着吧，我不擅长管理这些。"

楼渊不高兴，两人你推我往，最后楼渊把一张金色卡塞给董董恩："那你拿这个，我的银行卡。"

董董恩诚恳地说："真的没必要。"

楼渊："有必要，你掐着我的命脉，我会有安全感一点。"

董董恩：掐着命脉有安全感？你是不是对命脉二字有什么误会？

新年上工第一天，捌二创工所有人要先回小红楼，聆听公司爱的宣言。

楼渊要送董董恩过去。

董董恩拒绝："不是说好了先不宣之于众吗？"

楼渊："我没有宣啊，我只是履行一下身为男朋友，送女朋友上班的义务，你没有权利拒绝。"

董董恩："……"你还可以再无理取闹一点。

最终还是任由他送了，只是不敢靠小红楼太近，远远停了车，正好还可以去光顾一下王大娘的芽菜包。

王大娘的包子铺，十年如一日的火爆，排的长龙又不知蜿蜒到了何处。

董董恩一边解安全带，一边望着包子铺，口水拉成线还不忘记叮嘱楼渊："好好开车，路上小点心，知道吗？"

什么乱七八糟？楼渊不满，凑上去一个缠绵悱恻的法式湿吻。董董恩原本是抗拒的，毕竟离公司太近了，后来则完全拜倒在楼渊的吻技之下，变得双眼迷离，不知今夕何夕。

楼渊放开她的时候，董董恩已经完全忘记了王大娘的芽菜包，只想缠住再来一个。

楼渊还没说话，身后传来一声长长的汽车鸣笛。

被挡住道的司机摇下车窗，探出头来喊道："喂，哥们儿，我说大清早的，你俩要不要再回去睡个回笼觉？我等你们半小时了，再不走我都要迟到了。"

董董恩一张脸瞬间红得像猴子屁股，二话不说，跳下车，跑了。

楼渊意犹未尽地笑了笑。

董董恩红着脸来到公司，刚进门就被老柯叫住。

对于每个即将开赴客户现场的客服代表，老柯都要进行一对一的心理辅导。先是老生常谈捌二创工的创业史，主要标榜老柯自己不怕苦，不怕累，终于成功打下花果山。其中经典段落，小红楼里每位兄台都能背诵了。

"你以为我不想反抗吗？我不能够，只要表现出一点不乐意，就没有那笔单子了，没有那笔单子，我们就积累不起第一桶金，积累不起第一桶金，捌二创工这块牌子就立不起来，没有公司，今天你们在哪里捡屎吃，还不知道呢。"

董董恩很想反驳，就算没有捌二创工，我也不可能到处去捡屎吃啊。但她不能反驳,因为老柯属于是越驳越勇的人,你要反驳一句,他能驳回来两百句。

老柯又说:“后来,我们终于成立了公司,你以为从此就一帆风顺了吗?王子和公主从此就幸福地生活在一起了吗?天真。我的胃穿孔就是那一年患上的,七八个灌我一个,能不喝吗?今天不喝,明天分分钟拆你的牌子,副总在旁边,120都打好了,那次我要是坚持不下来,今天还不知道你们在哪里捡屎吃。”

说完创业史,老柯又开始大谈特谈客服精神。

老柯这个人,再雅的书读进去,转化出来都很三俗,他最喜欢的一句话是,“生活就像被强奸,如果不能反抗,就一定要学会享受,而工作就像是轮奸,如果你不行,别人就要抢着上。”不管跟公司哪个部门的人谈工作,都会先来这段作前提。

这话实在是糙,要放在洛克斯,男上司跟女下属这样讲,都够得上性骚扰了。

这一次,董董恩都做好了又会听到一个糙段子的准备,结果老柯转性了,开口朗诵了一首诗,“假如客户欺负了你,不要悲伤,不要心急,相信吧,那狗崽子总会有掏钱的一天。”

董董恩:“……”

接下来,老柯向董董恩宣讲了她新的一年在洛克斯要肩负起的责任:“得把他们当成爹妈来孝敬,把他们当成孤寡老人来心疼。客户说的话,不管他说得对不对,先承认他说得对;客户下达的指令,不管傻不傻,先承认他不傻。要跟客户建立真感情,要让客户为你动真心,想想吧,有多少人,一辈子,只和你擦一次肩,只有客户,唯有客户,每天都和你擦肩,把肩都擦肿了。那个谁?啊,叔本华,他不是说,上辈子要回五百次头,这辈子才有一次擦肩,这辈子再擦五百次肩,下辈子你们就能够相爱,所以,把客户提前当成爱人来对待,也是没错的。”

董董恩被老柯的一席话说得心惊肉跳,很想打个申请报告,如果提前把客户转正成爱人,不知道可不可以申请一个优秀客服奖?然而并不敢问,还得飞快转移话题:“老板,一个春节不见,你咋突然这么渊博啦?”

老柯愉悦得很："渊博吧？副总送了我一本书，名字叫《办事的艺术》，你也去学习学习，看一看。"

董董恩一脸心悦诚服："副总好眼光。"又想起一句，"哦对，把肩都擦肿了，那是席慕蓉写的，不是叔本华，叔本华很忙的。"

难得装个逼的老柯："……"

董董恩这边谈话流程一结束，接下来是公司全员大会。

这个新年新会议，老柯照例发挥了"画个大饼给你看"的无耻精神。先是问候大家有没有吃好喝好，红包有没有藏好，生娃的有没有准备二胎，没生的有没有找着对象。接着话题一转，开始打鸡血："年都过完了，咱们该收心的收心，该拔腿无情的无情，从现在起，每一天，咱们都要三省吾身，来，请跟着我喊，"他挥了挥拳头，"今天你努力了吗？"

众人跟着挥："今天你努力了吗？"

老柯："今天你干活了吗？"

众："今天你干活了吗？"

老柯："今天你努力干活了吗？"

众："今天你努力干活了吗？"

老柯："没有？那还不快滚？"

众："没有……"

老柯制止道："这句你们就不用喊了，这句是我喊来鞭笞你们的。"

众："……"

第二天到洛克斯报到，也许是感情稳定了，身心愉悦，也许是整个春节过得和谐，默契度高。总之第一天开会，董董恩跟楼渊的画风是这样的。

楼渊："大区的新品推广计划是……"

董董恩："我们厂部会上三台新机，如此每个月可产量 500，市区的直接覆盖面可达 100%，区县如果物流公司没有问题，也可以满足 100%，考虑到物流因素，要预留 2% 的损坏，因此时间上可能有出入。”

楼渊：“新品的设计案是……”

董董恩：“跟去年不变，两支设计小组，专攻新品设计，直到新品上街，全部铺完，每次如此，没有变化。”

楼渊：“去年我们还有没有费用……”

董董恩打开费用列表：“去年上半年的费用全部用完了，下半年的费用用了 93%，其中 40% 用于下半年第三季度，53% 用于第四季度，具体的列表在这里。考虑到亚太区对大区的费用把控，我们报了一个已经使用完了的单子供你们参考，以便你们这一年申请新的预算，这是列表，你们看一下，合不合理？”

楼渊：“现在区县的网点改造……”

董董恩：“现在五个县区的主城区旧网点，已经全部改造完毕，今年第一二季度的主要任务，是把三级和四级网点全部改造完毕，改造进度表请看这里。这里还有一份新网点扩张表，配合旧网点改造一起进行，也在今年上半年全部完成。”

楼渊：“主城区的旧网点已经全部改造完成了吗？”

董董恩：“是的。”

楼渊：“OK，亚太总部很关注我们的网点改造和推广进度，这个数据我会报给他们知晓的。”

他俩说话节奏很快，跟头脑风暴似的，会议室里一干甲方工作小组成员，脑袋齐刷刷摆得跟训练场的狗一样，楼渊说话就望着楼渊，董董恩说话就望着董董恩，整齐划一，节奏一致。

贱哥在心里默念，这两个家伙若是没事我把眼睛抠下来喂自已吃。

朱莉则是猛翻白眼，又把我们当死人。

散会后，董董恩去茶水间泡早茶。隔了一个春节不见，洛克斯的帅哥仙女们气质又高雅了一个台阶，每人昂首阔步，眼睛长在脑袋顶上，走路目不斜视，但是一到茶水间，仙女们马上变身长舌妇，帅哥们变身青蛙男，憋了一个春节，终于有个释放的空间，一进去就呱呱呱，呱呱呱。

先谈旅游归来的心得。

接着是社会新闻。

最后是公司秘闻。

“哎，销售部的大佬哎，我看见了，和他的助理一起去开房，还是快捷型酒店，你说他们赚那么多，也不去开个好一点的房。”

“你懂什么？人家肯定是去讨论工作的，不需要开那么好的房。”

“就是，上次不还有那个谁吗？也是去开房讨论工作，谈话效果真的比在公司好哎，很快就得到提升了。”

一位喝苦咖啡的红发女子说：“他们怎么那么大胆？换我肯定不行了，我胆子小，除非是楼老大请我去开房讨论工作。”

其他爱慕者立即围攻她：“切，别肖想了，楼老大，那是属于老贱的。”

董董恩听了一脑门的市井八卦和富家资讯，大开眼界，正想再虚心听点其他，哪知话题这么快转到内部秘闻上了，果断举起杯子遮住脸，试图以三秒挪个小碎步的速度，默默地消失。

有时候，知道得太多，也会死得很惨。

哪知刚抬腿，贱哥进来了。且不止他一人，身后呼啦啦还跟着一群粉丝，贱哥领头走在前，满脸笑眯眯：“反正我看好他俩。”一进来就跟挤出门的董董恩撞个正着。

贱哥挤眉弄眼，冲董董恩笑：“小乖要走啊？”

他这什么表情？他知道了什么？他看好谁？怎么都在看她，难道终于发现了她才是那个勾引老大的罪魁祸首？

天啦，做贼心虚真要命。

董董恩一阵干巴巴地哈哈哈：“是啊是啊，还有好多工作要做，我先走了，您请吧。”

贱哥别有深意地打量她：“还别说，之前没有细看，一个春节不见，小乖你好像气色特别足啊。”

董董恩马上奉承道：“哪里哪里，不及贱哥，您才是英俊潇洒、风度翩翩、气质高雅。”

刚说完，就听有人咳嗽。抬头一看，是楼渊。

楼渊口气微凉：“都挺闲的啊？”

众人一听，赶紧驾着各种法器滚了。

董董恩自然也不例外，滚去厕所洗脸净心。从厕所出来，楼渊抱着胸，靠在门外。

这是单等她的意思吗？其实两人没挑明关系的时候，常常也是这样抬头不见低头见，也不觉得有什么特别，这会儿心里有鬼，总感觉怎么处都不对，不说话，是心虚；靠太近，更心虚。

董董恩隔空点了点楼渊，让他别跟那么紧。

楼渊却仗着人高，直接把董董恩摁墙上。

董董恩吓疯：“快点走开！”分分钟有人来，这是在用生命来挑逗啊。

楼渊：“不要去招惹老剑。”

董董恩：“我惹他干吗？快点让开。”

楼渊不让，反而低下头：“你也夸我一声，你刚夸老剑夸得可真甜。”

董董恩：“……”哥，我错了。

果不其然，楼渊把网点改进扩张进度一汇报，亚太总部便立时派了一支专家小组来。

这次来的专家组，跟上次专门来看供应商制作的总团很不一样，上次的重心在于测评三家供应商的制作情况，测评结果，关乎三家供应商的生死存亡，这一次跟供应商没什么关系，主要是洛克斯内部管理测评。董董恩在茶水间听了几耳朵，据说是亚太区有位新老板上任，大概是想借此了解一下各大区的运作情况，各大区都有一支特遣小组。

工作组来的第一天，南大区的办公室气氛很是萧瑟和紧张。平素茶水间人来人往，八卦精们恨不得蹲在里面吃饭拉屎种蘑菇，现在则是，能不喝水就不喝，能不上厕所就尽量不去上，以免被工作组看到位置上长时间没人，那这个职位也许就没有存在的必要了。

秘书处的秘书们平常上楼下楼小裙子包着屁股扭得飞起，现在严肃得像是老太太戴上了红袖章。黄秘书以前汇报工作，往往是人未至，胸已到，如今也收敛了不少，起码走路的时候，小兔子不敢再胡蹦乱跳了。

董董恩不懂，以前亚太总部也不是没来过人，怎么这一次杀气这么大？

有一个叫林达的美女助理跟董董恩咬耳朵，说：“那是因为这次来的那个丽丽安，是从南区升上去的，走的时候关系闹得很僵，大家都怕她是回来报复呢。”

董董恩对这个名叫丽丽安的复仇女神立即充满了好奇。一篇“在逆境中成长，在绝境中杀成的大 Boss，最后从地狱归来，面对昔日仇人她步步为营，翻手为云覆手为雨，霸气侧漏大发神威，终于夺回了本该属于自己的东西！受死吧，贱人”的复仇爽文顿时在脑海里熊熊燃起。

林达又说：“尤其跟我们老板，听说两个人最后还大吵了一架，这次回来，还不知道会怎样的趾高气扬和嘲笑呢。”

正在上演的复仇神剧当即灰飞烟灭。

吃饭的时候，董董恩见到了这位传说中的复仇女神。

非常美，身材惹火撩人，妆容高级精致。和楼渊一起从电梯门出来，女神光芒万丈，微笑、举手、撩发，妩媚神态无一不令凡夫俗子自惭形秽，连角落里埋头苦吃的董董恩都因为看得目不转睛而错把鸡腿喂进了别人的嘴里。

不是说关系很僵吗？不是说走之前还大吵过一架吗？这什么情报？一点也不准啊。

董董恩无语地从鼻子里喷出一根鸡毛。

不光董董恩，其他人此刻头上飘过的对话框也是如此：“两人不是崩了吗？”“我猜此事另有内情。”“天真了吧，一睡泯恩仇，我赌一块排骨，他们已经睡过了。”“你们谁当初有事儿犯到她手里的，如今屁股可要夹紧一点了。”“楼老大和她好配啊。”

就一秒钟，整个食堂瞬间上演了一部五百集的默剧。

楼渊习惯性地扫了一眼全场，看到董董恩缩在角落里，脸上无意识地浮现出一股温柔。

复仇女神以为楼渊是对她说的话有所反应，笑得很是明媚。

董董恩内心酸了一酸，这位美女姐姐也很像一轮小太阳啊。

自从跟楼渊心意明确之后，两人在公司里更注意形象了，反正隔着千山万水也可以通过脑电波交流，坐不坐一起倒并不重要。这一次董董恩却特别希望楼渊找过来，然而发了半天功，对方也没有接到她一丝的意念，等工作组的人都到齐之后，楼渊带着他们转身去了另一边，根本没多看董董恩一眼。

董董恩很失落，挂在朱莉的小团体后面有一句没一句听她们聊刚才的情形。

“当初所有人都看得出，朱莉你才是最有希望的那个，结果却换了她，要说没内幕，我才不信呢。”

“朱莉，你就没有去问老大吗？”

朱莉：“她实力的确比我强，反正我是服的，这种没影的事你们别乱说。”

“反正有人听到她走的前一天晚上，老大跟她吵来着。”

“看他们关系还可以啊。”

“装样子谁不会啊？”

董董恩越听越糊涂。

熟读《客服守则》，知道八卦客户隐私绝对是大忌的董董恩憋了一个晚上，看见楼渊霸着卫生间打领带，配衬衣，粘猫毛，领带换了一条又一条，衬衣配了一件又一件，猫毛粘了一根又一根，严肃得像是要去参加相亲或选美比赛，还是忍不住开口问：“你们这次下来的工作组，里面那位绝色，真的很美耶。”

楼渊很忙。

董董恩小心翼翼地问："听说，你们曾经有过一段关系不浅的缠绵悱恻、爱恨情仇、生死不休？"

楼渊笑："我跟她？没有。"

董董恩不信："就算你跟她有，我也不会乱吃飞醋的。"

楼渊抽出一只手来摸摸她的毛脑袋："真没有，我跟她共事可以，组建家庭不行，她野心太大，共组家庭会死人。"

董董恩："虽然你这样说我很高兴，但其实，我的野心也不小啊。"

楼渊："我知道，只是目前你还比不过她，你还有很大的进步空间。"

董董恩："……那你说，她会不会是垂涎你的美色，对你因爱生恨，想趁机前来报复你？譬如说，你因为养家糊口压力大，接受了一些……"她比了一个数票子的动作，"……被她知道了，现在来查你的账目，威胁你，恐吓你，如果你不答应她的条件，跟她结婚什么的，她就去检举你？"

楼渊："这么狗血无情、无法无天的要挟，你是从哪看来的？"

董董恩："很多小说都这样写啊。"

楼渊："以后你要看什么书，书目先给我过一过审。"

董董恩一颗碧血丹心："我先告诉你我的原则啊，我是可以接受粗茶淡饭的，但求太平，问心无愧，你可千万别走旁门左道啊，要是你动了歪心思，出了事，我可没什么力量去捞你。"

楼渊探过头，亲了她一口："有点感动，好了，该上班了，不然要迟到了。"

临下车前，董董恩还不放心，追着问："真没什么问题？如果有，我建议你还是坦白从宽，老实交代，那啥，如果是三五年，我可以等。"

楼渊："……快下车吧，班车要来了。"

董董恩扒着车门不撒手："一定认真思考啊，坦白交代啊。"

楼渊一脚把人踢下去，走了。

董董恩在后面吸着尾气喊："要做革命主义的接班人，不要做人民民主专政的敌人啊。"

到办公室，包还没放下，朱莉就来通知她："晨会准备好一点，专家组的人也要参加。"

董董恩赶紧手忙脚乱开电脑，备战晨会。

参会的人一如往常，有楼渊，有贱哥，有朱莉，开着电话会议机，这次多了三个专家组成员，包括引起南区众人情绪波动的丽丽安小姐。

她的栗色短发抓得很好看，就是蓝色连身裙配白色小西装外套看得董董恩有点冷，这才早春一月呀，哪怕开着空调，这样穿也未免太清凉了。

晨会的内容是固定的，先是区域执行小组向大区汇报跟供应商有关的网点铺展进度和改造难题，没问题之后，再跟董董恩对接制作、到货情况，以及施工中遇到的工程管理问题。

前面几个执行小组走完流程，工作组的人都没有说话。直到第五个区域的执行小组汇报完毕，丽丽安才开始说话。

一开口就针对董董恩。

丽丽安："我听了一下这个工程进度，感觉有些问题，希望供应商的代表能够帮助我解答。"

董董恩心里一咯噔，面上毕恭毕敬，说："您请讲。"

丽丽安："我们来算一算，你们现在，每个月，可以安装二十五家网点，对不对？"

董董恩："是的。"

丽丽安："也就是说，你们厂部出货量，每个月只能满足二十五家是吗？"

董董恩："不能这样算，安装二十五家网点，不能只看厂部生产，还要考虑设计和工程，设计师和工程队伍的速度是要一并计算在内的。"

丽丽安："好的，那我们来说设计，你们一共有多少个设计师？"

董董恩："我们配给洛克斯团队的专职设计师，有五个人。"

丽丽安："这五个人，出一个网点设计稿，需要多长时间？"

董董恩立时判断出她的强项是分析数据，她小心翼翼回答："一家店，我们会出两至三个方案，五位设计师，每人每三天，能确定一个网点的设计稿，如果有些网点面积不规整，方案会比较复杂，出稿时间会更慢些。”为了保险起见，董董恩缓了一下时间，没敢掐得太死。

《客服守则》第二大条第一小条，客服是一份需要掌控全局的工作，每个工作环节客服都必须做到心里有数，这样才能更好地为客户服务。也就是说，一个不熟悉工作流程的客服，不是好客服。

董董恩工作这些年，很知道一些客户的尿性，上一秒钟提要求，恨不得人下一秒钟就给他办到。为避免意外，董董恩一般会先咨询设计师或工程部门，客户提的这个要求，什么时候能够完成，再在各部门给出的时间上视情况缓一点。缓出个余地，也好避免意外发生时没有时间抢救。

丽丽安点点头：“好的，剔掉面积不规整的网点，五个设计师，每人每三天出一个方案，那么一个星期，他们能出八个网点的设计图，一个月，能做三十二个网点的设计案。”

董董恩暗道不好，这样分析下去，客户就要怀疑为什么一个月只能做二十五个点。实际上一个月铺展二十五个网点，是公司几大部门经过核算后，得出的一个各方都认为是最佳控制的结果，但这个计算过程是怎样的，董董恩并不知道，还好她急中生智，谦逊地对丽丽安说：“接下来是工程队，工程计算是我的弱项，里面涉及的问题比较多，能不能请我的老板跟您解释？他主管工程。”

丽丽安双手交握，左手食指敲击着右手手背，缓缓答应：“可以。”在丽丽安看来，不知道就说不知道，也还算有自知之明。

董董恩立即拨打老柯电话。

老柯接通电话，董董恩详细向老柯解释：“老板，亚太区的专家组想询问我们每个月只能做二十五个网点，是为什么？刚才我已经跟他们分析了我们厂区出货量及设计师团队的工作，专家组觉得我们进度推广有些慢，计算了我们设计师团队每个月可出的设计方案并不止二十五个网点，想跟您了解一下工程上是怎样的一个安排。”

老柯一听，明白了，这是电话求助加场外求助来了。他放下手中的事情，走到办公室，向工作组问了好，然后说："麻烦您，再把问题重复一遍吧。"

丽丽安又把问题重复了一遍："我觉得你们每个月，只能做二十五个网点改进，进度有些慢，我想了解一下，原因是什么？是你们工厂出货量少？是设计团队压力大？还是施工难度大？到底是哪里遇到了困难，有什么是我们能够帮助到你们的？"

这话说得艺术，要不是赶上针锋相对，董董恩都要给她手动点赞了，明明是不满，偏偏说得如此温情款款。

老柯在丽丽安重复提问的间隙，争取时间组织了一下话语，当问题提完，老柯随即不卑不亢地回答道："是这样的，我们厂部每个月可以出三十个网点的货，设计团队，每个月可以出三十个网点的设计方案，工程团队现在有五支，每支工程队一个星期可以完工一个点，一个月可以完工二十个网点。您可能会说，那你的工程不与你的生产匹配，可以多扩招人手，也可以加赶进度啊。是的，我们可以扩招，也可以加赶进度，但这不是合理状态。"

"按现在的进度，我们只需要再过半年，也就是今年的上半年，南区的所有新扩网点以及旧点改造都会完工，现在招工，每一个工人要签合同，要买保险，更重要的是，要花时间做培训。新手工人我们是绝不允许上第一线施工现场的，培训时间短则两周，长则两月，待培训完毕，工程差不多结束，进入了日常维护，此时，大量的施工人员就会闲置无工。为了赶一时的进度而置公司人员、成本不顾，这不符合我们中小型公司稳打稳进的步子，相信您做成本预估，也可以计算得出，用哪一套方案合理。"

"更何况，我们每个月完成二十五个网点的改造，速度并不慢，您可以在我现场人员那里看到，南区三大供应商，我们进度一直保持在第一名，而这个速度，在工程一开始，就和南区一起计算过，你们的网点扩张不是一日完成，风格跟我们一样，也是稳打稳进，我们两家公司一个扩张、一个施工，进度上是非常匹配和吻合的。"

董董恩心里严肃无比地给老柯鼓了一通掌。

丽丽安沉吟了一下，估计此刻脑中正在高速计算，发现老柯说的是这个理，二十五个网点，工程队已处于赶工状态，和工厂出货以及设计一综合，进度也不算落后。

更重要的是，老柯最后一段话，明确告诉了工作组，这个进度，是和南区一起计算的，我只认楼渊，其他人不要来瞎指挥。

丽丽安碰了个软钉子，表情仍然十分专业，转头问楼渊："他们这个进度，你满意吗？"

这是要楼渊出来背书了。

楼渊："这个进度，我认为是合理的，我们的网点扩张的确非一日可成，有时候租赁事宜迟迟谈不下来，有时候街道办还要来找一些麻烦，当然，早一天扩张完毕是我们这个项目的终极目标，我会控制好进度的，你也听到了各区执行小组的汇报，没有一刻不是在催促的。"

丽丽安："行吧，这个区终归是你在监督，你满意就好。"

闻此一言，董董恩方才松懈下来，感觉流了一后背的汗，又恨不能赠送对方三大桶白眼，我男朋友，对我们的工作，一直都是，很满意的，好吗，女人！

楼渊仿佛感知到她一缕脑电波，看了董董恩一眼。

董董恩赶紧摆正脸色，表情专业，直至结束。

下午捌二创工过来开月度会议，一众人马十分捧场。大概是董董恩早上提点了老柯，有亚太总部的工作组在场，因此老柯特意勒令大家拗造型，洗剪吹集体 COSPLAY 黄立行，每个人都是圆寸加衬衫，只是由于气质不到位，COSPLAY 出了点偏差，出场的时候像是来了一支通下水管道的施工队。

丽丽安小姐来了，还是主发言人，会议很严肃，包括贱哥，也是一改平常，能不说话就不说话。

丽丽安严谨专业的开会风格一点也不适合下水道工人。大概是学会了普通话，就不屑再说家乡语，一句话要带十个八个专业词汇，而且基本是英文，董董恩连猜带蒙，体会到了必须得去进修一下英文的痛苦。至于一众管道工，明明听不懂，却个个表情认真，点头点得极为诚恳，该捧场的捧场，该皱眉的皱眉，该微笑鼓励的时候一定有“不错是这样”“你说得太棒啦”等表情。以至于董董恩都困惑了，你们到底是赞美女说的话呢？还是在赞美女？

直到楼渊说话，气氛才稍微缓和一点，起码一个句子，十个词汇有八个是中文了。管道工终于能听明白几句，看楼渊顿时很亲切，这才是自己人啊。

多亏楼渊，大家总算是搞懂了丽丽安的意思。这位小姐不出意外应该是来审工程费用的，一直跟捌二创工就一组广告新设计上多出来的费用咬牙较劲儿。

丽丽安的问题是：“为什么新画面不使用原有设计？费用支出这一项，比之前预算的多出了7%，请解释为什么要多出这笔费用来。”

轮到董董恩说话，她打开PPT，说：“这几个点，是主城区，精品点，黄金地段，来往人流特别密集，代表着洛克斯的精品形象，如果使用旧设计，光泽度和色彩是不错，但是夜间效果没有新设计的好。我们的新设计，采用了反光膜，无论白天还是夜间，反光膜都有非常强的逆光性，大家可以看到，使用新设计之后，白天的画面效果跟旧设计的效果是一样的，但是夜间效果，请看照片，”董董恩把激光笔点到投影上，“夜间效果，旧设计是远远赶不上新设计的。

“这里还有一组我们设计师出来的效果对比，大家可以看一看。至于费用，是的，前期是会多出这笔7%，但是我们的设计，只会增加这一次费用，而后期，则可以无限制地节约另外两组费用。请看，如果使用新设计，可以节约的两组费用是：一、灯管排列不用像旧方案那样密集；二、使用新的设计方案，在后期打灯中，只需要用到现在光源的一半电能，就能呈现出更棒的实景效果。单看这一项，费用是增加了，但是通过节约物料和电费，下降的费用却不止7%，尤其是，使用批量越大，省电节能会越多。这是我们设计师计算出来的，如果按现有网点量，使用新设计，可节约的数据。”

楼渊和贱哥、几位专家开始交头讨论。

丽丽安：“计算不错啊，如果使用新设计，我们同意的话，7%的费用就会实打实地付给你们公司，而节省的这一笔费用，却是要一笔一笔从电力公司的嘴里抠，乙方代表你们很会做生意啊。”

董董恩谦虚地说：“其实我们创新各种新技术，目的是想帮助客户打造更多更好的精品形象，我们这个设计，投入不大，产出值高，还能打出节能环保的好名声，当洛克斯的品牌形象扩张越大，市场占有率越高，届时作为洛克斯的供应商，我们公司的名气自然也会跟着水涨船高，有钱大家一起赚，这才是我们的目标。”

《客服守则》第五条，能一起发财的团体，才是好的团体，所以一定要注意，不做伤害客户利益的事情，没有客户，就没有生意，就没有明天，客服和客户，是同一利益团体。

反之亦然。

丽丽安愣了一下，想了想，的确是这个理。

董董恩内心高兴，面上却不显，仍十分专业地表示：“那么接下来，我想请我们的设计师团队为大家演示精品网点的布陈。”

会议一结束，甲方工作组没有任何逗留，各自夹着屁股，如飓风过境，一下子闪得连个鬼影都不剩。

董董恩送捌二创工的人出门，一群管道工还沉浸在美色里难以自拔：“美女都讲什么了？”“美女要在这儿待几天？”“美女会去我们公司视察吗？”“美女，美女有没有结婚啊？”

终于有一个诚恳的孩子出来说了一句诚恳的话。猴子：“美女都讲了些什么呀？我一个词也没听懂。”

听不懂你还点头点得那么有趣？董董恩无语望天，赶紧让胖子把人带走，别留这儿丢人现眼。

胖子：“那他们到底都说了些什么啊？别把我们带坑里去了，有啥要紧的，我好告诉老柯，让他时刻准备着。”

董董恩：“准备什么？准备上门砍人吗？”

胖子：“不是，老柯再怎么没文化，也还有几分皮相，如果你搞不定这娘们儿，就让他来搞好了。”

董董恩："老柯有几分皮相？你们做设计的人看脸都用的艺术眼光吗？行了行了，快滚吧，一会儿出会议纪要了，我发一份给你们。"

胖子这才带着人利落地滚蛋消失。

把人送走后，董董恩回到大办公区，又接了一个区县网点的投诉。

网点负责人："我一直上报上报上报，你们咋都不来修理呢？"

董董恩调开系统，查了半天，没有啊，问他："你都上传到哪儿啦？"

网点负责人："你邮箱啊。"

董董恩蹶了个倒："你得用系统申请，系统申请快，而且查起来一目了然，你发邮件，有时候同个地方很多邮件，会查漏掉的。"

她搜索了一下邮箱，的确是有那么一封邮件，而且被标记过处理方式了。董董恩告诉对方说："你报的这个问题，我们已经派人下来处理了。"

网点负责人："我不信，我报了那么久的问题，你们都没来处理。"

那是因为中间还卡了一个春节啊，春节我也调不出来人手啊。尽管内心抓狂，董董恩仍然很有礼貌地告诉网点负责人："这次不一样，我们工程师已经过来了。"

网点负责人十分拧巴："怎么可能？你今天才收到问题，就告诉我人已经派出来了？打死我也不信。"

《客服守则》第十三条第一小条说，当客户死不认理的时候，不要跟客户犟，不要试图赤手空拳劝服对方，而是应该分析客户拧巴的原因，找准问题，有证据上证据，没证据先服软，千万不要给客户留下你才最犟的印象。

董董恩二话不说，调出工程师的行程安排和联系方式，告诉对方："我们在当地也有合作商，只不过他们不负责这么大的工程维修，他们春节也发现了这个问题，所以我们派人过来检查到底怎么回事，这是我们工程师的联系方式，您可以主动联系一下，我想对方应该在半道上了。"

网点负责人一听，道："好吧，那让他快点来查是怎么回事，不要影响我们营业。"

董董恩："不会的，您放心吧。"

挂断电话后，董董恩才想起还有一句话没有问，既然现在你相信了，那我是不是可以把你给打死呢？

战斗了一天，下班的时候，所有人都累得跟狗一样。活跟平常一样多，还多了一个视察组，简直神经紧绷，压力山大。

董董恩也不例外，下了洛克斯的接送班车找到楼渊，有气无力道：“先别说话，先送哀家回宫。”

楼公公：“……”

快到家的时候，董董恩终于缓过气来，开口就是：“上你们这种班，真的好累，当初是哪个鬼骗我说，驻客户现场很轻松来着？现在真的很想赐他一丈红啊。”

楼渊：“我看你的确是很辛苦，每天电话不断，今天的会议全都听懂了吗？上次让你考虑考虑你的职业规划，思考得怎样？想不想去充个电，进修个语言什么的？”

您真是哪壶不开提哪壶，知不知道不要这样直接戳人痛处？董董恩很沮丧，说：“我是不是真的很差啊？别说跟丽丽安比了，跟朱莉都没法比，她每天帮你处理那么多东西，有一半我都看不懂。”

楼渊安慰她：“术业有专攻，你的工作内容，我也很多不懂。”

董董恩：“广告行业充什么电，我以前都没去了解过，你知道有哪些？”

楼渊：“我也了解的少，只知道有两大类，一类偏理科，跟市场营销有关的广告学，一类是艺术专业，譬如设计。”

董董恩：“设计就算了，我顶多就会画几个火柴小人，看设计图没问题，设计不行；市场营销，”她沉吟了一下，“啊对，我们副总是搞策划的高手啊，我去咨询咨询他。”

楼渊：“不急，我们现在还可以一起上下班，等你要回公司了，我们就得认真考虑这个问题了，你们广告公司加班有多夸张是人都知道，到时候两个人各在一处，各加各的班，只在一起睡觉，生活质量肯定受影响。”

董董恩："可那是生活的必然啊，你的工作条件好，你不愿意离职，我也不想依附男人，我也想有自己喜欢的工作啊。"

楼渊握住她的手亲亲说："我从来也没认为你是一个依附男人的人，甚至你独立到有时候我都很想让你停一停，你不需要考虑我，只要你有你喜欢的事情，我做什么都是可以的。"

董董恩原以为在这个问题上两个人必会有一番争吵，还准备了五百句台词回击，哪知对方根本没打算跟她争，她一口气噎在喉咙里，吐吐不出来，咽也咽不下去。

楼渊还在沾沾自喜："反正家庭煮夫这个职业，我没从事过，相信也难不倒我。"

董董恩笑起来："撒娇可耻，卖萌犯规啊。"

此后两天，为逃避工作组带来的压抑气氛，董董恩决定去跑现场。反正他们在市区还有几个工地，董董恩跟朱莉说明了行程安排，便一头扎在工地上，穿上蓝工装，每天跟着工程部同事量尺寸、看图纸，排线接电，晚上回家照镜子，恍惚间还以为自己真成了技术人员。

一个精通技术的客服能够第一时间判定客户投诉过来的故障严不严重，怎么解决，交由哪个部门去解决，所以老柯一直很鼓励大家下现场。董董恩学得很认真，工程部的同事也不藏私，把大摞图纸抱来，一一跟她讲解。

肯学习绝对是好事，毕竟大家都不希望队伍里出现一个猪队友。

老柯参加完应酬，知道董董恩在工地上，特意把一堆打包好的剩饭菜带去给他们加餐，那会儿董董恩正捧着饭盒，四处找地方吃饭。现场的工人都是抱着饭盒蹲着吃，董董恩觉得自己腿力不行，必须找个地方坐着吃，于是将一个装建渣的空垃圾筐子翻过来，筐底儿朝上，把饭盒放上头，坐地上搂着垃圾筐吃。

老柯一进来就笑："要把你这照片拍下来，发在公司网站上，让人看看我们客服都敬业成啥样了。"又问，"专家组走了？"

董董恩："没呢。"

老柯："那你不在现场伺候着？"

董董恩："他们现在到处找人说话，我怕他们一个眼神不好，把我拎进去了，然后问很多我答不出来的问题，到时候会给公司丢脸。"

老柯觉得这个问题大有可能发生，马上告诫道："一定要记住，不能在他们面前乱说话，不然很有可能抢救不回来。"

董董恩问："我们已经签约了，难不成因为我回答不好他们就敢毁约？"

老柯："毁约倒不至于，但高层不看好，市场份额就不能再占那么大，如果因为你嘴巴欠而影响到公司，你就是卖身都不能弥补损失，知道吗？"

已经悄悄把身卖了的董董恩："……"

因为要陪工作组，楼渊最近也不能准点回家。

董董恩在工地上发完当天的工作进度邮件，然后收工，跑去跟嗨妹吃了一顿晚饭，这才往家走。

安城一月的夜，小寒风还是很冻人，董董恩裹着围巾，庆幸晚上吃的是火锅。快走到小区后门时，董董恩准备掏门卡。结果听到有人说话，那声音一听就是楼渊。

董董恩平常一个人，基本不走后门，因为后门离公交站台远，除非是搭楼渊的车，楼渊开车进出要走后门，后门离停车场近。董董恩晚上吃多了，下了车想多走两步消消食，就走到后门来了。

这个时间段，是人都回家洗衣做饭打孩子去了，小区门口没什么人。

董董恩在拐角阴影里，看见楼渊的车停在马路边，他人倚着车头，丽丽安和他面对面，情绪激动。

丽丽安："你这样，对我一点也不公平，你根本不知道为了达成这个目标，我有多不容易。"

楼渊："这不是你选择用这种方式的理由，该说的我已经说了。"

丽丽安："你根本不明白，楼渊，NC 项目不是她拿下的，是我；北安同意让我们入驻，是我去努力的结果；双星大厦的推广案，也是我一力主导的，我努力这么多，就算方式有问题，结果也是为公司，你为什么不肯正视我努力的结果？”

楼渊：“公司一直很欣赏你的努力，至于我个人，我只是不赞同你竞争的方式，你当时已经赢了，完全没必要那样做。”

丽丽安：“职场就是这样子啊，职场就是需要竞争，竞争就是要不择手段啊，你也是工作了这么多年的人，别天真了好不好？我拿下了市场份额，为公司带来了丰厚的利益，你不看结果，却怪我竞争方式有问题？”

楼渊：“现在我的看法也不重要了，你已经调走了，这个问题没必要再讨论，我只是提醒你，不要再过界，不然除非公司不调查，如果调查，你会很危险，作为曾经共事过的老搭档，我言尽于此。”

丽丽安：“我说过，你们没有证据，证明不了什么。”

楼渊：“你说得没错，什么证据都没有，我也什么都不知道，你回去吧，不要再行差踏错。”

也许是寒气太重，令身体崩溃，也许是讨论的话题太重，令精神崩溃，总之楼渊说完这句话，丽丽安沉默了两秒，然后可见明显地耸起肩，哭了起来。

夜灯下，楼渊叹出一团白气，掏出纸巾，递给对方。

丽丽安像一只惊惶的蛾子，抓住对方的手，拼命想要靠过去取暖。

董董恩愣在原地，想了两秒，我要不要上去抓个奸呢？又或者，我是不是该安静地走开？还是该勇敢留下来？

然而还没等她选好方案，一辆送客出来的出租停在了那两人面前，楼渊二话不说，把丽丽安连推带搡，塞进出租车里，高效解决了眼前的问题。

这什么剧情？这年头，不仅偶像剧浮皮潦草，连生活剧都这么的不上心了？吃瓜群众连瓜子皮都还没嗑到啊，故事就戛然结束了？

董董恩回屋，楼渊已经换好衣服了。

抱抱一天没有看到铲屎官，兴冲冲冲上来撒娇，刚冲到一半，突然停下，接着掉头往回跑，跟见到鬼似的。

楼渊跟抱抱一样，走到一半，站住了，捏住鼻子问：“怎么那么臭？”

董董恩尴尬地退回门口：“还臭吗？快给我拿双拖鞋。”

楼渊接过她脱掉的鞋：“太！臭！了！你是掉屎坑里去了吗？”

董董恩也很气：“明天我就去投诉物业，以为后门不是门吗？路灯那么暗，害我一脚踩屎堆上，在草坪上蹭了大半天。”

楼渊看了她一眼：“后门？”

董董恩赶紧摆手：“我什么也没看见。”

楼渊：“看见？”

董董恩：“算了，我去洗澡。”

洗完澡出来，屋里屎味稍淡了些，楼渊大概把她沾屎的鞋子直接扔了。抱抱重新靠过来，嗅了嗅，不臭了，这才伸出小圆手，挠了她一掌。

如果猫能说话，抱抱肯定要骂她：“你这坨屎娘们。”

楼渊看她头发湿漉漉的，问：“怎么不吹干？”

董董恩：“累，不想吹。”

楼渊看不惯，取了吹风机来给她吹。

董董恩躺在沙发上，跟抱抱挤成一团，眯着眼睛很享受。两人半天没说话，直到头发快吹干了，董董恩才问：“你俩在吵啥？在公司不是还挺正常的吗？”

楼渊就知道她憋不住话，说：“工作组要走了，她想找我说以前的事，我不想理，她情绪有些不对，一个劲儿追着过来，不好意思，下次不会了。”

董董恩：“哦。”

楼渊认真跟她解释：“之前，亚太区有一个职位空缺，她和朱莉都在评估线上，当时亚太组分下来两组任务，她们都完成得不错。我和高层，其实很看好丽丽安，她是客情销售高手升任成公司管理的，这几天你也见到了，是一个很有魅力的人。朱莉做执行没问题，做管理差了点，朱莉属于如果老板优秀，她也会跟着成长，如果老板不行，那她成长的速度就没有丽丽安那么快，这一点，我和当时亚太区的执行长，看法都是相同的。”

“亚太区的决策层考虑了一段时间，决定调升丽丽安，让我暂时保密，我想结果已经出来了，那么丽丽安很快要调走，很多事情就不能再安排给她，于是那段时间，她的工作量就不如朱莉那么多。哪知她判断失误，以为我倚重朱莉是因为朱莉更有希望，没从我这儿探到确切的口风，她就去做了一些……怎么说呢，她去接触了朱莉负责的客户，用了一些不太正当的方式，使得客户反悔了与朱莉的合作。”

“她做得很隐秘，没有人知道，亚太区升调谁的结果也出来了，我也没有再去关心，只安慰朱莉。然后有一天，我外出办事，遇到了那个反悔的客户，对方并不知道这其中复杂的内因，只跟我道歉说，有别的公司找过他，给了他更低的折扣和更优惠的条件，大家都是为了公司利益，他那样做也无可厚非。只是你知道的，安城只有这么大，很多人都是同行，八卦一人说一句，慢慢地我才拼出来，原来这一切都是丽丽安安排的，为了得到目标位置，她费了好大一番心计。”

“我知道了内情，去问她，她当然不承认，第二天，亚太区的调令下来，她就走了。这个事，直到今天，我都没有告诉朱莉，一来，亚太区本来也没有看中朱莉；二来，这个事，丽丽安确实做得很周密，我也没有切实的证据。”

光是听别人职场遭遇潜规则，董董恩就累得心慌，也终于明白春花曾经说的，大公司的水很深，是怎么一回事了。依她的智商，在洛克斯这种地方，肯定是活不过试用期的。

董董恩：“看她那么伤心，我还以为你脚踏两只船，始乱终弃呢。”

楼渊：“那你为什么要逃走？不上来质问我？遇到这种事情，就应该上来抓住我，大声地质问，这是你身为女朋友的权利，知道吗？”

董董恩：“别闹了，就是普通人吵架，我看了都怕，你如果真有什么情感纠纷，建议自己先处理好啊，不要把我拉下水。”

楼渊不满意了：“为什么感觉你对我没有十分强烈的占有欲呢？”

董董恩无语，我们不是在讨论职场黑幕吗？怎么话题转得这么快？

楼渊伤心地说：“有时候吧，我也挺喜欢你的坚强和独立，什么事情在你眼里都不是事儿，你都能搞定，特别棒，但是，现在我们不是在谈恋爱吗？依赖我一点，抓紧我一点，让我感觉我是有用的，是被你需要的，你可以吩咐我做任何事情，可以在我面前提任何合理的不合理的要求，可以在我面前任性撒娇，看见我跟别的女人在一起，你就应该起来捍卫你的权利，出来警告不允许别人碰我，知道吗？”

董董恩，一个性别为女，实乃身披铠甲把自己活成了一条糙汉的人，被他一句“你在我面前是可以撒娇的”击中红心，内心顿时柔肠百转。她想起很多年前，尚还是个柔软女孩的自己，追着母亲不肯撒手，母亲说：“我养不了你，不能带你走，以后你要好好照顾自己。”她想起凉皮，凉皮说：“我们各自有各自的烦恼，各自承担各自的痛苦，实在对不起，你那一份，我承担不起。”

今天居然能听到这么一句，你可以在我面前撒娇，可以在我面前任性，可以在我面前无理取闹，这是你身为女朋友的权利。

董董恩伸手抱住楼渊，把头埋进他肩窝，语带哽咽：“我并不是不计较哦，我当时也有想要不要上去踢飞你们两个，给你两大嘴巴，抓着你的头发叫你贱人，只是我后来克制了，我相信你，相信不管你过去曾和多少人有过感情，过去的总归会过去，现在是我们两个人在一起，我不在乎以前，我只相信现在，相信你不会骗我的。”

从死神镰刀下幸存下来的楼渊听完这席话，感动得比她还厉害，一脚踢飞抱抱，跃上沙发，把人抱住，在沙发上胡天胡地地滚起来。

拿着家产表诚意

工作组撤离那天，南区众人喜极而泣，包括贱哥，说话都禁不住翘起了兰花指。董董恩很想上去按住他，大哥，注意暴露原形，危险啊。然而一看到楼渊，她又收敛了。

她跟楼渊，现在伪装得越来越默契了，虽然一个是金光闪闪的大神，一个是默默无闻的小透明，交流很淡很浅，只在某些擦身而过的瞬间，或是公事对接的时候，互甩一个贱贱的眼神，知道彼此在同一个空间里安在，就有一种淡淡的满足，就可以欢喜一整天。当然，作为恒星般发光发亮的楼渊很多时候会被公司各路帅哥美女围追堵截，董董恩一旁冷眼旁观，看楼渊比她还更烦恼，心里又酸又甜。

楼渊一进来，董董恩立马端着杯子出去了。

隔了一会儿，楼渊追出来，走到董董恩的格子间。

董董恩脑袋扎在电脑里。

楼渊敲敲她的桌："忙啥呢？"

董董恩用眼神示意："快走开，别在这里瞎转悠。"

楼渊："正常点，自然点，以前也不是没有交流。"

董董恩赶紧站起来，手里拿着一个本子，假装讨论工作，在本子上写写画画："快走开，所有人都看着呢。"

楼渊陪她演："啊，这个问题，好的，我教你啊。你演太过了。"

董董恩拿笔一点，说："这样排线呢，你看行不行？是你太过分了啊，我都没有随意往你那边去。”

楼渊:“这个画法太复杂了,再简单点。还是去我那边吧,我给你捏捏肩。”

董董恩:“行,我知道啦。滚吧,还捏肩,你咋不捶背呢?”

楼渊:“也可以啊。”

董董恩不理他了。

楼渊逗完人,转身要走。

一位名叫翠西的姑娘含羞带怯走过来,把一个盒子递给楼渊:“老板,刚您在茶水间,我看见您舌头上有点起泡,我这里有点杭菊茶,去火效果特别好,大家都爱喝,您也喝一点儿?”

楼渊咧咧嘴,婉拒道:“你看错了。”

翠西:“没有啊,您现在说话我还看得见有白色的泡点啊。”

楼渊:“不是起泡,是,被猫挠了。”

翠西惊呼:“啊,什么猫?竟然挠到您舌头了?”这是怎样一个高难度的动作?

董董恩举起一只手撑住额头遮住脸。

楼渊咳了两声:“怪我自己不好,跟她抢小鱼干。”

翠西捂住胸:“噢,老板您好萌啊,还跟小猫抢小鱼干。”

董董恩整个人干脆扑通一声栽到了地板上。

很快,楼渊跟小猫抢小鱼干以至被挠伤舌头的流言以光速传遍了整栋大楼。

下班的时候,该流言已经传成了需要打码才能一听的版本——听说楼老大,(马赛克)(马赛克)猫,猫不从,奋力反抗,于是,(马赛克)(马赛克),听说当时(马赛克)(马赛克),太激烈了,搞得老大现在满身伤,现场别提有多激烈了。

很多人不信,怎么可能?老大看起来颇为衣冠楚楚啊。

八卦精:“知人知面不知心啊,表面衣冠楚楚,背后才更加衣冠禽兽啊。”

众人:“……”

之后再见楼渊，众人眼中都带了很多疑问和很多叹号，只恨不能向老板打听他的品位，到底是喜欢橘猫，还是折耳猫，抑或英短？憋得大家着实辛苦。

董董恩忍得更苦，她连手机都不敢乱放，就怕有人发现她养猫，从而推断出他俩的奸情。

结果越是小心，就越是容易露出苗头。

工作组一走，安城终于有了点早春二月芳菲遍的感觉，暖景荣荣，戏蝶游蜂，董董恩监了几天工的网点也正好收工，于是诚邀大家一起出游，去看现场。

贱哥坐在副驾上逗董董恩：“来，小乖，唱首歌吧。”

开车的楼渊眉头一挑接话道：“得了吧，她唱歌跟杀猪似的。”

朱莉不动声色来一句：“那老大，你一定很能忍吧？”

全车一片哑然。

董董恩全程默念“看不见我，看不见我，我不存在，我不存在”。

朱莉默默挪了挪屁股，感觉被某人肃杀的目光压得抬不起头来。

楼渊问：“你怎么知道？”

朱莉：“直觉。”

贱哥嗤笑一声，又来一个知情者。

楼渊依然面无表情开着车：“这能说明什么？”

朱莉：“你看她的眼神很不对劲啊，每次看她都像是……”吃货遇到糖醋排骨似的。

董董恩该蠢时很蠢，不该蠢的时候，更蠢，楼渊还没说什么，她已经崩溃，自我招认了：“跟我没有关系啊，是你们老大说不要告诉你们的，他说不能影响他白马王子的形象，我是被逼的，请相信我。”

车内又是一片死寂。

良久，楼渊才对朱莉说：“我跟她工作关系特殊，你们暂时不要讲。”

楼渊本不欲和下属讨论私事，奈何他跟董董恩，一个甲方，一个乙方，稍有不慎就可能涉及商业性丑闻，只得跟两位拍档打招呼，又自我反省了一下，这个事还是需要尽早解决。

奸情被撞破，董董恩尴尬得要死，一到网点赶紧跳下车，试图用专业度拉回形象分，生硬地转移话题：“啊，这就是你们要看的那个弧形网点，室内效果特别棒，注意啊，不要撞到玻璃。”

话音刚落，她自己“咚”一头直直地撞了上去，后面几人来不及拉，遮眼睛的遮眼睛，捂耳朵的捂耳朵，只有贱哥动作快，单手撑住了晃荡不已的玻璃门。

也不怪董董恩走路不长眼，实乃是前几天，这玻璃门上还刷着几道大大的叉，今天这几道叉就被工程队的同事擦了个干干净净，正准备贴防撞条门贴，哪知门贴还没来，人已经撞上了。那动静之大，足以媲美威震天。

楼渊上前一步扶住董董恩：“有没有撞疼？”

董董恩拍拍红肿的脑门，强忍着尴尬若无其事地说：“小意思，比这更厚实的玻璃墙我也撞过。”

玻璃门咣当咣当响，动静闹得那么大，终于有同事跳出来贴防撞条了。

楼渊本想骂人，想想算了，这也不能全怪工人动作慢，谁让董董恩撞太快了呢？

直到两人到家，楼渊才搂住董董恩安慰她，“你别紧张，他们都不是会随便乱说话的人，你平常该咋处还咋处。”

董董恩：“我不紧张啊，我就是，嗨，我怕贱哥说你。”

楼渊：“我认识他也不是一年两年了，老剑这个人的品性，我还是很相信的，他说不会讲，那就是没问题，不过我想，我跟你，我们还是得有一个人，要从甲方乙方中退出来。”

董董恩：“行，我退，我回公司做其他项目或者再去读一个学位都行，你觉得怎样？你就别动了。我觉得我应该去进修一下，我俩差距太大了，我得努力追赶你。”她想得很明白，说得也很坦诚和自然。

任何一个有脑子的人都能明确判断出，他们两个人，谁正处于职业黄金期。论职业晋升，董董恩比不过楼渊，在洛克斯，楼渊已经把各大区转熟了，各个关键岗位也轮过岗，很快就能成为洛克斯的实权人物，而董董恩在一家三流广告公司里，再提升还能大过老板去啊？收入和家庭创造力，就更别提了，她每个月赚的那点，还不够楼渊诚心诚意买两件衣服。

两人差距虽然是有点大，好在董董恩并不自卑和气馁，承认自己比别人差并不是很难啊，起码我年轻我可以奋起啊，资本不够我可以努力啊。

楼渊满脸笑意："好啊，要记得你自己说过的话啊，要一直跟我在一起，要成长得像我这么牛，等有一天你追赶上我了，你就养我吧。"

董董恩："行行行，养你养你。"

既然双方意见达成一致，加之董董恩脸皮厚，虽说次日见到朱莉和贱哥，难为情了一两秒，但见大家都是一脸君子坦荡荡，她也随之切换成耳聋目盲模式，你不说，我不说，大家继续做朋友。开会的时候，态度一样不输从前，该毫不让步的绝不让步，该专业对接的仍是及时对接。

转眼二月情人节。

对于董董恩这种智商有限的朋友来讲，她知道情人节是二月十四，但是，她不知道，哪一天是二月十四！她的日历，是按照星期几来安排的。以至楼渊说要请她吃饭的时候，董董恩还以为是商务聚餐。

董董恩："这次聚会的主题是什么？"

楼渊看着她："你以为呢？"

董董恩非常专业地答："我不是发起人我哪知道啊，都有哪些人参加？有没有朱莉？"

楼渊摇头。

董董恩："那肯定有贱哥。"

楼渊好气："为什么每回吃饭，你都要拉上老剑？"

董董恩不理解为啥这人一下子气了，问他："你不请贱哥吗？人家聚会都请你的。”

楼渊掐着指关节，咯吱咯吱捶墙去了。

董董恩跟嗨妹抱怨：“男人小心眼起来比女人还可怕。”

嗨妹：“咋啦？”

董董恩：“楼老大说周五请我吃饭，我就问了一下都有哪些人参加，他就生气了。”

嗨妹:“换我也得气,你真的是脑袋缺油还是缺豆花？知道周五啥日子不？”

董董恩：“啥日子？”

嗨妹：“情人节。你确定那是一个聚会？而不是一顿烛光晚餐？”

董董恩：“完了，他只说请我吃饭，我想我们两个人，天天住一起，哪需要这么正式？所以推断是个聚会。”

嗨妹：“你真的不是工作压力太大，导致智商下线了？”

董董恩：“滚。”

董董恩跑去求原谅，她的策略拿得很准，那就是，装可怜。董董恩说：“你原谅我，我智商有限脑袋有包，平日又忙，根本没有意识到，我还说为啥最近姑娘们都在炫礼物呢，你看，我连个礼物都没有。”

楼渊被她说笑了，问：“你想要什么礼物？”

董董恩：“想你请我吃顿好的。”

楼渊：“那走吧，满足你。”

董董恩问：“去哪儿吃？”

楼渊：“旋转餐厅。”

董董恩从来没有去过那么高级的地方，一听“旋转”二字，立即联想到旋转咖啡杯，或者旋转飞机、旋转木马，人一上去，不疯狂旋转到甩晕或甩吐一帮人绝不罢休的变态游乐设施。光这么一想，脑袋就要晕了，赶紧扶住楼渊问：“一定要去那种地方吗？我会晕车，不对，晕饭。”

楼渊："别逗了，我订了位置。"

出门前，董董恩最后一次跟楼渊打预防针："一会儿我要是被转吐了，你可别怪我丢人啊。"

楼渊说的旋转餐厅，便是安城南星大厦的最高层，88层旋转餐厅。董董恩与南星大厦的客户关系也很不错，多次去拜访，只不过客户他们也没有权限上顶楼。要上顶楼，必须得预约，一般奢侈品普通市民咬咬牙也能够消费一两次，但这家餐厅显然光咬牙还不行。

楼渊牵着董董恩坐高速电梯来到旋转餐厅，迎宾小姐迎上来。楼渊："我预订了位置。"说着报出一串接头暗号。

迎宾小姐一听暗号，马上带两人入座，位置靠窗，安城风光，璀璨夜景，尽收眼底。如果不是雾霾天，还可以看到城市的七彩街灯，似星云又似棋盘，一层一层，如同涟漪，向外扩展。那倒映着七彩霓虹的柳汀河，和一条条川流不息的高速车带，则像是无数发光的丝带，令人眼花缭乱，分不清到底哪一条是银河，哪一条是天路。

即便是雾霾天，也影响不到如此高的旋转餐厅和空中花园来。董董恩路过城北，曾无数次抬头仰望，有黑雾云积的时候，只能看到双星大厦一半的身影，一半隐在雾霾里，一半穿过雾霾挺到云端上。当然，那时候安城一半的高楼大厦几乎都这样，城市上空黑气层层，高楼隐在黑雾里，像世界末日。身处高楼之巅感觉又不一样，置身此处如在云端漫步，四周云雾翻涌，给人以脚踩仙山道阁，头顶万丈佛光的错觉，前不见滚滚红尘，后沉溺于醉梦虚烟，许多心性不够坚定的客人经此一幕，回去纷纷削发为尼为僧，历劫的历劫，修仙的修仙。

董董恩扒着窗户往下望，略恐高，赶紧退回来，看看四周，有几桌已经有客人了，她小声问楼渊："他们桌上已经有菜了，等会儿我们旋转到他们的桌去，那岂不是得吃他们的剩饭剩菜？"

前来服侍用餐的侍应生超有礼貌地控制住了自己的表情。

楼渊捏餐布的指头略有点用力，但表情控制得很好：“嘘，别说话，看风景。”

董董恩：“……”

侍应生送来的菜单都是蝌蚪文，董董恩看不懂，不想丢人又想装个逼，便对楼渊说：“我只看得懂墨西哥、巴拿马、多米尼加语，你帮我点吧。”

楼渊：“墨西哥、巴拿马、多米尼加语，都是西班牙语。”

侍应生一脸严肃咬得自己腮帮子发白。

董董恩愤然站起来：“我去一下洗手间。”

鉴于是个旋转餐厅，董董恩生怕一会儿从厕所出来，楼渊被转到其他地方去了，因此很是认真仔细地观察两人所在的位置。如此一边记，一边进厕所，厕所也非常高大上，用浩南哥的话来形容，就是小资、洋气，花团锦簇，香气四溢，连水龙头都是金子做的，擦得锃锃亮。

董董恩摸了半天金光闪闪的台面，又欣赏半天银光闪闪的水池，正想不知道便池会不会也是镶金嵌宝，就见一男子大大咧咧推门进来。

两个不同性别的陌生人，在同一个厕所格子间相会，胆子小的都要尖叫了，但是董董恩特别沉得住气，此人人模狗样、衣冠楚楚，本可以成为楼渊那样的青年才俊，想不到却是个登陡子，有窥视女生的爱好，真是世风日下，道德沦丧。能够来这种场合的人，不是权贵，便是富豪，尽管董董恩很想挽起袖子揍他一顿，又怕揍出什么难以收尾的狗血后续来，只得目露凶光，以眼神戮之。

男子看到董董恩，也是一愣，他虽然被撞个现行，却一点也没有要说对不起和转身离去的意思。这也行？不得不说，能在董董恩如刀似剑的目光下坚挺十秒而毫无惧色，该男子的确要算一条硬邦邦的流氓汉子，可惜这般神勇，却没用到正道上，真是令人惋惜，胆子大到如此地步，连董董恩都快要不敌了。

胶着十秒，男子终于败下阵来，一边狼狈退出，一边替董董恩掩好门，还颇为绅士地提醒道：“小姐，如果你非要用男厕，能不能麻烦快一点？”

董董恩先是一惊，继而大惊。

转出去一看，果然是自己进错了厕所。

董董恩："……"

楼渊见董董恩一脸气愤，问："怎么了？"

董董恩愤愤道："我跟你讲，刚才我明明进的是女厕所，你说有多怪，我眼睛都没眨一下，就把我旋转到男厕所去了。"

侍应生痛苦得把自己下唇都咬出血珠子来了。

楼渊按了按太阳穴，女朋友太二缺，该怎么治才好？

前菜送来了，放董董恩面前的是无花果配鹅肝，放楼渊面前的是一道煎洋蓟。楼渊打开餐前酒，给董董恩倒了一杯："这个可以少喝一点，不碍事。"

董董恩看楼渊面前只有一道蔬菜，自以为懂事地问："是不是这儿菜太贵了？其实咱们可以下楼去吃肉的。"

楼渊艰难地答道："一顿饭，我还请得起。"

说着侍应生又送上一份爪子不似爪子，骨头不似骨头的东西。董董恩瞅了很久，不知道该怎么下嘴。

楼渊："不喜欢吗？"

董董恩："我连这东西怎么吃都不知道，哪里谈得上喜不喜欢？"

楼渊拿起一根给她做示范，剥开那节乌骨皮，把里面的嫩肉递给她："这个叫鹅颈藤壶，吃的时候小心点，只吃那一节肉，不要啃到下面的爪子。"

董董恩头脑简单四肢糙，虾都剥不利索，更别提这么精致的东西，剥了没两下，累得直喘，吃个饭比搬砖累。

楼渊剥了一小碟，递给她："慢慢吃。"

可不得慢慢吃吗，半天才剥这么一点，两口就嚼完了，剩下时间难道来搓八圈吗？好在楼渊边给她剥，边引她说一些隔壁王二麻子家的狗，楼上李老太婆流鼻涕的三孙子，村里朱三爷那只肥得像鸡一样的麻雀等趣事，倒也得趣。

终于把藤壶剥光嚼尽，董董恩都快要饿过头了，就不能一次性把菜上完吗？让客人在桌上想吃什么夹什么啊？这一道道地上，到底要上到几点钟？只能说，董董恩实在是太不适合高雅了，她的霸气只适合路边摊。当牛排送上来的时候，董董恩饿得眼睛都快脱眶了。饿的时候给点东西续命，又不给够，跟不吃，忍着纯饿相比，前者更加难以忍受，因为胃一旦蠕动起来，就恨不能吞噬整个世界。

但是为了情调，董董恩忍了，好歹今天情人节。并且一直在脑补，楼渊会不会安排一出吃到中途有人从天而降打破玻璃窗进来送她一束鲜花，或者豪气万千站在门口指着整个餐厅对她说，今天晚上我包场了你随便吃，又或者唯美浪漫地站到舞池中央给她吹奏一首多情的小唢呐。

然而一顿饭从傍晚吃到天黑，从雾霾吃到雾散，什么都没有发生。侍应生尽职尽责地站在一边，没有跑上来说，小姐，这是先生给你准备的惊喜。楼渊也没有推开盘子跪到她面前，说，宝贝，我想跟你过一辈子。

董董恩决定回去就把下载的所有霸道总裁文给删了。

狗血，都是用来骗智障的。

生活，多半是波澜不惊的。

饭后两人去空中花园散步。

穿过空中走廊的时候，董董恩摸着玻璃罩问："为什么要安个罩子？是怕人跳楼吗？还以为可以站在云端之上表演一下《泰坦尼克号》呢。"

楼渊："来，满足你。"

于是尽管隔着玻璃罩，根本吹不到风，两个人还是颇有情调地站到廊边，董董恩伸开双臂，楼渊从身后搂住她的腰："闭上眼，用心感受。"

董董恩听话地闭上了眼。

楼渊附在她耳边，轻声念："你置身于浩瀚无垠的大海上，海面波光粼粼，飞鱼在跃，你站在船头，看波浪似羽毛在飘，看浪花像大海在笑……"

董董恩打了个哆嗦："别念了，我有点起鸡皮疙瘩，浪花在笑什么的，有点可怕。"

楼渊："……"

雾霾散尽了，夜色下的大安城，像海盗藏在洞窟里的夜明珠，放眼望去哪儿都是珠光闪闪。董董恩和楼渊头挨着头，腰贴着腰，脖颈蹭着脖颈。

楼渊：“开心吗？”

董董恩：“开心，想笑，想笑成一个大傻子。”

正好有人从廊中穿过，见两人在摆《泰坦尼克号》的经典造型，抛过来的眼神董董恩懂——看，两个大傻子。

董董恩咳了一声，问：“去花园转转？”

楼渊握着她的手，领头向前。

楼渊走路姿势相当挺拔，这位大兄弟常年泡健身房，一身腱子肉，身材标准倒三角，穿衣显瘦，脱衣有肌肉。今天他穿一件浅蓝色格子衬衣，配深蓝色牛仔裤，小臂挽了一件呢大衣，走起路来腰是腰，臀是臀。

据说男人的性能力强不强，可以从屁股看出来，一般来说，屁股又挺又翘的男士，战斗力和持久度会比普通人更强。董董恩捉着下巴，色眯眯地盯着楼渊的屁股看，董董恩曾经为了如何瘦腿瘦臀，研究过不下一百种方法，可是屁股真的太难瘦了，比瘦腰瘦腹还要难，要练到楼渊这种挺拔的程度，可想而知要付出多大的耐力和体能。

楼渊见她走得慢，回过头来等。

董董恩笑得甜甜的，夸奖道：“哥，你屁股好圆啊。”

楼渊被她夸得老脸一红：“……希望你喜欢。”

两人在空中花园转了一圈，接着找了条长椅坐下来。高空的夜色比低空真不知要纯净多少，没有遮挡的视野，墨蓝的苍穹之上，星光点点，花园嵌在一个超大圆拱形透明玻璃罩内，那顶罩也缀有如同星辰般闪耀的灯光。董董恩靠在楼渊肩上，把脸埋在他脖子里，这位可爱的男士没有头油，没有汗臭，气息舒爽干净，皮肤干燥温暖，董董恩像小狗一样贴着嗅了很久，得出一个结论：“你有点好闻。”

楼渊握住董董恩的手：“那想不想一直闻？”

董董恩笑起来：“我又不是狗。”

楼渊：“我有没有告诉过你，和你在一起我很开心？”

董董恩："你说过啦。"

楼渊："那你想不想跟我一直开心下去？"

董董恩："想啊。"

楼渊稳了半天，等不那么激动了，才从大衣兜里摸出一份文件来，递给董董恩。

楼渊："送你。"

礼物？不是鲜花，也不是礼盒，而是一份文件！

董董恩拿过来一看，竟然是楼渊的一份个人财产清单。分别罗列了房子、车子、个人年收入、存款以及投资理财，这些财产又分列了全款、贷款，还有合资，每一项都盖有公证章，最后一页是楼渊的一份个人说明，"我自愿拿出上述所有个人资产，跟董董恩进行分享和分割，所有不动产的分割比例是……个人年收入分割的比例是……投资理财收益分割比例是……所有财产的保管、维护、行使权利中产生的费用及因基于财产产生的债务，均由楼渊一人承担，分割后的所有利益归由董董恩。"

楼渊："这不是最终稿，你先看一看，如果对分配比例不满，我们可以再讨论，如果没问题，我们就去做公证。"

董董恩把文件还给他："你不怕我携款逃跑了？"

楼渊非常臭屁："最大的资产难道不应该是我吗？我以为你应该会把我牢牢地看好，这点钱算什么？我每年的收益都在增加，很快就能赚齐了。"

说得好有道理。

楼渊："怎么样？有没有动心？想不想一直跟我在一起？"

董董恩："……这是求婚？"好奇特的方式。

楼渊比董董恩还扭捏："啊。"

董董恩摸摸鼻子："如果我答应了，你会不会觉得，我是看在钱的分上啊？"

楼渊："看在钱的分上不好吗？会赚钱这个能力被你看上我也很满意啊，就跟你看上我长得帅没什么两样啊。"

董董恩："啊呸，臭美。"

楼渊："难道我不帅？"

董董恩："帅帅帅，帅死了。"

楼渊："那你同意了？"

董董恩："我考虑考虑，不是考虑，就是让我缓一缓，我们才一起多长时间啊，你就跟我求婚，我有点晕。"

楼渊一双眼睛澄明，看着董董恩："跟时间长短没有什么关系，有些人，在一起很多年，也生不起要结婚的念头，但是有的人，一见面就不想分开。我就是这样，我想和你在一起，一分，一秒，都不想分开，以前我觉得吧，人活在世，无非就是工作、结婚、生小孩、养父母，别人怎么过，我也不会差，但是现在跟你在一起，我开始想要过一些不一样的生活，想带你去看外面的大世界，想带你玩有意思的东西，你以前没有玩过、没有看过的，我都想带你去。"

董董恩想说什么，又感觉喉咙里哽着一团火。曾经她也想过，会有那么一个人，能够理解她的倔强，能坚定不移和她一起，不管再苦再难，两个人总能携手撑起一个小世界，她一路跌跌撞撞，受伤，迷惘，勇气一点点消散，希望差点变绝望，好在命运还算公平，她终于等到了命中注定的人。

董董恩眸光闪闪："你知道吗？曾经有那么一段时间，我特别地恨嫁，觉得不管是谁，只要跟我求婚，我都会答应，可惜没有人，那段时间过了之后，我就无所谓了，觉得一个人也挺好的，包括现在，你要是离开我，转身走人，我也不会难过太久，我已经有免疫力了。"

楼渊紧紧搂着她，说："我跟你正好相反，我在看到你之后，就不想放开你，想和你在一起，想和你组建家庭，想和你一起布置我们的房子，想和你养一条狗，种几盆花，想有几个我们的小孩子，所以，请别离开我，我觉得我没办法接受你会离开我的结果。"

董董恩一把抱住楼渊，她一点也不怀疑，楼渊会把一切他最珍之爱之的东西，都双手献到她面前。不管此前曾受过多大的委屈、痛苦、伤心、挫折，楼渊都会慢慢帮她平复，会亲吻她伤痕累累的心，会抚慰她疲惫不堪的灵魂。命运曾给过她致命的伤痛，却也给她送来一位疗伤圣手，她一直坚定地相信，人生的苦难与温情，伤痛与平复，总是相辅相成的。

也许这就是，命运的守恒。

董董恩跟嗨妹分享她的喜悦，说话还有些不利索：“你知道吗？楼渊跟我求婚了。”

嗨妹尖叫出声：“哇！好棒！好棒棒！快快分享细节。”

董董恩碎碎念：“就是没有戒指，我就答应了，现在想想有点屈。”

嗨妹：“大姐，不要在意细节，一个戒指值多少钱啊？一幢房子值多少钱啊？不要捡了芝麻丢了西瓜。”

董董恩：“我以为有戒指和下跪才是求婚标配。”

嗨妹：“那是普通人的标配，你们不是普通人，你们不是人。”

董董恩：“滚。”

嗨妹：“妈呀，想不到我们一起当了那么多年的街霸美少女，现在一下子就有阶级之分了，以后见面要叫你少奶奶了，少奶，别忘了要带我去富豪们出没的场合啊。”

董董恩：“好，带你装X带你飞。”

因为爱你而努力

时光飞逝，如白驹过隙，转眼又是一年冬，董董恩终于拿到了英国利兹大学广告策划专业的通知书。

老柯请大家吃火锅为董董恩道喜，一群人热热闹闹在火锅店里发酒疯。

老柯说："回头把学校地址发过来，我们给你寄火锅底料来。"

马姐姐说："还有老干妈，学生党都爱这个。"

春花倚着老柯："哪就那么难了？自己动手呗，学生都是租房子，到时候买个电磁炉自己开火，包饺子会吧，煮汤圆会吧，反正你不挑食，吃什么都香。"

这倒也是，不仅董董恩，众人都点了点头，董董恩的生存能力，那是小白鼠都赶不上的。

胖子说："我个人认为吧，读书都是次要的，关键是要找个对象。"

董董恩立即回绝："不不不，我读书是主要的。"对象已经找着了。

老柯觉得胖子说得很有道理："对，找对象还是很重要的，要是外面找不着，你就得回来面对这些歪瓜裂枣。看看，猴子，猴子不行，个子太矮；老马？老马不行，人太油腻，你二师兄？"

二师兄赶紧自我埋汰："我更不行，我、我、我……""我"了半天，实在不知道自己哪里不好，感觉自己哪哪都好啊。

大家赶紧一副了然地点头："明白明白。"

二师兄：你们明白什么呀？

胖子今年喜得千金，万幸躲过被乱点鸳鸯，坐在一边嘿嘿嘿。

董董恩吓得摆手:“这种大事,就不麻烦老板了,我还是去祸害其他人吧。”

被无辜埋汰了一通的歪瓜裂枣们露出发自肺腑的笑容，是这个道理，大家都丑，还是别祸害自己人了。

春花笑着说：“反正你要明年一月才走呢，聚的时间还有，下次咱们去汇园路那边吃羊杂锅。”

筷子和杯子又被欢天喜地地举了起来。

董董恩喝完一杯饮料，手机在包里震动起来，她随手划开，只见屏幕上滑过一行字：宝贝，我来接你啦!

董董恩笑起来，回了一个字：好。

（全书完）